HEYNE <

Das Buch

Die Bruderschaft der BLACK DAGGER konnte eine Schlacht für sich entscheiden, doch der Krieg gegen die Gesellschaft der Lesser tobt mit unverminderter Härte weiter. Nun, da Wrath den ihm angestammten Königsthron bestiegen hat, lastet der Schutz der Vampire nur noch auf wenigen Schultern. Immer gnadenloser werden die Methoden der Untoten, und ausgerechnet in dieser gefährlichen Lage droht die Bruderschaft, ihren stärksten und verlässlichsten Kämpfer zu verlieren: Rhage, der Schöne, der Unbesiegbare hat sich unsterblich verliebt – in Mary, die nicht nur ein Mensch, sondern auch unheilbar krank ist. Kann Rhage die Liebe seines Lebens retten und gleichzeitig weiter der Bruderschaft dienen? Und wird die Jungfrau der Schrift diesen Bruch der Traditionen hinnehmen? Rhage hat keine Wahl, er muss alles auf eine Karte setzen …

Die BLACK DAGGER-Serie

Erster Roman: Nachtjagd
Zweiter Roman: Blutopfer
Dritter Roman: Ewige Liebe
Vierter Roman: Bruderkrieg
Fünfter Roman: Mondspur
Sechster Roman: Dunkles Erwachen
Siebter Roman: Menschenkind
Achter Roman: Vampirherz
Neunter Roman: Seelenjäger
Zehnter Roman: Todesfluch
Elfter Roman: Blutlinien
Zwölfter Roman: Vampirträume
Dreizehnter Roman: Racheengel
Vierzehnter Roman: Blinder König
Sonderband: Die Bruderschaft der BLACK DAGGER

Die Autorin

J. R. Ward begann bereits während ihres Studiums mit dem Schreiben. Nach ihrem Hochschulabschluss veröffentlichte sie die BLACK DAGGER-Serie, die in kürzester Zeit die amerikanischen Bestseller-Listen eroberte. Die Autorin lebt mit ihrem Mann und ihrem Golden Retriever in Kentucky und gilt seit dem überragenden Erfolg der Serie als neuer Star der romantischen Mystery.

Besuchen Sie J. R. Ward unter: www.jrward.com

J. R. Ward

EWIGE LIEBE

Ein BLACK DAGGER-Roman

WILHELM HEYNE VERLAG
MÜNCHEN

Titel der Originalausgabe
LOVER ETERNAL (PART 1)

Aus dem Amerikanischen übersetzt von Astrid Finke

FSC
Mix
Produktgruppe aus vorbildlich bewirtschafteten Wäldern und anderen kontrollierten Herkünften

Zert.-Nr. SGS-COC-1940
www.fsc.org
© 1996 Forest Stewardship Council

Verlagsgruppe Random House FSC-DEU-0100
Das für dieses Buch verwendete FSC-zertifizierte Papier
Holmen Book Cream liefert Holmen Paper, Hallstavik, Schweden

8. Auflage
Deutsche Erstausgabe 10/07
Redaktion: Natalja Schmidt

Printed in Germany 2009
Umschlagbild: Dirk Schulz
Umschlaggestaltung: Animagic, Bielefeld
Autorenfoto © by John Rott
Satz: Buch-Werkstatt GmbH, Bad Aibling
Druck und Bindung: GGP Media GmbH, Pößneck

ISBN 978-3-453-52302-9

www.heyne.de
www.heyne-magische-bestseller.de

Gewidmet: *Dir.*
Es hat nicht sofort gefunkt bei uns.
Doch dann habe ich die Wahrheit über dich
erkannt und mich verliebt.
Danke, dass du mich durch deine Augen sehen lässt
und dass ich fühlen darf, was du fühlst.
Du bist einfach so … schön.

Danksagung

Unendliche Dankbarkeit gilt den Leserinnen und Lesern der *Black Dagger*. Ohne Euch wären die Brüder nicht auf Buchseiten verewigt.

Karen Solem, Kara Cesare, Claire Zion, Kara Welsh, Rose Hilliard – euch danke ich so sehr.

In Liebe zu meiner Familie und meinen Freunden, und mit fortwährender Hochachtung für meinen Exekutivausschuss: Sue Grafton, Dr. Jessica Andersen, Betsey Vaughan.

Glossar der Begriffe und Eigennamen

Die Bruderschaft der Black Dagger – Die Brüder des Schwarzen Dolches. Speziell ausgebildete Vampirkrieger, die ihre Spezies vor der Gesellschaft der *Lesser* beschützen. Infolge selektiver Züchtung innerhalb der Rasse besitzen die Brüder ungeheure physische und mentale Stärke sowie die Fähigkeit zur extrem raschen Heilung. Die meisten von ihnen sind keine leiblichen Geschwister; neue Anwärter werden von den anderen Brüdern vorgeschlagen und daraufhin in die Bruderschaft aufgenommen. Die Mitglieder der Bruderschaft sind Einzelgänger, aggressiv und verschlossen. Sie pflegen wenig Kontakt zu Menschen und anderen Vampiren, außer um Blut zu trinken. Viele Legenden ranken sich um diese Krieger, und sie werden von ihresgleichen mit höchster Ehrfurcht behandelt. Sie können getötet werden, aber nur durch sehr schwere Wunden wie zum Beispiel eine Kugel oder einen Messerstich ins Herz.

Blutsklave – Männlicher oder weiblicher Vampir, der unterworfen wurde, um das Blutbedürfnis eines anderen zu stillen. Die Haltung von Blutsklaven ist heute zwar nicht mehr üblich, aber nicht ungesetzlich.

Die Auserwählten – Vampirinnen, deren Aufgabe es ist, der Jungfrau der Schrift zu dienen. Sie werden als Angehörige der Aristokratie betrachtet, obwohl sie eher spirituell als weltlich orientiert sind. Normalerweise pflegen sie wenig bis gar keinen Kontakt zu männlichen Vampiren; auf Weisung der Jungfrau der Schrift können sie sich aber mit einem Krieger vereinigen, um den Fortbestand ihrer Klasse zu sichern. Sie besitzen die Fähigkeit zur Prophezeiung. In der Vergangenheit dienten sie allein stehenden Brüdern zum Stillen ihres Blutbedürfnisses, aber diese Praxis wurde von den Brüdern aufgegeben.

Doggen – Angehörige(r)der Dienerklasse innerhalb der Vampirwelt. *Doggen* pflegen im Dienst an ihrer Herrschaft altertümliche, konservative Sitten und folgen einem formellen Bekleidungs- und Verhaltenskodex. Sie können tagsüber aus dem Haus gehen, altern aber relativ rasch. Die Lebenserwartung liegt bei etwa fünfhundert Jahren.

Gesellschaft der *Lesser* – Orden von Vampirjägern, der von Omega zum Zwecke der Auslöschung der Vampirspezies gegründet wurde.

Gruft – Heiliges Gewölbe der Bruderschaft der Black Dagger. Sowohl Ort für zeremonielle Handlungen wie auch Aufbewahrungsort für die erbeuteten Kanopen der *Lesser*. Hier werden unter anderem Aufnahmerituale, Begräbnisse und Disziplinarmaßnahmen gegen Brüder durchgeführt. Niemand außer Angehörigen der Bruderschaft, der Jungfrau der Schrift und Aspiranten hat Zutritt zur Gruft.

Hellren – Männlicher Vampir, der eine Partnerschaft mit einer Vampirin eingegangen ist. Männliche Vampire können mehr als eine Vampirin als Partnerin nehmen.

Hohe Familie – König und Königin der Vampire sowie all ihre Kinder.

Lielan – Ein Kosewort, frei übersetzt in etwa »mein Liebstes«.

Jungfrau der Schrift – Mystische Macht, die dem König als Beraterin dient sowie die Vampirarchive hütet und Privilegien erteilt. Existiert in einer jenseitigen Sphäre und besitzt umfangreiche Kräfte. Hatte die Befähigung zu einem einzigen Schöpfungsakt, den sie zur Erschaffung der Vampire nutzte.

Lesser – Ein seiner Seele beraubter Mensch, der als Mitglied der Gesellschaft der *Lesser* Jagd auf Vampire macht, um sie auszurotten. Die *Lesser* müssen durch einen Stich in die Brust getötet werden. Sie altern nicht, essen und trinken nicht und sind impotent. Im Laufe der Jahre verlieren ihre Haare, Haut und Iris ihre Pigmentierung, bis sie blond, bleich und weißäugig sind. Sie riechen nach Talkum. Aufgenommen in die Gesellschaft werden sie durch Omega. Daraufhin erhalten sie ihre Kanope, ein Keramikgefäß, in dem sie ihr aus der Brust entferntes Herz aufbewahren.

Omega – Unheilvolle mystische Gestalt, die sich aus Groll gegen die Jungfrau der Schrift die Ausrottung der Vampire zum Ziel gesetzt hat. Existiert in einer jenseitigen Sphäre und hat weitreichende Kräfte, wenn auch nicht die Kraft zur Schöpfung.

Princeps – Höchste Stufe der Vampiraristokratie, untergeben nur den Mitgliedern der Hohen Familie und den Auserwählten der Jungfrau der Schrift. Dieser Titel wird vererbt; er kann nicht verliehen werden.

Pyrokant – Bezeichnet die entscheidende Schwachstelle eines Individuums, sozusagen seine Achillesverse. Diese Schwachstelle kann innerlich sein, wie zum Beispiel eine Sucht, oder äußerlich, wie ein geliebter Mensch.

Rythos – Rituelle Prozedur, um verlorene Ehre wiederherzustellen. Der Rythos wird von dem Vampir gewährt, der einen anderen beleidigt hat. Wird er angenommen, wählt der Gekränkte eine Waffe und tritt damit dem unbewaffneten Beleidiger entgegen.

Schleier – Jenseitige Sphäre, in der die Toten wieder mit ihrer Familie und ihren Freunden zusammentreffen und die Ewigkeit verbringen.

Shellan – Vampirin, die eine Partnerschaft mit einem Vampir eingegangen ist. Vampirinnen nehmen sich in der Regel nicht mehr als einen Partner, da gebundene männliche Vampire ein ausgeprägtes Revierverhalten zeigen.

Transition – Entscheidender Moment im Leben eines Vampirs, wenn er oder sie ins Erwachsenenleben eintritt. Ab diesem Punkt müssen sie das Blut des jeweils anderen Geschlechts trinken, um zu überleben, und vertragen kein Sonnenlicht mehr. Findet normalerweise mit etwa Mitte zwanzig statt. Manche Vampire überleben ihre Transition nicht, vor allem männliche Vampire. Vor ihrem Transition sind Vampire von schwächlicher Konstitution und sexuell unreif und desinteressiert. Außerdem können sie sich noch nicht dematerialisieren.

Triebigkeit – Fruchtbare Phase einer Vampirin. Üblicherweise dauert sie zwei Tage und wird von heftigem sexuellem Verlangen begleitet. Zum ersten Mal tritt sie etwa fünf Jahre nach der Transition eines weiblichen Vampirs auf, danach im Abstand von etwa zehn Jahren. Alle männlichen Vampire reagieren bis zu einem gewissen Grad auf eine triebige Vampirin, deshalb ist dies eine gefährliche Zeit. Zwischen konkurrierenden männlichen Vampiren können Konflikte und Kämpfe ausbrechen, besonders wenn die Vampirin keinen Partner hat.

Vampir – Angehöriger einer gesonderten Spezies neben dem Homo sapiens. Vampire sind darauf angewiesen, das Blut des jeweils anderen Geschlechts zu trinken. Menschliches Blut kann ihnen zwar auch das Überleben sichern, aber die daraus gewonnene Kraft hält nicht lange vor. Nach ihrer Transition, die üblicherweise etwa mit Mitte zwanzig stattfindet, dürfen sie sich nicht mehr dem Sonnenlicht aussetzen und müssen sich in regelmäßigen Abständen aus der Vene ernähren. Entgegen einer weitverbreiteten Annahme können Vampire Menschen nicht durch einen Biss oder eine Blutübertragung »verwandeln«; in seltenen Fällen aber können sich die beiden Spezies zusammen fortpflanzen. Vampire können sich nach Belieben dematerialisieren, dazu müssen sie aber ganz ruhig werden und sich konzentrieren; außerdem dürfen sie nichts Schweres bei sich tragen. Sie können Menschen ihre Erinnerung nehmen, allerdings nur, solange diese Erinnerungen im Kurzzeitgedächtnis abgespeichert sind. Manche Vampire können auch Gedanken lesen. Die Lebenserwartung liegt bei über eintausend Jahren, in manchen Fällen auch höher.

Wanderer – Ein Verstorbener, der aus dem Schleier zu den Lebenden zurückgekehrt ist. Wanderern wird großer Respekt entgegengebracht, und sie werden für das, was sie durchmachen mussten, verehrt.

1

»Verdammt, V, du machst mich echt fertig.« Butch O'Neal wühlte in seiner Sockenschublade nach schwarzer Seide und fand nur weiße Baumwolle.

Da, endlich … Er zog eine einzelne Socke heraus. Nicht gerade der Jackpot.

»Wenn ich dich fertigmachen wollte, Bulle, dann wären modische Strümpfe deine geringste Sorge.«

Butch blickte aus dem Augenwinkel zu seinem Mitbewohner. Seinem Gleichgesinnten in Sachen Baseball.

Einem seiner besten Freunde – die beide zufälligerweise Vampire waren.

Vishous kam gerade aus der Dusche und hatte sich ein Handtuch um die Hüfte gewickelt, was seine muskulöse Brust und die kraftstrotzenden Arme gut zur Geltung brachte. Er zog sich gerade einen schwarzen Lederhandschuh über die tätowierte linke Hand.

»Musst du immer meine guten schwarzen Socken nehmen?«

V grinste, mitten in seinem Ziegenbärtchen blitzten die Fänge auf. »Die sind so schön weich.«

»Warum bittest du Fritz dann nicht einfach, dir auch welche zu besorgen?«

»Der hat genug damit zu tun, deine Sucht nach Edelklamotten zu befriedigen, Mann.«

Okay, Butch hatte in letzter Zeit seinen inneren Versace entdeckt, von dessen Existenz bisher niemand etwas geahnt hatte. Und wenn schon. Wie schwierig konnte es denn schon sein, ein extra Dutzend Anzugsocken zu beschaffen?

»Ich frage ihn für dich.«

»Was für ein Gentleman.« V strich sich das dunkle Haar zurück. Die Tattoos an der linken Schläfe waren kurz zu sehen und verschwanden dann wieder unter den Strähnen. »Brauchst du heute Abend den Escalade?«

»Ja, bitte.« Butch quetschte seine Füße in Gucci-Treter und ließ die Strümpfe einfach weg.

»Heißt das, du triffst Marissa?«

Butch nickte. »Ich muss endlich Klarheit haben. Entweder oder.

Und er hatte das ungute Gefühl, es würde *oder* sein.

»Sie ist eine gute Frau.«

Das war sie mit Sicherheit, weswegen sie vermutlich derzeit seine Anrufe nicht beantwortete. Ex-Polizisten mit einer Vorliebe für Scotch waren nicht unbedingt perfektes Beziehungsmaterial für Frauen, seien sie nun Menschen oder Vampirinnen. Und die Tatsache, dass er eigentlich nicht zu den Letzteren gehörte, war auch nicht gerade hilfreich.

»Wie auch immer, Bulle, Rhage und ich genehmigen uns noch ein paar Drinks im *One Eye.* Du kannst ja hinterher vorbeikommen-«

Es donnerte so laut an der Tür, als ob jemand sie mit einem Rammbock bearbeiten würde. Zwei Köpfe wirbelten herum.

V zog sich das Handtuch hoch. »Verdammte Scheiße, unser Herzensbrecher muss endlich mal lernen, wie man eine Türklingel benutzt.«

»Dann rede du mit ihm. Auf mich hört er ja nicht.«

»Rhage hört auf niemanden.« V joggte zur Tür.

Während das Hämmern langsam nachließ, widmete Butch sich seiner stetig wachsenden Krawattensammlung. Er wählte eine blassblaue von Brioni, schlug den Kragen seines weißen Hemds hoch und knotete sich geschickt die Seide um den Hals. Als er fertig war und ins Wohnzimmer hinüberschlenderte, hörte er Rhage und V, die sich vor der Geräuschkulisse von »R U still down« von 2Pac unterhielten.

Butch musste lachen. O Mann, sein Leben hatte ihn ja schon an die merkwürdigsten Orte geführt, und die meisten davon waren ziemlich schlimm gewesen. Aber niemals hätte er sich träumen lassen, dass er einmal mit sechs Vampirkriegern zusammenwohnen würde, oder gar, sich an ihrem Kampf um die Erhaltung ihrer schwindenden, verborgenen Spezies zu beteiligen. Doch irgendwie gehörte er zur Bruderschaft der Black Dagger. Und er und Vishous und Rhage gaben wirklich ein irres Trio ab.

Rhage lebte zusammen mit dem Rest der Bruderschaft im großen Haus auf der gegenüberliegenden Seite des Gartens. Doch das Dreiergespann hing meistens im Pförtnerhäuschen ab, wo V und Butch wohnten. Die Höhle, wie ihre Behausung inzwischen nur noch hieß, war ein Palast im Vergleich zu den Bruchbuden, in denen Butch bisher gewohnt hatte. Er und V hatten jeder ein eigenes Schlaf- und Badezimmer, eine kleine Küche und ein Wohnzimmer, das im sympathischen, postmodernen Studentenwohnheim-Gemeinschaftsraum-Stil eingerichtet war – allerdings ein bisschen teurer, als man das gemeinhin auf dem Campus tat: zwei Ledersofas, ein HDTV-Plasmafernseher, ein Tischkicker und diverse Punchingbälle.

Als Butch um die Ecke kam, stand Rhage in all seiner Pracht vor ihm: schwarzer Ledertrenchcoat, der bis auf die Knöchel reichte. Schwarzes Muscleshirt. Mit den Stahlkappenstiefeln war er gut zwei Meter groß. In diesem Aufzug sah der Vampir schlicht und ergreifend umwerfend aus. Selbst in den Augen eines staatlich geprüften Heteros wie Butch.

Dieser Kerl setzte selbst die Gesetze der Physik außer Kraft, so gut sah er aus. Das blonde Haar war hinten kurz geschnitten und vorne etwas länger gelassen. Türkisblaue Augen wie das Meer der Karibik. Und sein Gesicht ließ Brad Pitt aussehen wie einen Kandidaten von *Endlich schön.*

Aber obwohl Rhage ein Charmeur sein konnte, war er beileibe kein verzärteltes Jüngelchen. Unter der strahlenden Oberfläche brodelte etwas Dunkles, Tödliches, und das sah man auf den allerersten Blick. Er verströmte die Aura eines Mannes, der die Dinge mit seinen Fäusten regelt, auch wenn er unterwegs ein paar Zähne ausspucken muss.

»Was läuft, Hollywood?«, fragte Butch.

Rhage lächelte und entblößte seine perlweißen Beißerchen inklusive der langen Fangzähne. »Zeit für die Jagd, Bulle.«

»Verflucht, du alter Blutsauger, hat es dir gestern Nacht noch nicht gereicht? Diese Rothaarige sah ganz schön heftig aus. Genau wie ihre Schwester.«

»Du kennst mich doch. Ich bin immer hungrig.«

Zu Rhages Glück gab es endlosen Nachschub an Frauen, die mehr als bereit waren, seinen Bedürfnissen nachzukommen. Und der Kerl *hatte* Bedürfnisse. Trank nicht. Rauchte nicht. Aber er hatte einen Frauenverschleiß, wie Butch es noch nicht erlebt hatte.

Und es war beileibe nicht so, dass Butch sonst nur Chorknaben kannte.

Rhage sah V an. »Zieh dich an, Mann. Oder wolltest du im Handtuch ins *One Eye?*«

»Geh mir nicht auf den Sack, Bruder.«

»Dann beweg endlich deinen Hintern.«

Auf dem Tisch türmte sich eine Computerlandschaft, bei deren Anblick Bill Gates angefangen hätte zu sabbern. Von seiner Kommandozentrale aus steuerte Vishous das gesamte Sicherheits- und Überwachungssystem des Geländes, einschließlich des Haupthauses, der Trainingsräume im Keller, der Grotte und ihrer Höhle, so wie auch die unterirdischen Tunnel, die die Gebäude miteinander verbanden. Er kontrollierte alles: die automatischen Stahlrollläden vor jedem Fenster; die Schlösser der Stahltüren; die Temperatur in allen Räumen; das Licht; die Überwachungskameras; die Eingangstore.

V hatte den ganzen technischen Zirkus selbst installiert, bevor die Bruderschaft vor drei Wochen hier eingezogen war. Die Gebäude und Tunnel gab es schon seit dem frühen 20. Jahrhundert, aber den Großteil der Zeit waren sie unbenutzt geblieben. Nach den Ereignissen im vergangenen Juli aber war gemeinschaftlich beschlossen worden, die Operationen der Bruderschaft besser zu koordinieren, und sie alle waren hierher gezogen.

Als V in sein Zimmer ging, wickelte Rhage einen Lolli aus und steckte ihn sich in den Mund. Butch konnte spüren, wie der Bursche ihn anstarrte. Und er war kein bisschen überrascht, als der Bruder loslegte.

»Also, Bulle, ich kann nicht fassen, dass du dich für einen Trip ins *One Eye* dermaßen aufdonnerst. Ich meine, selbst für deine Verhältnisse ist das ganz schön saftig. Die Krawatte, die Manschettenknöpfe – das ist alles neu, oder?«

Butch strich sich die Krawatte auf der Brust glatt und griff nach seiner schwarzen Anzugjacke. Er wollte jetzt nicht über Marissa sprechen. Vorhin mit V war es schon schwer genug gewesen, das Thema zu umgehen. Außerdem, was sollte er schon sagen?

Sie hat mich total aus den Socken gehauen, als ich sie zum ersten Mal sah. Aber seit drei Wochen geht sie mir aus dem Weg, und anstatt den Wink mit dem Zaunpfahl zu verstehen, werde ich sie jetzt anbetteln wie der letzte Loser.

Genau damit wollte er Mr Perfect nicht kommen, selbst wenn er ein guter Kumpel war.

Rhage rollte den Lolli im Mund herum. »Sag mal, warum machst du dir eigentlich solche Mühe mit deinen Klamotten, Mann? Du setzt deinen Charme ja doch nicht ein. Ich meine, ständig lässt du in der Bar Mädels abblitzen. Sparst du dich für die Ehe auf?«

»Exakt, so ist es. Bis ich vor den Altar trete, bleibt er in der Hose.«

»Komm schon, das interessiert mich echt. Ist da eine bestimmte Frau im Spiel?« Als keine Antwort kam, lachte der Vampir leise. »Kenne ich sie?«

Butch verengte die Augen und überlegte, ob der Kelch vielleicht an ihm vorübergehen würde, wenn er einfach seine Klappe hielt. Wahrscheinlich nicht. Wenn Rhage einmal anfing, hörte er nicht mehr auf, bis er seiner Meinung nach fertig war. Bei Gesprächen ebenso wie im Kampf.

Versonnen schüttelte Rhage den Kopf. »Will sie dich nicht?«

»Das werde ich heute Abend herausfinden.«

Butch prüfte seine Finanzen. In sechzehn Jahren bei der Mordkommission hatte er kaum etwas auf die Seite legen können. Aber seit er sich mit der Bruderschaft herumtrieb, hatte er so viel Asche, dass er gar nicht alles ausgeben konnte.

»Du hast Glück, Bulle.«

Butch warf ihm einen Seitenblick zu. »Wie kommst du darauf?«

»Ich habe mich schon immer gefragt, wie es wohl wäre, sich für eine gute Frau zu entscheiden.«

Butch lachte. Der Typ war ein Sexgott, eine erotische Legende seiner Rasse. V hatte erzählt, die Geschichten über Rhage wurden vom Vater zum Sohn weitergereicht, wenn die Zeit reif war. Die Vorstellung, dass er seriös werden und ein guter Ehemann sein könnte, war einfach absurd.

»Na gut, Hollywood, was ist die Pointe? Komm schon, lass hören.«

Rhage zuckte zusammen und wandte den Blick ab.

Zur Hölle, der Mann hatte das ernst gemeint. »Wow. Hör mal, ich wollte nicht-«

»Ist schon okay.« Das Lächeln kehrte zurück, aber die Augen blieben ausdruckslos. Gemächlich ging er zum Mülleimer und warf seinen Lollistiel hinein. »Können wir jetzt endlich mal los? Ich hab's satt, auf euch zu warten, Jungs.«

Mary Luce fuhr den Civic in die Garage und starrte die Schneeschaufeln an, die an der Wand hingen.

Sie war müde, obwohl ihr Tag gar nicht so anstrengend gewesen war. In einer Anwaltskanzlei Anrufe entgegenzunehmen und Unterlagen abzuheften, war weder körperlich noch geistig sonderlich fordernd. Eigentlich dürfte sie also gar nicht erschöpft sein.

Doch vielleicht raubte ihr gerade der Mangel an Herausforderung die Energie?

War es Zeit, zurück zu den Kids zu gehen? Immerhin war das der Beruf, den sie gelernt hatte und den sie liebte. Mit ihren autistischen Patienten zu arbeiten und ihnen zu helfen, neue Wege der Kommunikation zu finden, war für sie persönlich und professionell immer sehr bereichernd gewesen. Die zweijährige Unterbrechung war nicht Marys Idee gewesen.

Vielleicht sollte sie in der Einrichtung anrufen und fragen, ob eine Stelle frei war. Und selbst wenn nicht, könnte sie auf freiwilliger Basis aushelfen, bis etwas frei wurde.

Genau, gleich morgen würde sie anrufen. Es gab keinen Grund, noch länger zu warten.

Mary nahm ihre Tasche und stieg aus dem Auto. Während die Garagentür langsam zuklappte, ging sie zur Haustür und holte die Post. Während sie durch die Rechnungen blätterte, saugte sie genüsslich die kühle Oktoberluft durch die Nase ein. Der Herbst hatte vor etwa einem Monat die letzten Überreste des Sommers auf dem Rücken einer Kaltfront aus Kanada weggefegt.

Sie liebte den Herbst. Und im Norden New Yorks war er besonders schön, wie sie fand.

Caldwell, New York, die Stadt, in der sie geboren war und in der sie sehr wahrscheinlich auch sterben würde, lag eine gute Stunde nördlich von Manhattan. Sie wurde vom Hudson River in zwei Hälften geteilt und war in jeder Hinsicht eine typisch amerikanische Stadt. Es gab reiche Viertel und arme Viertel, scheußliche Viertel und normale Viertel. Es gab Supermärkte und Schnellrestaurants; Museen, Büchereien und Einkaufszentren, die der heruntergekommenen Innenstadt die Luft abschnürten. Drei Krankenhäuser, zwei Colleges und eine Bronzestatue von George Washington im Stadtpark.

Sie legte den Kopf in den Nacken und sah hoch zu den Sternen. Sie würde niemals hier weggehen. Ob nun aus Treue oder aus mangelnder Fantasie, wusste sie selbst nicht so genau.

Vielleicht liegt es an meinem Haus, dachte sie auf dem Weg zur Eingangstür. Die umgebaute kleine Scheune gehörte zum Gelände eines ehemaligen Bauernhofs, und sie hatte sich auf den ersten Blick in sie verliebt. Sie war kuschelig, gemütlich eingerichtet und … einfach zauberhaft.

Deshalb hatte sie das Haus vor vier Jahren gekauft, unmittelbar nach dem Tod ihrer Mutter. Damals hatte sie, neben einem dringend nötigen Tapetenwechsel, etwas Zauberhaftes gut gebrauchen können. Ihr Häuschen war alles, was das Zuhause ihrer Kindheit nicht gewesen war. Hier hatten die Holzdielen die Farbe von Honig und waren mit Klarlack versiegelt statt voller undefinierbarer Flecken. Ihre Möbel waren neu und hell, nicht alt, dunkel und brüchig. Auf dem Boden lagen Sisalteppiche mit Ledersaum. Und alles, von den Kissenbezügen über die Vorhänge bis hin zu den Decken, war cremeweiß.

Ihre Abneigung gegen Dunkelheit war ihr Berater in Sachen Innenausstattung gewesen. Und wenn man sich komplett in unterschiedlichen Schattierungen von Beige einrichtet, passt wenigstens auch alles zusammen, richtig?

Sie legte die Schlüssel und die Handtasche in der Küche ab und ging zum Anrufbeantworter. *Sie haben ... zwei ... neue Nachrichten.*

»Hallo Mary, hier ist Bill. Ich würde gern auf dein Angebot zurückkommen. Wenn du heute Abend eine Stunde an der Hotline für mich übernehmen könntest, wäre das super. Wenn ich nichts mehr von dir höre, gehe ich davon aus, dass es klappt. Danke noch mal.«

Sie löschte die Nachricht.

»Mary, hier ist die Praxis von Dr. Della Croce. Wir möchten Sie bitten, für eine Nachuntersuchung zu Ihrem vierteljährlichen Check-up in die Praxis zu kommen. Würden Sie uns bitte anrufen, um einen Termin zu vereinbaren? Wir richten uns ganz nach Ihnen. Danke.«

Mary ließ die Arme sinken.

Das Zittern begann in den Knien und wanderte über die Muskeln in den Oberschenkeln bis in den Magen hinauf. Sie überlegte, ob sie schnell ins Bad rennen sollte.

Nachuntersuchung. Wir richten uns ganz nach Ihnen.

Sie ist wieder da, dachte sie. Die Leukämie ist zurückgekommen.

2

»Was zum Teufel sollen wir ihm bloß sagen? Er kommt in zwanzig Minuten hierher!«

Mr O musterte seinen hysterischen Kollegen gelangweilt. *Wenn der Typ noch mehr auf und ab hüpfen würde, könnte der Idiot glatt als Gummiball durchgehen,* dachte er. Dieser E war eine totale Niete. Warum sein Gewährsmann ihn jemals in die Gesellschaft der *Lesser* eingeführt hatte, blieb Mr O ein Rätsel. Der Mann hatte wenig Elan. Keine Zielstrebigkeit. Und für die neue Marschrichtung, die im Krieg gegen die Vampirrasse nötig geworden war, fehlte ihm der Mumm.

»Was sollen wir nur –«

»*Wir* werden ihm überhaupt nichts sagen«, erklärte Mr O, während er sich im Keller umsah. Messer, Rasierklingen und Hämmer aller Art lagen wild verstreut auf dem billigen Sideboard in der Ecke. Hier und da sah man Blutlachen, nur nicht unter dem Tisch, wo sie hingehörten. Und in das Rot mischte sich ein glänzendes Schwarz, dank der Fleischwunde, die E davongetragen hatte.

»Aber der Vampir konnte doch fliehen, bevor wir irgendwelche Informationen aus ihm herausbekommen haben!«

»Vielen Dank für die Zusammenfassung.«

Die beiden hatten gerade erst mit der Arbeit an ihrer Geisel angefangen, als O kurz herausgerufen wurde. Als er wieder zurückkam, hatte E die Kontrolle über den Gefangenen verloren, einige heftige Kratzer eingesteckt und saß mutterseelenallein blutend in der Ecke.

Ihr Arschloch von einem Boss würde durchdrehen, wenn er das erfuhr, und obwohl O den Mann verachtete, hatten er und Mr X eines gemeinsam: Schlampigkeit konnten sie nicht tolerieren.

O betrachtete noch eine Weile E, der hilflos durch den Raum zappelte, und hatte beim Anblick der ruckartigen Bewegungen plötzlich eine Eingebung; die Lösung sowohl für das unmittelbare als auch für ein langfristigeres Problem. Als Os Mund sich zu einem Lächeln verzog, wirkte E, dieser Dummkopf, sofort erleichtert.

»Mach dir mal keine Sorgen«, murmelte O. »Ich sage ihm einfach, wir hätten die Leiche draußen im Wald abgelegt und von der Sonne beseitigen lassen. Keine große Sache.«

»Heißt das, du sprichst mit ihm?«

»Klar, Mann. Aber verzieh dich lieber. Er wird trotzdem stinksauer sein.«

E nickte und stürmte zur Tür. »Bis dann.«

Ja, gute Nacht, du Vollidiot, dachte O und begann, den Keller sauber zu machen.

Das armselige kleine Häuschen, in dem sie arbeiteten, wirkte von der Straße her unscheinbar. Es lag zwischen einem ausgebrannten ehemaligen Grillrestaurant und einem zum Abriss vorgesehenen Mietshaus. In diesem Teil der Stadt gab es nur verwahrloste Wohnblocks und Billigläden; ideal für ihre Zwecke. Niemand ging hier nach Einbruch der Dunkelheit auf die Straße, Pistolenschüsse waren so normal wie Autoalarmanlagen, und niemand sagte etwas, wenn jemand mal einen Schrei ausstieß.

Auch war das Gelände unauffällig betretbar. Dank der übel beleumdeten Nachbarschaft waren sämtliche Straßenlaternen zerschossen, und das Licht aus den umliegenden Gebäuden schimmerte nur schwach. Ein zusätzlicher Vorteil war, dass das Haus über einen überdachten Außeneingang zum Keller verfügte. Mit einem gefüllten Leichensack über der Schulter ein- und auszugehen, war kein Problem.

Und selbst wenn jemand etwas beobachten sollte, brauchte es nur eine Minute, um die Entdeckung ungeschehen zu machen. In dieser Gegend war man über so etwas nicht überrascht. Das Gesindel hier tendierte dazu, ein frühes Grab zu finden. Neben dem Prügeln der Ehefrau und dem Suff war das Sterben vermutlich die einzige weitere Kernkompetenz dieser Leute.

O hob ein Messer auf und wischte schwarzes Blut von der Klinge.

Der Keller war nicht besonders groß, und die Decke niedrig, aber trotzdem blieb ausreichend Platz für den alten Tisch, den sie zum Arbeiten benutzten, und das ramponierte Sideboard, in dem sie ihre Instrumente verwahrten. Dennoch war O nicht zufrieden mit diesem Standort. Es war einfach unmöglich, hier einen Vampir sicher für längere Zeit aufzubewahren, und das bedeutete, dass sie ein wertvolles Mittel der Überzeugung aufgaben. Die Zeit wirkte zermürbend auf mentale und körperliche Fähigkeiten. Das Verstreichen mehrerer Tage war ebenso wirkungsmächtig wie zersplitternde Knochen.

Was O sich vorstellte, war ein Unterschlupf im Wald, etwas Größeres, um seine Gefangenen dort über längere Zeiträume verstecken zu können. Da Vampire bei Tageslicht in

Rauch aufgingen, mussten sie vor der Sonne geschützt werden. Wenn man sie aber einfach in einem Raum einschloss, konnte es passieren, dass sie sich einfach dematerialisierten. Er brauchte also einen Raum aus Stahl, um sie einzusperren …

Über ihm hörte er die Hintertür zuklappen, und dann kamen Schritte die Treppe hinunter.

Mr X trat unter die nackte Glühbirne.

Der Haupt-*Lesser* war 1,95 Meter groß und hatte die Statur eines Footballspielers. Wie alle Vampirjäger, die schon länger in der Gesellschaft waren, wirkte er ziemlich ausgebleicht. Haar und Haut hatten die Farbe von Mehl, die Iris seiner Augen war so durchsichtig und farblos wie Fensterglas. Er trug dieselbe standardmäßige *Lesser*montur wie O selbst: schwarze Cargohose und schwarzer Rolli, die Waffen unter einer Lederjacke verborgen.

»Also, Mr O, wie geht die Arbeit voran?«

Als wäre das Chaos im Keller nicht Erklärung genug.

»Habe ich das Kommando über dieses Haus?«, fragte Mr O herrisch.

Beiläufig schlenderte Mr X zu dem Sideboard und nahm einen Meißel in die Hand. »Gewissermaßen, ja.«

»Dann ist mir gestattet, dafür zu sorgen, dass so etwas« – er machte eine Handbewegung über das Durcheinander hinweg – »nicht noch einmal passiert?«

»Was ist geschehen?«

»Die Einzelheiten sind langweilig. Ein Zivilist ist entkommen.«

»Wird er überleben?«

»Das weiß ich nicht.«

»Waren Sie hier, als das passiert ist?«

»Nein.«

»Ich will alles hören.« Mr X lächelte, als O nichts weiter sagte. »Wissen Sie, Mr O, Ihre Loyalität könnte Sie in

Schwierigkeiten bringen. Wollen Sie nicht, dass ich die richtige Person bestrafe?«

»Ich möchte das selbst regeln.«

»Das kann ich mir lebhaft vorstellen. Nur, wenn Sie mir nicht alles erzählen, muss ich unter Umständen trotzdem Sie für dieses Versagen bluten lassen. Ist es das wert?«

»Wenn mir erlaubt wird, mit der verantwortlichen Partei zu tun, was ich will: ja.«

Mr X lachte. »Ich kann mir ungefähr vorstellen, was das wäre.«

Mr O wartete; die scharfe Spitze des Meißels blitzte im Licht auf, als Mr X damit spielte.

»Ich habe Ihnen wohl den falschen Partner zugewiesen, oder?«, murmelte Mr X. Er hob Handschellen vom Boden auf und ließ sie auf das Sideboard fallen. »Ich dachte, Mr E würde sich vielleicht auf Ihr Niveau steigern. Das hat er offensichtlich nicht getan. Und ich bin froh, dass Sie zuerst zu mir gekommen sind, bevor Sie ihn disziplinieren. Wir beide wissen, wie sehr Sie Ihre Unabhängigkeit schätzen. Und wie wütend es mich macht, wenn Sie auf eigene Faust arbeiten.«

Mr X blickte O über die Schulter hinweg mit toten Augen unverwandt an. »In Anbetracht all dessen, und besonders, weil Sie mich zuerst konsultiert haben, können Sie Mr E haben.«

»Ich möchte es vor Publikum tun.«

»Ihre Leute?«

»Und noch weitere.«

»Wollen Sie sich wieder mal beweisen?«

»Ich will höhere Standards setzen.«

Mr X lächelte kalt. »Sie sind doch wirklich ein arroganter kleiner Bastard.«

»Ich bin genauso groß wie Sie.«

Urplötzlich konnte O seine Arme und Beine nicht mehr

bewegen. Mr X hatte diesen Lähmungsscheiß schon mal mit ihm durchgezogen, insofern kam es nicht völlig unerwartet. Doch der Kerl hatte immer noch den Meißel in der Hand und kam näher.

O kämpfte mit aller Kraft gegen den unsichtbaren Griff an. Der Schweiß brach ihm aus, doch er war X hilflos ausgeliefert.

Mr X kam so nahe, dass er sein gegenüber beinahe berührte. O spürte etwas an seinem Hintern.

»Viel Spaß, mein Sohn«, flüsterte der Mann O ins Ohr. »Aber tu dir selbst einen Gefallen. Egal, für wie gut du dich hältst: Du bist nicht ich. Ciao.«

Der Mann verließ mit großen Schritten den Keller. Die Haustür oben öffnete und schloss sich.

Sobald O sich wieder bewegen konnte, griff er in seine Gesäßtasche.

Mr X hatte den Meißel hineingesteckt.

Rhage stieg aus dem Escalade und starrte prüfend in die Dunkelheit, die um das *One Eye* herum herrschte, in der Hoffnung, ein paar *Lesser* würden herausgesprungen kommen. Obwohl er nicht damit rechnete, solches Glück zu haben. Er und Vishous waren schon stundenlang unterwegs und hatten absolut nichts von ihren Gegnern gesehen. Nicht mal von Weitem. Es war verdammt unheimlich.

Und für jemanden wie Rhage, der aus persönlichen Gründen den Kampf brauchte, war es noch dazu höllisch frustrierend.

Wie alles auf der Welt war auch der Krieg zwischen der Gesellschaft der *Lesser* und den Vampiren ein stetes Auf und Ab, und momentan befanden sie sich auf dem Weg in ein Wellental. Was nicht überraschend war. Im Juli hatte die Bruderschaft der Black Dagger das örtliche Rekrutierungszentrum der Gesellschaft inklusive ungefähr zehn der besten Männer der *Lesser* vernichtet. Ganz offensichtlich mussten sich ihre Gegner neu formieren.

Und Gott sei Dank gab es noch andere Wege, Dampf abzulassen.

Er sah sich in dem niederen Hort der Verkommenheit um, in dem sich die Bruderschaft derzeit am liebsten die Zeit vertrieb. Das *One Eye* lag am Rande der Stadt, deshalb bestand die Kundschaft hauptsächlich aus Bikern und Bauarbeitern, harten Burschen, die ihre Angelegenheiten lieber mit den Fäusten als über einen Anwalt regelten. Die Bar war einfach nur ein typisches Wasserloch für diese Sorte Mensch; ein flacher, schmuckloser Bau, umgeben von einem Parkplatz. Trucks, rostige Limousinen und Motorräder standen hier. Aus winzigen Fenstern schimmerten rote, blaue und gelbe Leuchtreklamen und die Logos von Bud Light oder Coors.

Für die Jungs hier brauchte es kein schnöseliges ausländisches Flaschenbier zu sein.

Während er die Autotür zuschlug, stand sein ganzer Körper unter Strom, die Haut prickelte, die Muskeln waren angespannt. Er dehnte die Arme, um die Anspannung etwas zu lösen, war aber nicht weiter erstaunt, als es nichts half. Sein Fluch meldete sich unmissverständlich zu Wort und brachte ihn in gefährliches Fahrwasser. Wenn er sich nicht bald etwas abreagierte, würde er ein ernsthaftes Problem bekommen. Verflucht, dann *wäre* er ein ernsthaftes Problem.

Vielen Dank auch, Jungfrau der Schrift.

Schlimm genug, dass er mit einem Übermaß an Energie und physischer Kraft auf die Welt gekommen war – ein Nichtsnutz mit einer körperlichen Gabe, die er weder zu schätzen noch sich gefügig zu machen wusste. Nein, er musste auch noch der mystischen Schöpferin ans Bein pissen, die über ihre Rasse herrschte. O Mann, sie hatte nur zu bereitwillig noch eine Schicht Mist auf den Komposthaufen seines Lebens gekippt. Sodass er jetzt, wenn er nicht regelmäßig Dampf abließ, zur tödlichen Gefahr wurde.

Kämpfe und Sex waren die einzigen Ventile, die ihm etwas Erleichterung verschafften. Er verwendete sie wie ein Diabetiker sein Insulin. Eine stete Dosis von beidem hielt ihn einigermaßen im Gleichgewicht, aber immer half das auch nicht. Und wenn er die Balance verlor, dann wurde es für alle Beteiligten böse – inklusive seiner selbst.

Gott, er war es so leid, ein Gefangener seines Körpers zu sein, gehorsam seine Anforderungen zu erfüllen, um nicht in dem brutalen Vergessen zu versinken. Sicher, sein umwerfendes Gesicht und die körperliche Kraft waren schön und gut. Aber beides hätte er liebend gern mit einem dürren, hässlichen Nichtskönner getauscht, wenn er sich dafür etwas Frieden hätte erkaufen können. Er konnte sich nicht daran erinnern, wie sich Gelassenheit anfühlte. Er wusste nicht einmal mehr, wer er wirklich war.

Das Gefühlschaos hatte ziemlich bald eingesetzt. Nur wenige Jahre, nachdem er den Fluch kassierte, hatte er die Hoffnung auf wahre Erleichterung aufgegeben und einfach nur versucht durchzukommen, ohne jemandem wehzutun. Damals hatte sein inneres Sterben begonnen und jetzt, über einhundert Jahre später, war er fast völlig abgestumpft. Nichts als schimmerndes Blendwerk und die leere Hülle seines Charmes.

Er hatte längst aufgehört, sich selbst als etwas anderes als eine Bedrohung anzusehen, zumindest in den Bereichen, die wirklich zählten. Denn die Wahrheit war, dass niemand in seiner Nähe sicher war. Und das war es, was ihn wirklich kaputtmachte, mehr noch als der körperliche Stress, den er auszuhalten hatte, wenn der Fluch sich Bahn brach. Er lebte in der ständigen Angst, einen seiner Brüder zu verletzen. Und seit ungefähr einem Monat auch Butch.

Rhage ging um den Wagen herum und sah durch die

Windschutzscheibe den Menschen dahinter an. Wahnsinn, wer hätte gedacht, dass er mal so gut mit einem Homo sapiens auskommen würde?

»Kommst du später noch vorbei, Bulle?«

Butch zuckte die Achseln. »Weiß noch nicht.«

»Viel Glück, Mann.«

»Warten wir es ab.«

Rhage fluchte leise, als der Escalade davonfuhr und er und Vishous über den Parkplatz liefen.

»Wer ist sie, V? Eine von uns?«

»Marissa.«

»Marissa? Die Marissa? Wraths ehemalige *Shellan?«*

»Ich quäle ihn nicht damit. Und das solltest du auch nicht tun.«

»Bist du denn gar nicht neugierig?«

V gab keine Antwort, sondern blieb stattdessen vor dem Eingang zur Bar stehen.

»Ach, natürlich. Du weißt es schon, oder?«, sagte Rhage. »Du weißt schon, was passieren wird.«

V hob kaum merklich die Schultern und legte die Finger auf die Klinke.

Aber Rhage bremste ihn mit einer Hand. »Hey, V, träumst du auch manchmal von mir? Siehst du meine Zukunft?«

V wirbelte den Kopf herum. Im Neonschein einer Bierreklame wurde sein linkes Auge – das mit den Tätowierungen darum herum – pechschwarz. Die Pupille dehnte sich einfach so weit aus, bis von der Iris und dem Weißen nichts mehr zu erkennen war, bis nur mehr ein abgrundtiefes Loch blieb.

Es war, wie in die Unendlichkeit zu blicken. Oder vielleicht in den Schleier, wenn man starb.

»Willst du das wirklich wissen?«, fragte der Bruder.

Rhage ließ die Hand sinken. »Es geht mir nur um eine einzige Sache. Werde ich lange genug leben, um von meinem Fluch erlöst zu werden? Du weißt schon, finde ich jemals wieder auch nur ein bisschen Ruhe?«

Die Tür flog auf, und ein Betrunkener taumelte heraus wie ein LKW mit gebrochener Achse. Der Kerl steuerte auf die Büsche zu, übergab sich und legte sich dann bäuchlings auf den Asphalt.

Der Tod war wenigstens ein sicherer Weg, Frieden zu finden, dachte Rhage. Und jeder musste sterben. Selbst Vampire. Irgendwann.

Er wich dem Blick seines Bruders aus. »Streich das, V. Ich will es nicht wissen.«

Er war bereits einmal verflucht worden, und vor ihm lagen noch einundneunzig Jahre, bevor er wieder frei war. Einundneunzig Jahre, acht Monate und vier Tage, bis die Strafe vorbei war, und die Bestie nicht mehr länger ein Teil von ihm wäre. Warum sollte er sich gleich die komplette kosmische Packung abholen, und sich sagen lassen, dass er gar nicht so lange leben würde?

»Rhage.«

»Was?«

»Ich sage dir etwas anderes. Dein Schicksal naht. Und sie kommt bald.«

Rhage lachte. »Ach ja? Wie ist sie denn so? Ich habe sie am liebsten –«

»Sie ist eine Jungfrau.«

Ein Schauer fuhr Rhage über den Rücken und bohrte sich in seine Eingeweide. »Du machst Witze, oder?«

»Sieh mir ins Auge. Glaubst du, ich verarsche dich?«

V hielt einen Augenblick inne, dann öffnete er die Tür. Der Gestank von Bier und menschlichen Körpern schlug ihnen entgegen, untermalt von einem alten Guns-N'Roses-Song.

Beim Hineingehen murmelte Rhage: »Du bist echt ein irrer Typ, mein Bruder.«

3

An dieser Pawlov-Sache war schon was dran, dachte Mary, als sie in die Stadt fuhr. Ihre Panikreaktion auf den Anruf von Dr. Della Croces Praxis war ein antrainierter Reflex, mit Logik hatte das nichts zu tun. »Nachuntersuchung« konnte alles Mögliche bedeuten. Nur weil sie Anrufe von Ärzten automatisch mit Katastrophe assoziierte, hieß das nicht, dass sie eine Hellseherin war. Sie hatte keine Ahnung, was – beziehungsweise *ob* – etwas nicht in Ordnung war. Immerhin befand sie sich seit fast zwei Jahren auf dem Weg der Besserung und fühlte sich einigermaßen gesund. Gut, sie wurde schnell müde, aber wem ging das nicht so? Ihr Job und die ehrenamtliche Arbeit hielten sie eben auf Trab.

Gleich morgen früh würde sie anrufen und einen Termin vereinbaren. Aber jetzt musste sie Billys Schicht an der Selbstmordhotline für ihn übernehmen.

Als die Anspannung allmählich nachließ, atmete sie tief durch. Die nächsten vierundzwanzig Stunden würden eine Belastungsprobe werden, keine Frage. Ihr Nervenkostüm würde sich in ein Trampolin und ihr Verstand in einen Whirlpool verwandeln. Der Trick bestand darin, die Panikphasen auszusitzen, und dann ihre Kräfte zu sammeln, wenn die Angst sich legte.

Sie parkte den Civic auf einem Parkplatz an der Tenth Street und lief schnell zu einem schmuddeligen sechsstöckigen Gebäude. Das hier war der heruntergekommenste Teil der Stadt, Überbleibsel eines ehrgeizigen städtischen Projekts aus den Siebzigern. Damals wollte man ein Areal von neun Blocks – ein sogenanntes Problemviertel – in ein Geschäftsviertel verwandeln. Der Optimismus war verfrüht gewesen, und inzwischen wechselten sich hier mit Brettern vernagelte Bürogebäude und billige Unterkünfte ab.

Mary blieb am Eingang kurz stehen und winkte den beiden Polizisten zu, die in ihrem Streifenwagen vorbeifuhren.

Die Zentrale der Selbstmordhotline lag im zweiten Stock zur Straße hin, und sie blickte zu den hell erleuchteten Fenstern hinauf. Ihr erster Kontakt zu der gemeinnützigen Einrichtung hatte als Anruferin stattgefunden. Drei Jahre später besetzte sie selbst immer donnerstags-, freitags- und samstagnachts ein Telefon. Außerdem kam sie an Feiertagen her und sprang bei Bedarf für Kollegen ein.

Niemand wusste, dass sie einmal selbst angerufen hatte. Niemand wusste, dass sie Leukämie hatte. Und sollte sie den Kampf gegen ihr Blut wieder aufnehmen müssen, würde das auch niemand erfahren.

Nachdem sie ihrer eigenen Mutter beim Sterben zugesehen hatte, wollte sie nicht, dass jemand einmal an ihrem Bett stünde und weinte. Sie kannte die ohnmächtige Wut bereits, wenn Wünsche und Gebete keine Heilung auf Kommando brachten. Sie hatte kein Interesse an einer Wiederholung des Anblicks, wie sie um Atem rang oder in einem Meer versagender Organe schwamm.

Okay. Da war die Panik wieder.

Mary hörte links von sich ein Schlurfen und nahm im Augenwinkel eine Bewegung wahr, als wollte sich jemand eilig um die Ecke des Gebäudes verstecken. Plötzlich wieder hellwach, tippte sie einen Code ein, drückte die Tür auf und nahm die Treppe nach oben.

Oben im zweiten Stock wurde die Tür durch den Summer für sie geöffnet, und sie ging an der Rezeption vorbei ins Büro. Die Leiterin, Rhonda Knute, war gerade am Telefon und Mary winkte ihr zu. Dann nickte sie Nan, Stuart und Lola zu, die heute Abend Dienst hatten, und ließ sich an einem leeren Schreibtisch nieder. Als sie sich mit ausreichend Formularen, Bleistiften und dem psychologischen Handbuch der Hotline ausgerüstet hatte, holte sie eine Flasche Wasser aus ihrer Handtasche.

Beinahe sofort klingelte eine ihrer Leitungen. Die Nummer kannte sie. Und die Polizei hatte herausgefunden, dass es eine Telefonzelle war. Hier in der Nähe.

Es war ihr Anrufer.

Das Telefon klingelte zum zweiten Mal, und sie nahm ab. »Selbstmordhotline, Sie sprechen mit Mary. Wie kann ich Ihnen helfen?«

Stille. Nicht einmal ein Atemzug war zu hören.

Schwach hörte sie einen Motor aufheulen und wieder im Hintergrund verschwinden. Laut der Fangschaltung der Polizei rief die Person immer von Telefonzellen aus an und wechselte ihren Standpunkt, um nicht gefunden zu werden.

»Sie sprechen mit Mary. Wie kann ich Ihnen helfen?« Obwohl das gegen die Vorschriften war, senkte Mary ihre Stimme und flüsterte ins Telefon. »Ich weiß, dass du es bist, und ich bin froh, dass du dich heute Nacht wieder meldest. Aber bitte, kannst du mir nicht deinen Namen sagen, oder was mit dir los ist?«

Sie wartete. Dann war die Leitung tot.

»Wieder einer von deinen?«, fragte Rhonda und nippte an ihrem Kräutertee.

Mary legte auf. »Woher weißt du das?«

Die Frau nickte über die Schulter. »Dein Telefon hat oft geklingelt, aber keiner ist weiter als bis zur Begrüßung gekommen. Und dann bist du plötzlich an der Strippe.«

»Tja, also –«

»Hör mal, die Polizei war heute noch mal da. Sie können nichts anderes machen, als jede Telefonzelle in der Innenstadt beschatten zu lassen. Und so weit wollen sie momentan noch nicht gehen.«

»Ich hab dir doch gesagt, dass ich mich nicht bedroht fühle.«

»Das kannst du aber doch gar nicht wissen.«

»Komm schon, Rhonda, das geht jetzt schon seit neun Monaten so. Wenn mir jemand etwas tun wollte, wäre es längst passiert. Und ich möchte wirklich helfen –«

»Das ist die andere Sache, die mir Sorgen bereitet. Du versuchst eindeutig, deinen Anrufer zu beschützen. Du nimmst das zu persönlich.«

»Das stimmt nicht. Die Leute rufen hier aus einem bestimmten Grund an, und ich weiß, dass ich mich um sie kümmern kann.«

»Mary, hör auf damit. Du solltest dich mal hören.« Rhonda zog einen Stuhl heran und senkte ihre Stimme. »Das ist ... nicht leicht für mich. Aber ich glaube, du brauchst mal eine Pause.«

Mary zuckte zurück. »Von was?«

»Du bist zu oft hier.«

»Ich arbeite genauso viele Tage wie alle anderen.«

»Aber du bleibst nach deinen Schichten immer noch stundenlang hier, und du springst ständig für Kollegen ein. Du engagierst dich viel zu stark. Ich weiß, dass du jetzt gerade für Bill hier bist, aber wenn er kommt, dann möchte ich, dass du nach Hause gehst. Und danach darfst du ein paar Wochen nicht mehr kommen. Du brauchst einfach etwas Abstand. Diese Arbeit hier ist hart und höhlt einen aus. Man braucht eine gesunde Distanz dazu.«

»Nicht jetzt, Rhonda. Bitte nicht jetzt. Ich brauche das hier mehr als je zuvor.«

Rhonda drückte sanft Marys verkrampfte Hand. »Das hier ist nicht der richtige Ort, um deine eigenen Probleme zu lösen, und das weißt du auch. Du bist eine meiner besten Mitarbeiterinnen, und ich möchte, dass du zurückkommst. Aber erst, wenn du ein wenig Zeit hattest, deinen Kopf wieder freizubekommen.«

»So viel Zeit habe ich vielleicht nicht mehr«, wisperte Mary kaum hörbar.

»Was hast du gesagt?«

Mary schüttelte sich und zwang sich zu einem Lächeln. »Ach nichts. Du hast völlig Recht. Ich gehe, sobald Bill kommt.«

Zwei Stunden später traf Bill ein, und innerhalb von zwei Minuten war Mary verschwunden. Als sie nach Hause kam, schloss sie die Tür hinter sich, lehnte sich mit dem Rücken an das Holz und lauschte der Stille. Der furchtbaren, niederschmetternden Stille.

O Gott, sie wollte zurück in das Büro der Hotline. Sie musste unbedingt die sanften Stimmen der Mitarbeiter hören. Und das Klingeln der Telefone. Und das Summen der Neonröhren an der Decke …

Denn ohne Ablenkung tauchten schauerliche Bilder vor ihrem geistigen Auge auf: Krankenhausbetten. Nadeln. Infusionsschläuche. Plötzlich sah sie sich selbst vor ihrem inneren Auge: die Haare ausgefallen, die Haut grau und die Augen tief in den Höhlen versunken. Sie sah gar nicht mehr aus wie sie selbst; sie *war* nicht mehr sie selbst.

Und sie erinnerte sich gut an das Gefühl, kein Mensch mehr zu sein. Allzu schnell war sie nach dem Beginn der Chemotherapie zu einem zerbrechlichen Wrack geworden, dem Tod näher als dem Leben, bis sie nur mehr ein armseliges, erschreckendes Mahnmal menschlicher Sterblichkeit war, eine Erinnerung an die Endlichkeit des Lebens.

Mary schoss quer durch ihr Wohnzimmer in die Küche und riss die Schiebetür auf. Als sie in die Nacht hinausstürmte, nahm die Angst ihr den Atem, doch die eiskalte Luft verlangsamte ihren Puls etwas.

Du weißt nicht, ob etwas nicht in Ordnung ist. Du weißt gar nicht, was los ist …

Wieder und wieder sagte sie ihr Mantra auf und versuchte verzweifelt, die hysterische Panik einzudämmen. Sie ging zu dem kleinen Swimmingpool im Garten.

Eigentlich war es nicht mehr als eine große Badewanne. Das Wasser, durch die Kälte dick und träge geworden, sah im Mondlicht aus wie schwarzes Öl. Mary setzte sich, zog Schuhe und Strümpfe aus und ließ die Beine in das eisige Wasser baumeln. Sie hielt sie untergetaucht, selbst als sie schon taub wurden, und wünschte, sie könnte sich überwinden hineinzuspringen und bis zu dem Gitter am Boden zu tauchen. Wenn sie sich daran nur lange genug festklammerte, könnte sie sich vielleicht vollständig betäuben.

Sie musste wieder an ihre Mutter denken. Und wie Cissy Luce in ihrem eigenen Bett in dem Haus gestorben waren, das sie beide immer als Zuhause bezeichnet hatten.

Jede Einzelheit dieses Schlafzimmers war ihr noch gegenwärtig: Wie das Licht durch die Spitzengardinen gefallen war und ein Schneeflockenmuster auf alle Gegenstände gezeichnet hatte. Die blassgelben Wände und der helle Teppichboden. Die Bettdecke, die ihre Mutter so geliebt hatte, die cremefarbene mit den winzigen rosa Röschen. Der Geruch von Muskatnuss und Ingwer in einer Schale. Das Kruzifix über dem Kopfende des Bettes und die große Madonnenstatue in der Ecke.

Die Erinnerungen schmerzten, deshalb zwang Mary sich dazu, sich den Raum vorzustellen, wie er danach gewesen war. Als alles vorbei war, die Krankheit, das Sterben, das Saubermachen, der Verkauf des Hauses. Sie sah das Zimmer vor sich, an dem Tag, als sie auszog. Ordentlich. Aufgeräumt. Die katholischen Trostpflaster ihrer Mutter entfernt, der schwache Schatten, den das Kreuz an der Wand hinterlassen hatte, überdeckt von einem gerahmten Andrew-Wyeth-Druck.

Sie konnte die Tränen nicht länger zurückhalten. Sie kamen langsam und unaufhaltsam und tropften ins Wasser. Mary sah ihnen zu, wie sie auf die Oberfläche trafen und versanken.

Als sie aufsah, war sie nicht mehr allein.

Erschrocken sprang sie auf die Füße und taumelte rückwärts, doch dann fing sie sich wieder und rieb sich die Augen trocken. Es war nur ein Junge. Ein Teenager. Dunkelhaarig, blasshäutig. Völlig abgemagert, und so schön, dass er nicht menschlich wirkte.

»Was machst du denn hier?«, fragte sie ohne große Angst. Vor jemandem, der so engelsgleich aussah, konnte man sich nur schwer fürchten. »Wer bist du?«

Er schüttelte nur den Kopf.

»Hast du dich verlaufen?« So sah er jedenfalls aus. Und es war viel zu kalt, um hier nur in Jeans und T-Shirt herumzustehen. »Wie heißt du?«

Er hob eine Hand an den Hals und schüttelte erneut den Kopf. Als wäre er ein Ausländer und frustriert, weil er die Sprache nicht beherrscht.

»Sprichst du Englisch?«

Er nickte und plötzlich flogen seine Hände durch die Luft. Zeichensprache. Er benutzte Zeichensprache.

Sofort fühlte Mary sich in ihr altes Leben zurückversetzt, als sie ihren autistischen Patienten beigebracht hatte, sich mit den Händen mitzuteilen.

Kannst du von den Lippen ablesen, oder kannst du hören?, bedeutete sie ihm.

Er erstarrte, als hätte er nicht im Traum damit gerechnet, dass sie ihn verstehen könnte.

Ich kann sehr gut hören. Ich kann nur nicht sprechen.

Mary sah ihn lange an. »Du bist der Anrufer.«

Er zögerte. Dann nickte er mit dem Kopf. *Ich wollte dir keine Angst einjagen. Und ich rufe auch nicht an, um dich zu ärgern. Ich will … nur wissen, dass du da bist. Aber ich will nichts Abartiges, ehrlich. Ich schwöre es.*

Er sah ihr direkt in die Augen.

»Das glaube ich dir.« Nur, was sollte sie jetzt tun? Es war den Mitarbeitern strikt verboten, Kontakt mit Anrufern der Hotline aufzunehmen.

Okay, aber sie würde ganz sicher nicht den armen Jungen von ihrer Türschwelle verjagen.

»Willst du etwas essen?«

Er schüttelte den Kopf. *Könnte ich mich vielleicht einfach ein bisschen zu dir setzen? Ich bleibe auch auf der anderen Seite des Beckens.*

Als wäre er daran gewöhnt, dass die Leute ihn wegschickten.

»Nein«, sagte sie. Bedächtig nickte er einmal und wandte sich ab. »Ich meine, setz dich hierher. Neben mich.«

Er kam langsam auf sie zu, als rechnete er jeden Augenblick damit, dass sie ihre Meinung ändern würde. Als sie sich aber einfach nur wieder hinsetzte und die Füße zurück ins Wasser steckte, zog er seine zerlumpten Turnschuhe aus, krempelte die weite Jeans hoch und ließ sich etwa einen Meter neben ihr nieder.

Mein Gott, er war so schmächtig.

Er ließ seine Füße ins Wasser gleiten und lächelte.

Kalt, bedeutete er ihr.

»Möchtest du einen Pulli?«

Er schüttelte den Kopf und zog mit den Füßen Kreise im Wasser.

»Wie heißt du?«

John Matthew.

Mary lächelte. Eines hatten sie schon mal gemeinsam.

»Zwei Propheten des Neuen Testaments.«

Die Nonnen haben mir den Namen gegeben.

»Nonnen?«

Er schwieg einen längeren Augenblick, als ränge er mit sich, was er ihr alles erzählen dürfte.

»Warst du in einem Waisenhaus?«, hakte sie sanft nach. Ihr fiel wieder ein, dass es in der Stadt eines gab, das von den Barmherzigen Schwestern betrieben wurde.

Ich wurde in einem Toilettenhäuschen an einer Bushaltestelle geboren. Die Putzfrau, die mich gefunden hat, brachte mich zu den Barmherzigen Schwestern. Und die Nonnen haben sich den Namen ausgedacht.

Sie versuchte, sich ihr Entsetzen nicht anmerken zu lassen. »Und wo wohnst du jetzt? Wurdest du adoptiert?«

Er schüttelte wieder den Kopf.

»Pflegeeltern?« Bitte lieber Gott, lass es wenigstens Pflegeeltern geben. Nette Pflegeeltern, die John Matthew bei sich aufgenommen und für ihn gesorgt hatten. Gute Leute, die ihm beibrachten, dass er etwas wert war.

Als er keine Antwort gab, musterte sie seine abgetragenen Kleider und den für seine Lebensjahre viel zu reifen Ausdruck auf seinem Gesicht. Er sah so aus, als hätte er schon viel erlebt, aber nicht, als ob viel Schönes dabei gewesen wäre.

Endlich bewegten sich seine Hände. *Ich wohne in der Tenth Street.*

Was bedeutete, dass er entweder illegal in einem Abrisshaus kampierte oder ein rattenverseuchtes Zimmer in einer der Bruchbuden gemietet hatte. Wie er es dennoch schaffte, so sauber zu sein, war ihr ein Rätsel.

»Dann wohnst du also in der Nähe des Hotline-Büros, richtig? Weshalb du auch heute Abend wusstest, dass ich arbeite, obwohl es nicht meine Schicht war.«

Er nickte. *Meine Wohnung liegt genau gegenüber. Ich sehe dich kommen und gehen, aber ich lauere dir nicht auf. Für mich bist du wie eine Freundin. Als ich das erste Mal anrief … weißt du, das war mehr aus Spaß. Du warst dran und … ich mochte den Klang deiner Stimme.*

Er hatte wunderschöne Hände, dachte sie. Wie die eines Mädchens. Anmutig. Zart.

»Und heute Abend bist du mir nach Hause gefolgt?«

Eigentlich fast jeden Abend. Ich habe ein Fahrrad, und du fährst sehr langsam. Ich dachte mir, wenn ich auf dich aufpasse, bist du sicherer. Du bist immer so spätnachts unterwegs, und das ist keine gute Gegend für eine Frau allein. Selbst wenn sie in einem Auto sitzt.

Mary schüttelte den Kopf. Er war wirklich ein merkwürdiger Junge. Er sah aus wie ein Kind, aber er redete wie ein Mann. Alles in allem sollte er ihr wahrscheinlich unheimlich sein, so wie er sich an ihre Fersen heftete und ernsthaft glaubte, er könne den Beschützer spielen – wo er doch selbst so aussah, als müsste man ihn retten.

Warum hast du gerade geweint?, fragte er.

Er sah sie direkt an, und es war irgendwie unheimlich, von einem solchen Blick aus den Augen eines Jungen getroffen zu werden.

»Weil ich vielleicht nicht mehr viel Zeit habe«, platzte sie heraus.

»Mary? Hast du Besuch?«

Mary blickte über die rechte Schulter. Bella, ihre einzige

Nachbarin, hatte das etwa ein Hektar große Rasenstück, das sich zwischen ihren Häusern erstreckte, überquert und stand nun am Rande von Marys Garten.

»Hey, Bella. Sieh mal, das ist John.«

Bella kam zum Pool. Sie war vor einem Jahr in das alte Bauernhaus nebenan gezogen, und die beiden Frauen hatten sich angewöhnt, sich abends auf einen Plausch zu treffen. Mit ihren ein Meter achtzig und den vollen, dunklen Haaren, die ihr in Wellen bis auf die Hüfte fielen, war Bella eine Wahnsinnsfrau. Ihr Gesicht war so schön, dass Mary sie anfangs nur angestarrt hatte, und ihr Körper schien dem Cover der Bikini-Ausgabe der *Sports Illustrated* entstiegen.

Insofern war es also nicht weiter verwunderlich, dass John hin und weg war. Mary fragte sich versonnen, wie es wohl wäre, eine solche Reaktion bei einem Mann hervorzurufen. Selbst wenn er noch in der Pubertät war. Sie selbst war nie schön gewesen, sondern gehörte der Kategorie Frau an, die weder gut noch schlecht aussah. Und das war so gewesen, bevor die Chemotherapie ihre Haare und ihre Haut durch die Mangel gedreht hatte.

Bella beugte sich mit einem angedeuteten Lächeln nach unten und bot dem Jungen ihre Hand. »Hi.«

John berührte sie nur ganz kurz, als wäre er nicht sicher, ob sie echt war. Merkwürdig, Mary war es mit Bella oft genauso gegangen. Etwas an ihr war … zu viel. Sie wirkte überlebensgroß, lebendiger als die anderen Leute, die Mary sonst traf. Und sie war mit Sicherheit schöner.

Obwohl Bella sich überhaupt nicht wie eine Femme fatale benahm. Sie war still und bescheiden und lebte allein in dem Haus. Von Beruf war sie offenbar Schriftstellerin. Mary traf sie nie tagsüber, und Besuch schien sie auch keinen zu bekommen.

Jetzt sah John Mary an und fragte mit den Händen: *Soll ich lieber gehen?*

Wie in vorauseilendem Gehorsam zog er die Füße aus dem Wasser.

Doch sie legte ihm die Hand auf die Schulter. Es war unglaublich, wie knochig sich seine Schulter unter dem T-Shirt anfühlte.

»Nein. Bleib nur.«

Bella zog ihre Turnschuhe und Socken aus und schnippte mit den Zehen über die Wasseroberfläche. »Genau, John. Bleib bei uns.«

4

Rhage entdeckte die erste Frau, die er heute Nacht wollte. Sie war blond, trug sexy Klamotten und war sichtlich zu allen Schandtaten bereit. Wie die anderen von ihrer Sorte hatte sie ihm bereits deutliche Signale gesendet: ihren Hintern herausgestreckt. In ihren toupierten Haaren gewühlt.

»Hast du was Passendes gefunden?«, fragte V trocken.

Rhage nickte, sah zu der Frau hinüber und krümmte den Zeigefinger. Sie kam anstandslos zu ihm, als er sie rief. Das mochte er an den Menschen.

Er fixierte ihren Hüftschwung, als seine Aussicht plötzlich von einem anderen weiblichen Körper verstellt wurde. Er sah auf und zwang sich, die Augen nicht zu verdrehen.

Caith war eine von ihnen, und sie war ziemlich hübsch mit ihrem schwarzen Haar und den dunklen Augen. Doch sie war ständig hinter den Brüdern her, trieb sich in ihrer Nähe herum und bot sich äußerst freizügig an. Er hatte das Gefühl, sie betrachte die Krieger als Trophäen, etwas, womit man angeben konnte.

Für ihn war sie einfach nur eine nervige Schlampe.

»Hey, Vishous«, sagte sie mit tiefer, sexy Stimme.

»Hi, Caith.« V nippte an seinem Grey Goose. »Wie läuft's?«

»Ich wollte nur mal sehen, was ihr so treibt.«

Rhage schielte um Caiths Hüfte herum. Gott sei Dank nahm die Blonde die aufgetauchte Konkurrenz sportlich. Sie kam immer noch auf den Tisch zu.

»Willst du mich gar nicht begrüßen, Rhage?«, nörgelte Caith.

»Nur, wenn du mal aus dem Weg gehst. Du verstellst mir die Aussicht.«

Die Vampirin lachte. »Eine deiner zahlreichen Eroberungen? Was für ein Glückskind.«

»Bloß keinen Neid, Caith.«

»Von wegen.« Ihr Blick, gierig und heiß, wanderte über seinen Körper. »Vielleicht möchtest du ja mit Vishous und mir bisschen Spaß haben?«

Als sie die Hand ausstreckte, um ihm über die Haare zu streichen, fing er ihr Handgelenk auf. »Pfoten weg.«

»Wie kommt es, dass du so viele Menschen nimmst und mich abblitzen lässt?«

»Einfach kein Interesse.«

Sie beugte sich zu ihm herunter und raunte ihm ins Ohr. »Du solltest mich mal ausprobieren.«

Er verstärkte seinen Griff um ihr Handgelenk und hielt sie auf Abstand.

»So ist's gut, Rhage, drück fest zu. Ich mag es, wenn es wehtut.« Sofort ließ er los. Sie lächelte, während sie sich das Gelenk rieb. »Was ist mit dir V, bist du gerade beschäftigt?«

»Momentan will ich erst mal ankommen. Aber vielleicht später.«

»Du weißt ja, wo du mich findest.«

Als sie verschwand, warf Rhage seinem Bruder einen Blick zu. »Ich verstehe nicht, wie du sie ertragen kannst.«

V stürzte seinen Wodka herunter und sah der Frau mit einem Blick unter schweren Lidern hinweg nach. »Sie hat so ihre Qualitäten.«

Die Blonde kam endlich bei ihnen an, blieb vor Rhage stehen und warf sich etwas in Pose. Er legte beide Hände auf ihre Hüften und zog sie zu sich heran, sodass sie sich rittlings auf seinen Oberschenkel setzte.

»Hi«, sagte sie und rückte etwas von ihm ab. Abschätzend musterte sie ihn von oben bis unten, die teure Kleidung, die schwere goldene Rolex, die unter dem Ärmel des Trenchcoats hervorblitzte. Die Berechnung in ihren Augen war so kalt, wie er sich innerlich fühlte.

Liebend gern wäre er einfach gegangen; dieser Scheiß hing ihm schon so lange zum Hals heraus. Aber sein Körper brauchte die Entladung, forderte sie geradezu. Er konnte spüren, wie sein Trieb stärker wurde, und wie üblich blieb sein totes Herz bei diesem verfluchten Brennen auf der Strecke.

»Wie heißt du?«, fragte er.

»Tiffany.«

»Schön dich kennenzulernen, Tiffany«, log er.

Weniger als fünfzehn Kilometer weiter amüsierten sich Mary, John und Bella erstaunlich gut an Marys Pool.

Mary lachte laut und sah John an. »Das meinst du nicht ernst.«

Doch, es stimmt. Ich bin zwischen den Kinos hin- und hergerast.

»Was hat er gesagt?«, erkundigte sich Bella grinsend.

»Er hat Matrix am allerersten Tag vier Mal gesehen.«

Bella lachte. »John, ich sag dir das nur ungern, aber das ist erbärmlich.«

Er strahlte sie an und errötete leicht.

»Bist du auch in diesen ganzen *Herr-der-Ringe*-Hype eingestiegen?«

Er schüttelte den Kopf, machte ein Zeichen und sah Mary erwartungsvoll an.

»Er sagt, er mag gern Kampfkunst«, übersetzte sie. »Keine Hobbits.«

»Das kann ich gut nachvollziehen. Diese behaarten Füße – damit kann ich überhaupt nichts anfangen.«

Ein Windstoß wehte heran und wirbelte etwas Laub in den Pool. Als die Blätter vorbeitrieben, griff John danach und holte ein einzelnes heraus.

»Was ist das auf deinem Handgelenk?«, fragte Mary.

John hielt ihr den Arm hin, damit sie das lederne Armband begutachten konnte. Darauf waren fein säuberliche Zeichen zu sehen, eine Art Mittelding zwischen Hieroglyphen und chinesischen Schriftzeichen.

»Das ist ja wunderhübsch.«

Ich habe es selbst gemacht.

»Darf ich mal sehen?«, bat Bella und beugte sich zu ihm. Ihr Lächeln verschwand und ihre Augen verengten sich. »Woher hast du das?«

»Er sagt, er hätte es selbst gemacht.«

»Woher kommst du noch mal?«

John zog seinen Arm zurück, offensichtlich von Bellas plötzlichem Interesse verunsichert.

»Er lebt hier«, sagte Mary. »Er ist hier geboren.«

»Und wo sind seine Eltern?«

Mary blickte ihrer Freundin ins Gesicht. Sie fragte sich, warum Bella plötzlich so nachdrücklich Fragen stellte. »Er hat keine.«

»Überhaupt keine?«

»Er hat mir erzählt, dass er im Heim aufgewachsen ist, stimmt doch, oder John?«

John nickte und hielt sich abwehrend den Arm vor den Bauch, wie um das Armband zu beschützen.

»Diese Zeichen«, hakte Bella weiter nach. »Weißt du, was sie bedeuten?«

Der Junge schüttelte den Kopf, dann zuckte er plötzlich und rieb sich die Schläfen. Langsam formulierten seine Hände ein paar Worte.

»Er sagt, sie bedeuten gar nichts«, murmelte Mary. »Er träumt nur von ihnen, und sie gefallen ihm. Bella, jetzt mach mal langsam, okay?«

Ihre Nachbarin schien sich wieder zu beruhigen. »Entschuldige. Ähm … tut mir echt leid.«

Mary sah zu John und versuchte, die Anspannung wieder etwas zu lösen. »Was für Filme gefallen dir denn noch?«

Bella stand auf und schlüpfte, ohne die Socken anzuziehen, in ihre Turnschuhe. »Würdet ihr mich mal kurz entschuldigen? Ich komme gleich wieder.«

Bevor Mary noch etwas sagen konnte, rannte ihre Nachbarin schon über die Wiese. Als sie außer Hörweite war, sah John Mary an. Immer noch war sein Gesicht verzogen.

Ich sollte jetzt gehen.

»Hast du Kopfschmerzen?«

John drückte sich die Fingerknöchel zwischen die Augenbrauen. *Ich fühle mich, als hätte ich viel zu schnell ein Eis gegessen.*

»Wann hast du zu Abend gegessen?«

Er zuckte die Achseln. *Weiß ich nicht.*

Der arme Junge war wahrscheinlich völlig unterzuckert. »Hör mal, willst du nicht mit mir ins Haus kommen und etwas essen? Ich hab zuletzt heute Mittag etwas gehabt, und das ist ungefähr acht Stunden her.«

Sein Stolz war nicht zu übersehen, als er mit Bestimmtheit den Kopf schüttelte. *Ich habe keinen Hunger.*

»Setzt du dich dann ein bisschen zu mir, während ich

noch etwas esse?« Vielleicht konnte sie ihn so dazu verleiten, etwas mitzuessen.

John stand auf und hielt ihr die Hand hin, als wollte er ihr auf die Füße helfen. Sie nahm die dünnen Finger und stützte sich gerade so viel auf ihn, dass er ihr Gewicht spüren konnte. Zusammen gingen sie zur Hintertür, die Schuhe in der Hand. Ihre nassen Füße hinterließen Abdrücke auf den Steinfliesen.

Bella stürzte in ihre Küche und bremste abrupt ab. Sie war ohne konkreten Plan losgerannt, sie wusste nur, dass sie etwas unternehmen musste.

John war ein Problem. Ein ernsthaftes Problem.

Sie konnte nicht fassen, dass sie ihn nicht auf der Stelle als das erkannt hatte, was er war. Andererseits hatte er den Wandel noch vor sich. Und wer konnte schon ahnen, dass in Marys Garten ein Vampir herumsaß?

Bella musste beinahe lachen. Sie saß doch auch in Marys Garten herum. Warum sollten andere ihrer Art nicht das Gleiche tun?

Sie stützte die Hände in die Hüften und starrte auf den Boden. Was zum Teufel sollte sie nur tun? Sie hatte Johns Bewusstsein durchforscht, aber nichts über seine Rasse, sein Volk, seine Traditionen finden können. Der Junge hatte keinen Schimmer, wer er wirklich war, oder in was er sich verwandeln würde. Und er wusste tatsächlich nicht, was die Symbole auf seinem Armband bedeuteten.

Bella hingegen wusste es nur zu gut. In der Alten Sprache stand dort TEHRROR. Der Name eines Kriegers.

Wie hatte er an die Welt der Menschen verloren werden können? Und wie viel Zeit blieb ihm noch bis zur Transition? Er sah aus wie Anfang zwanzig, was bedeutete, er hatte vielleicht noch ein oder zwei Jahre Zeit. Aber wenn sie sich irrte, wenn er eher schon auf die fünfundzwanzig zuging, dann könnte er bereits in unmittelbarer Gefahr sein. Wenn ihm kein weiblicher Vampir durch die Verwandlung half, würde er sterben.

Ihr erster Gedanke war, ihren Bruder anzurufen. Rehvenge wusste immer einen Rat. Das Problem war nur, sobald er an etwas beteiligt war, übernahm er vollständig das Kommando. Und er hatte die Neigung, jeden zu Tode zu erschrecken.

Havers – sie könnte Havers um Hilfe bitten. Als Arzt könnte er vielleicht feststellen, wie viel Zeit dem Jungen noch bis zur Transition blieb. Und vielleicht könnte John sogar in seiner Klinik bleiben, bis es so weit war.

Nur, dass er eben nicht krank war. Er war einfach nur ein Vampir vor seiner Verwandlung, körperlich schwach. Aber sie hatte keine Krankheit an ihm spüren können. Und Havers leitete eine medizinische Einrichtung, kein Wohnheim. Außerdem, was war mit diesem Namen? Es war ein Krieger –

Bingo.

Sie ging hinüber ins Wohnzimmer und suchte auf dem Schreibtisch nach ihrem Adressbuch. Ganz hinten auf der letzten Seite hatte sie eine Nummer aufgeschrieben, die seit bestimmt zehn Jahren kursierte. Angeblich konnte man unter dieser Nummer die Bruderschaft der Black Dagger erreichen. Die Krieger ihrer Rasse.

Sie würden erfahren wollen, dass da ein Knabe mit einem ihrer Namen herumlief, der ganz auf sich allein gestellt war. Vielleicht würden sie John zu sich nehmen.

Ihre Handflächen waren feucht. Als sie den Telefonhörer abnahm, rechnete sie halb damit, dass es keinen Anschluss unter der Nummer gab, oder jemand sie anschnauzen und auflegen würde. Stattdessen meldete sich ein Anrufbeantworter, der die gewählte Nummer wiederholte, bevor ein schrilles Piepsen ertönte.

»Ich … äh … ich heiße Bella. Ich suche die Bruderschaft. Ich brauche … Hilfe.« Sie hinterließ ihre Nummer und legte auf. Weniger war sicher mehr. Falls die Nummer falsch war, wollte sie nicht zu viele Einzelheiten auf dem AB eines Menschen hinterlassen.

Danach sah sie aus dem Fenster hinüber zu Marys Haus. Sie hatte keine Ahnung, wie lange es dauern würde, bis jemand zurückrief – falls jemand zurückrief. Wahrscheinlich sollte sie lieber zurückgehen und herausbekommen, wo der Junge wohnte. Und woher er Mary kannte.

O Gott, Mary. Diese schreckliche Krankheit war wieder da. Bella hatte es gespürt und nicht gewusst, wie sie damit umgehen sollte, als Mary erwähnte, dass sie zu ihrer vierteljährlichen Routineuntersuchung musste. Das war vor einigen Tagen gewesen. Heute Abend hatte Bella fragen wollen, wie es gelaufen war. Vielleicht konnte sie Mary irgendwie helfen, selbst wenn es nur eine moralische Unterstützung war.

Rasch ging sie zu der Terrassentür, die auf die Wiese führte. Sie würde mehr über John herausfinden und –

Das Telefon klingelte.

So schnell? Das konnte eigentlich nicht sein.

Sie hob den Apparat in der Küche ab. »Hallo?«

»Bella?« Die männliche Stimme war tief und klang herrisch.

»Ja.«

»Du hast uns angerufen.«

Lieber Himmel, es funktionierte.

Sie räusperte sich. Wie jeder Vampir wusste sie einiges über die Bruderschaft: Sie kannte ihre Namen, ihren Ruf, ihre Triumphe und die Legenden. Aber sie hatte noch niemals ein Mitglied der Black Dagger persönlich getroffen. Und es war schwer, zu glauben, dass sie nun tatsächlich in ihrer Küche stand und mit einem von ihnen telefonierte.

Also komm auf den Punkt, ermahnte sie sich, als ihr die Situation klar wurde.

»Ich, äh, ich habe da ein Problem.« Dann erklärte sie dem Mann ruhig und präzise, was sie über John wusste.

Eine Weile herrschte Stille am anderen Ende der Leitung. »Morgen Nacht wirst du ihn zu uns bringen.«

O Mann. Wie sollte sie das denn bitte schön anstellen?

»Er spricht nicht. Er kann hören, aber er braucht einen Übersetzer, um sich verständlich zu machen.«

»Dann bring einen mit.«

Sie fragte sich, wie Mary es wohl finden würde, in ihre Welt versetzt zu werden. »Die Frau, die heute Abend für ihn spricht, ist ein Mensch.«

»Wir kümmern uns schon um ihre Erinnerungen.«

»Wie komme ich zu euch?«

»Wir schicken dir einen Wagen. Um neun Uhr.«

»Meine Adresse ist –«

»Wir wissen, wo du wohnst.«

Es wurde aufgelegt, und Bella bemerkte, dass ihre Hände zitterten.

Okay. Jetzt musste sie nur noch John und Mary dazu bringen, mit ihr zur Bruderschaft zu kommen.

Als sie zurück zu Marys Haus kam, saß John am Küchentisch und aß Suppe. Beide sahen auf, als Bella die Küche betrat, und sie versuchte so beiläufig wie möglich zu wirken. Sie setzte sich an den Tisch und wartete einen Augenblick ab.

»Hör mal, John, ich kenne da ein paar Leute, die Kampfsport betreiben.« Was nicht ganz gelogen war. Sie hatte gehört, dass die Brüder in allen möglichen Kampftechniken versiert waren. »Und ich dachte, vielleicht möchtest du sie gern kennenlernen?«

John legte den Kopf schief und bewegte die Hände, den Blick immer auf Mary gerichtet.

»Er will wissen, warum. Zum Training?«

»Vielleicht.«

John machte noch mehr Zeichen.

Mary wischte sich den Mund ab. »Er sagt, er kann sich kein Training leisten. Und dass er zu schmächtig ist.«

»Wenn es kostenlos wäre, würde er dann gehen?« O Gott, was sollte das? Sie machte Versprechungen, die sie nicht halten konnte. Der Himmel allein wusste, was die Bruderschaft mit ihm machen würde. »Mary, ich kann ihn an einen Ort bringen, wo er seine ... sag ihm, es ist ein Ort, wo die Meisterkämpfer sich aufhalten. Er könnte mit ihnen sprechen. Sie kennenlernen. Vielleicht würde er gern –«

John zupfte Mary am Ärmel, gestikulierte etwas und sah dann zu Bella.

»Er möchte dich daran erinnern, dass er sehr gut hören kann.«

»Aber klar, tut mir leid.«

Er nickte und nahm so die Entschuldigung an.

»Komm einfach morgen mit, und sieh es dir an«, schlug sie vor. »Was hast du schon zu verlieren?«

John zuckte mit den Schultern und machte eine elegante Handbewegung.

Mary lächelte. »Er ist einverstanden.«

»Und du musst auch mitkommen. Zum Übersetzen.«

Mary wirkte verblüfft, doch dann fiel ihr Blick auf den Jungen. »Um wie viel Uhr?«

»Um neun«, entgegnete Bella.

»Tut mir leid, da bin ich auf der Arbeit.«

»Abends. Neun Uhr abends.«

5

Als Butch ins *One Eye* kam, fühlte er sich, als hätte ihm jemand die Stöpsel aus mehreren inneren Organen gezogen. Marissa hatte sich geweigert, ihn zu empfangen, und wenn er auch nicht wirklich überrascht gewesen war, tat es doch höllisch weh.

Höchste Zeit für eine kleine Scotch-Therapie.

Er wich einem Rausschmeißer, einem Knäuel leicht bekleideter Mädchen und zwei Armdrückern aus und gelangte zu ihrem üblichen Tisch. Rhage stand in einer dunklen Ecke hinter dem Tisch, eine Brünette zwischen sich und der Wand. V war nicht zu sehen, aber vor einem der Stühle stand ein Glas Grey Goose und ein zerbrochenes Spießchen zum Umrühren.

Zwei Gläser Whisky später fühlte sich Butch immer noch nicht viel besser, als Vishous zurück an den Tisch kam. Sein Hemd hing aus der Hose und war zerknittert. An seinen Fersen hing eine schwarzhaarige Frau. V scheuchte sie weg, als er Butch entdeckte.

»Hey, Bulle.« Der Bruder setzte sich.

Butch tippte zur Begrüßung an sein Glas. »Alles klar?«

»Wie –«

»Keine Chance.«

»Ach, Scheiße, Mann, das tut mir echt leid.«

»Mir auch.«

Vs Handy klingelte, und er zog es aus der Tasche und klappte es auf. Er sagte zwei Worte, steckte das Gerät dann wieder ein und griff nach seiner Jacke.

»Das war Wrath. Wir müssen in einer halben Stunde zurück sein.«

Butch dachte kurz darüber nach, zu bleiben und allein weiter zu trinken. Sicherlich keine gute Idee. »Willst du mit mir im Auto fahren oder einfach verpuffen?«

»Wir haben genug Zeit zu fahren.«

Butch warf ihm den Schlüssel über den Tisch. »Hol schon mal den Wagen. Ich schnappe mir Hollywood.«

Er stand auf und ging in die dunkle Ecke, in der sich Rhage aufhielt. Der Trenchcoat des Vampirs war über dem Körper der Brünetten ausgebreitet. Gott allein wusste, wie weit die Dinge darunter fortgeschritten waren.

»Rhage, Kumpel. Wir müssen los.«

Der Vampir hob den Kopf, die Lippen zu einer Linie gepresst, die Augen zu schmalen Schlitzen zusammengekniffen.

Butch hielt die Hände hoch. »Hey, ich werd dir sicher nicht aus Spaß die Tour vermasseln. Der Boss hat gerufen.«

Mit einem Fluch trat Rhage zurück. Die Kleider der Brünetten waren verrutscht, und sie keuchte, aber die beiden waren offenkundig noch nicht beim Finale angekommen. Hollywoods Lederhose saß noch an Ort und Stelle.

Als Rhage sich zurückzog, reckte die Frau die Arme nach ihm aus, als wäre ihr bewusst, dass gerade der Orgasmus ihres Lebens zur Tür herausmarschierte. In einer fließenden Bewegung fuhr er mit der Hand vor ihrem Gesicht hin und her, und sie erstarrte. Dann sah sie an sich herunter, als könnte sie sich nicht erklären, warum sie so erregt war.

Mit finsterer Miene wandte Rhage sich ab, doch als er und Butch vor der Bar standen, schüttelte er schon schuldbewusst den Kopf.

»Butch, tut mir leid, wenn ich dich da drinnen blöd angemacht habe. Ich neige in solchen Situationen zu einem gewissen … Tunnelblick.«

Butch schlug ihm auf die Schulter. »Kein Problem.«

»Hey, wie lief es mit deiner –«

»Aussichtslos.«

»Verdammt, Butch. Das ist doch Mist.«

Die drei stiegen in den Escalade und nahmen die Route 22 nach Norden aus der Stadt heraus. Sie überschritten die zugelassene Höchstgeschwindigkeit um ein Vielfaches, und dazu dröhnte Trick Daddys »Thug Matrimony« aus der Anlage, als V plötzlich auf die Bremse trat. Auf einer Lichtung, etwa einhundert Meter neben der Straße, hing etwas an einem Baum.

Besser gesagt, jemand war gerade dabei, etwas an einen Baum zu hängen. Vor einem weißhaarigen, schwarz gekleideten Publikum.

»Lesser«, murmelte V und ließ den Wagen auf dem Seitenstreifen ausrollen.

Noch bevor sie ganz zum Stehen kamen, riss Rhage die Autotür auf und raste auf die Gruppe zu.

Vishous blickte über den Vordersitz. »Bulle, vielleicht bleibst du lieber –«

»Leck mich, V.«

»Hast du eine von meinen Waffen dabei?«

»Nein, ich gehe nackt da raus.« Butch zog eine Glock unter dem Sitz hervor und entsicherte sie, während er mit Vishous aus dem Auto sprang.

Butch hatte erst zwei *Lesser* in seinem Leben gesehen, und er fand sie wirklich gruselig. Sie sahen aus wie Menschen, bewegten sich und redeten wie Menschen, aber sie waren nicht lebendig. Ein Blick in ihre Augen, und man wusste, dass die Vampirjäger nur leere Gefäße waren, deren Seele ganz woanders war. Und sie stanken zum Himmel.

Andererseits hatte er den Geruch von Talkum noch nie leiden können.

Auf der Lichtung gingen die *Lesser* in Angriffsstellung und griffen in ihre Taschen, als Rhage wie eine Dampflok über die Wiese gewalzt kam. In einer Art selbstmörderischem Anfall stürzte er sich auf die Gruppe, ohne auch nur eine Waffe zu ziehen.

Lieber Himmel, der Typ war doch irre. Mindestens einer der Jäger hatte eine Pistole gezogen.

Butch zielte mit der Glock und verfolgte das Geschehen, doch er bekam kein freies Schussfeld. Und dann wurde ihm klar, dass er gar nicht die Verstärkung spielen musste.

Rhage kam gut allein mit den *Lessern* klar, er besaß die Kraft und die Reflexe eines wilden Tieres. Seine Technik war eine Mischung aus allen möglichen Kampfsportarten. Sein Trenchcoat wehte hinter ihm, während er gegen Torsos trat und boxte. Das Mondlicht beleuchtete seine tödliche Schönheit, die Zähne waren gefletscht, der kräftige Körper prügelte den *Lessern* den Verstand aus dem Leib.

Rechts von ihm ertönte ein Schrei, und Butch wirbelte herum. V hatte einen *Lesser* abgefangen, der fliehen wollte, und der Bruder nahm sich den verdammten Typen jetzt zur Brust.

Die *Fight Club*-Nummer überließ er lieber den Vampiren, stattdessen sah Butch sich den Baum näher an. An einem dicken Ast hing ein weiterer *Lesser.* Er sah ziemlich mitgenommen aus.

Butch löste das Seil und ließ den Körper langsam herunter. Er sah kurz über die Schulter, da das Klatschen und Knurren plötzlich lauter geworden war. Drei weitere *Lesser* hatten sich ins Getümmel gestürzt, aber er machte sich keine Sorgen um seine Jungs.

Er kniete sich neben den Vampirjäger und durchsuchte seine Taschen. Gerade zog er eine Brieftasche heraus, als er einen lauten Schuss hörte. Rhage knallte auf den Boden. Flach auf den Rücken.

Ohne nachzudenken, ging Butch in Schussposition und zielte auf den *Lesser,* der gerade eine weitere Kugel in Rhage versenken wollte. Er kam nicht dazu, abzudrücken. Aus dem Nichts flammte plötzlich ein gleißender Blitz auf, als hätte jemand eine kleine Atombombe gezündet. Die Nacht wurde zum Tag, alles auf der Lichtung war hell erleuchtet: die herbstlich belaubten Bäume, das Kampfgeschehen, die Wiese.

Als die Leuchtkraft allmählich wieder nachließ, kam jemand auf Butch zugerannt. Als er V erkannte, ließ er die Waffe sinken.

»Hopp, hopp! Steig in das verdammte Auto!« Der Vampir schwang die Hufe, als wäre der Leibhaftige persönlich hinter ihm her.

»Was ist mit –«

Den Rest des Satzes bekam Butch nicht mehr heraus. V rannte frontal auf ihn zu wie ein Rammbock, packte ihn und zerrte ihn mit sich weiter, bis sie sicher im Wagen saßen und die Türen verschlossen hatten.

Butch drehte sich zu dem Bruder um. »Wir können Rhage doch nicht da draußen lassen!«

Ein gewaltiges Brüllen zerriss die Nacht, und Butch drehte wie in Zeitlupe den Kopf herum.

Auf der Lichtung stand ein Ungeheuer. Es war knapp zwei Meter fünfzig groß und ähnelte entfernt einem Drachen; hatte ein Gebiss wie ein Tyrannosaurus und messerscharfe Klauen an den vorderen Gliedmaßen. Das Wesen blitzte im Mondschein auf, der riesige Körper und der mächtige Schwanz waren von lila und hellgrün schillernden Schuppen bedeckt.

»Was zum Teufel ist das?«, flüsterte Butch und fummelte an der Tür, um sich zu vergewissern, dass sie auch wirklich fest geschlossen war.

»Rhage mit richtig schlechter Laune.«

Das Monster stieß wieder ein Brüllen aus und stürzte sich dann auf die *Lesser,* als wären sie Spielzeug. Und es … du lieber Himmel. Es würde nichts übrig bleiben von ihnen. Nicht einmal die Knochen.

Butch merkte, wie er anfing zu hyperventilieren.

Entfernt hörte er das Geräusch eines Feuerzeugs und blickte zur Seite. Vs Gesicht war im Licht der gelben Flamme zu sehen, als er sich mit zitternden Händen eine Selbstgedrehte anzündete. Als der Bruder den Rauch ausstieß, erfüllte der intensive Duft türkischen Tabaks die Luft.

»Seit wann ist er …« Wie magisch wurden Butchs Augen wieder von dem bizarren Schauspiel auf der Lichtung angezogen. Und er vergaß, was er hatte fragen wollen.

»Rhage hat es sich ernstlich mit der Jungfrau der Schrift verscherzt. Deshalb hat sie ihn verflucht. Hat ihm zweihundert Jahre Hölle aufgebrummt. Jedes Mal, wenn er sich zu sehr aufregt – Schwuppdiwupp, passiert *das.* Schmerz kann es auslösen. Wut. Körperliche Unausgeglichenheit, wenn du verstehst, was ich meine.«

Butch hob eine Augenbraue. Und ausgerechnet er war zwischen Rhage und diese Frau getreten. So einen Blödsinn machte er mit Sicherheit nie wieder.

Das Blutbad da draußen kam Butch vor wie ein Splatter-

Trashfilm ohne Ton. Diese Art von Gewalt war eine völlig andere Liga, da kam nicht mal er mit. In all den Jahren bei der Mordkommission hatte Butch reichlich Leichen gesehen. Manche waren schauerlich zugerichtet gewesen. Aber niemals zuvor hatte er ein solches Gemetzel live miterlebt, und seltsamerweise entrückte der Schock die Erfahrung der Realität.

Gott sei Dank.

Obwohl er zugeben musste, dass das Monster sich elegant bewegte. Wie es diesen *Lesser* in die Luft schleuderte und ihn wieder auffing mit den …

»Passiert das oft?«, fragte er.

»Oft genug. Deshalb hält er sich lieber an den Sex. Ich gebe dir einen guten Rat: Leg dich nicht mit der Bestie an. Sie macht keine Unterschiede zwischen Freund und Mittagessen. Wir können nur abwarten, bis Rhage wieder zum Vorschein kommt und uns dann um ihn kümmern.«

Etwas knallte auf die Motorhaube und sprang wieder hoch. Igitt, war das ein Kopf? Nein, ein Stiefel. Vielleicht mochte das Untier kein Gummi.

»Uns um ihn kümmern?«, murmelte Butch.

»Wie fändest du es, wenn dir jeder Knochen im Leib gebrochen würde? Er macht eine krasse Metamorphose durch, wenn das Ding hervorbricht, und wenn es wieder verschwindet, noch mal.«

Binnen Kurzem war die Lichtung leer gefegt. Mit einem erneuten ohrenbetäubenden Brüllen schwenkte die Kreatur herum, als suchte sie nach mehr Futter. Da keine Vampirjäger mehr zu sehen waren, richtete sie den Blick auf den Escalade.

»Kann das Vieh das Auto aufkriegen?«, erkundigte sich Butch leicht beunruhigt.

»Wenn es will, schon. Glücklicherweise wird es wohl nicht mehr besonders viel Hunger haben.«

»Hm, und was ist, wenn noch Platz für einen kleinen Nachtisch ist?«, stieß Butch durch die Zähne hervor.

Die Bestie schüttelte das Haupt. Ihre schwarze Mähne flatterte im Mondlicht. Dann heulte sie auf und rannte auf sie zu. Das Donnern der Schritte ließ die Erde erbeben.

Butch checkte noch einmal die Türen. Dann erwog er kurz, sich einfach wie eine Memme flach auf den Boden zu legen.

Direkt neben dem SUV blieb das Wesen stehen und krümmte sich. Es war so nahe, dass sein Atem Butchs Fenster beschlagen ließ. Von Nahem war es wirklich abstoßend hässlich. Es hatte weiße, schlitzförmige Augen und einen massiven Unterkiefer. Und die Reißzähne in dem offenen Maul waren der Stoff, aus dem Fieberalbträume sind. Schwarzes Blut lief ihm wie Rohöl über die Brust.

Es hob die muskulösen Vorderbeine.

Mannomann, diese Krallen waren wie Dolche. Dagegen sahen die Fingernägel von Freddie Krueger wie Pfeifenreiniger aus.

Doch irgendwo da drin war Rhage.

Butch legte die Hand ans Fenster, als könnte er den Bruder so erreichen.

Die Kreatur legte den Kopf schief, die weißen Augen blinzelten. Unvermittelt stieß sie einen tiefen Seufzer aus, und der massige Körper begann zu zittern. Ein hoher, durchdringender Schrei entrang sich ihrer Kehle und durchbrach die Nacht. Dann blitzte es wieder hell auf. Und dann lag Rhage nackt auf dem Boden.

Butch riss die Wagentür auf und kniete sich neben seinen Freund.

Rhage lag bibbernd im Gras, seine Haut war klamm, die Augen zugepresst, der Mund bewegte sich langsam. Sein ganzes Gesicht, die Haare, die Brust waren mit schwarzem Blut verschmiert. Sein Bauch war fürchterlich aufgebläht.

Und in seiner Schulter war ein Loch, wo ihn die Kugel getroffen hatte.

Butch zog sich eilig die Jacke aus und legte sie über den Vampir. Er hielt sein Ohr nahe an Rhages Mund, um die gemurmelten Worte zu verstehen. »Was hast du gesagt?«

»Verletzt? Du … V?«

»Nein, uns geht's prima.«

Rhage schien sich etwas zu beruhigen. »Nach Hause bringen … bitte …nach Hause.«

»Mach dir keine Sorgen. Wir kümmern uns jetzt um dich.«

O lief tief gebückt von der Lichtung und dem Gemetzel weg. Sein Truck war ein Stück die Straße hinunter geparkt, etwa eine Meile entfernt. Er würde noch etwa drei oder vier Minuten bis dorthin brauchen, und bisher wurde er nicht verfolgt.

Im selben Augenblick, als der Blitz die Nacht zerrissen hatte, war er getürmt. Ihm war sofort klar gewesen, dass ein solches Feuerwerk nichts Gutes verheißen konnte. Allerdings war er davon ausgegangen, dass es entweder Nervengas oder die Vorstufe zu einer gewaltigen Explosion war. Bis das Gebrüll ertönte. Als er über die Schulter geblickt hatte, war er wie angewurzelt stehen geblieben. *Etwas* hatte sich über seine Kollegen hergemacht und sie wie die Fliegen aus dem Gras gepflückt.

Ein fremdes Wesen, das aus dem Nichts gekommen zu sein schien.

Er war jedoch nicht lange stehen geblieben, und während er nun davonrannte, sah O sich noch einmal um, ob er verfolgt wurde. Der Weg hinter ihm war immer noch leer, und vor sich sah er schon den Truck. Als er ihn erreichte, warf er sich auf den Fahrersitz, legte den Gang ein und trat aufs Gas.

Das Wichtigste war jetzt erst einmal, sich vom Ort des Geschehens zu entfernen. Ein solches Massaker musste Aufmerksamkeit erregen – entweder das Schauspiel selbst oder das, was davon übrig blieb. Danach musste er sich eine Strategie zurechtlegen. Mr X würde toben wie ein Irrer, wenn er das herausbekam. Os Elite war vollständig vernichtet worden, und die anderen *Lesser,* die er zu Es Bestrafung eingeladen hatte, waren ebenfalls tot. Sechs Jäger in etwas über einer halben Stunde.

Und verflucht noch mal, er wusste praktisch nichts über dieses Monster, das den ganzen Schaden angerichtet hatte. Sie waren gerade dabei gewesen, Es Körper an den Baum zu hängen, als der Escalade anhielt. Ein blonder Krieger war herausgestürmt, so groß und so schnell, dass er mit Sicherheit ein Mitglied der Bruderschaft war. Es war noch ein anderer Vampir bei ihm gewesen, auch unglaublich gefährlich. Außerdem ein Mensch, obwohl der Teufel wissen mochte, was der Kerl bei den beiden Brüdern zu suchen hatte.

Der Kampf hatte gerade acht oder neun Minuten gedauert, O hatte sich den Blonden vorgenommen und ihm ein paar Schläge ohne nennenswerte Wirkung verpasst. Sie waren heftig in einen Faustkampf verwickelt gewesen, als einer der anderen *Lesser* einen Schuss abgegeben hatte. O hatte sich zu Boden fallen lassen und abgerollt, beinahe wäre er selbst erschossen worden. Als er wieder aufsah, hielt sich der Vampir die Schulter und stürzte rücklings zu Boden.

O hatte sich auf ihn geworfen, er wollte ihn selbst töten, doch im selben Moment hatte der *Lesser* mit der Pistole ebenfalls versucht, dem Vampir den Rest zu geben. Der Idiot war über Os Bein gestolpert und hatte sie beide zu Boden gerissen. Und dann hatte dieser Lichtblitz aufgeleuchtet, und das Monster war aufgetaucht. War es denn möglich, dass dieses Ding irgendwie aus dem blonden Krieger entstanden war? Mann, das wäre vielleicht eine Geheimwaffe.

O rief sich den Krieger noch einmal vor Augen, seine Augen, das Gesicht, die Kleider, die Bewegungen. Eine genaue Beschreibung wäre von entscheidender Bedeutung für die »Befragungen«, die die Gesellschaft derzeit durchführte. Präzise Fragen, die man den Gefangenen stellen konnte, erhöhten die Wahrscheinlichkeit brauchbarer Antworten.

Und genau um Informationen über die Brüder ging es ihnen ja. Nachdem sie jahrzehntelang die Zivilbevölkerung der Vampire attackiert hatten, konzentrierten sich die *Lesser* nun auf die Bruderschaft selbst. Ohne diese Krieger würde die Vampirrasse wehrlos sein, und die Gesellschaft der *Lesser* würde endlich ihre Aufgabe vollenden und die Spezies auslöschen können.

O fuhr auf den Parkplatz des örtlichen Laserdroms. Das einzig Gute heute Abend war gewesen, E langsam zu töten. Seinen Ärger am Körper seines Kollegen auszulassen, war wie ein kühles Bier an einem heißen Sommerabend. Befriedigend. Beruhigend.

Doch was danach passiert war, machte ihn bereits wieder nervös.

O klappte sein Handy auf und tippte eine Kurzwahlnummer ein. Es gab keinen Grund, mit seinem Bericht zu warten, bis er zu Hause war. Mr Xs Reaktion würde noch furchtbarer ausfallen, wenn er das Gefühl hätte, er würde die Beichte hinauszögern.

»Wir haben da ein Problem«, sagte er, als jemand den Hörer abnahm.

Fünf Minuten später legte er auf, wendete den Wagen und fuhr zurück in den ländlicheren Teil der Stadt.

Mr X hatte eine Unterredung gefordert. In seiner privaten Blockhütte im Wald.

6

Rhage konnte nur Schemen erkennen, seine Augen waren mit dem hellen Licht überfordert. Er hasste jegliche Art körperlicher Schwäche, daher bemühte er sich verzweifelt darum, den Bewegungen der zwei großen Gestalten um sich herum zu folgen. Als sich Hände unter seine Achseln schoben und ihn an den Knöcheln fassten, stöhnte er auf.

»Ganz ruhig, Rhage, wir heben dich nur kurz hoch, okay?« Das war Vs Stimme.

Ein glühender Schmerz schoss ihm durch den ganzen Körper, als er aufgehoben und in den Wagen getragen wurde. Sie legten ihn vorsichtig ab und schlossen die Türen. Der Motor sprang mit leisem Brummen an.

Ihm war so kalt, dass seine Zähne klapperten, und er wickelte sich fester in den Stoff, den ihm jemand um die Schultern gelegt hatte. Als seine Hände nicht so recht gehorchen wollten, half ihm jemand.

»Bleib einfach nur liegen, Großer.«

Butch. Das war Butch.

Rhage wollte etwas sagen, doch der fade Geschmack in seinem Mund war ekelhaft.

»Lass mal gut sein, Hollywood. Alles ist gut. V und ich bringen dich nach Hause.«

Das Auto fuhr an und holperte vom Seitenstreifen zurück auf die Straße. Er jammerte wie ein Mädchen, aber er konnte nichts dagegen tun. Sein Körper fühlte sich an, als hätte ihn jemand mit einem Baseballschläger windelweich geprügelt. Einem Baseballschläger mit Eisenstacheln.

Und dabei waren seine Knochen- und Muskelschmerzen noch nichts gegen seinen Bauch. Er betete nur, dass er es bis zum Haus schaffen würde, damit er sich nicht in Vs Auto übergeben musste. Aber garantieren konnte er für nichts. Seine Speicheldrüsen arbeiteten auf Hochtouren, weshalb er ständig schlucken musste. Was wiederum den Würgereflex anreizte, was wiederum die Übelkeit verstärkte. Sodass er sich gleich …

In dem verzweifelten Versuch, den Kreislauf zu durchbrechen, atmete er tief durch die Nase ein.

»Wie geht's uns da hinten, Hollywood?«

»Versprich mir … Dusche. Als Allererstes.«

»Sollst du haben, Kumpel.«

Er musste wohl das Bewusstsein verloren haben, denn als Rhage wieder wach wurde, schleppte man ihn gerade ins Haus. Er hörte vertraute Stimmen. V. Butch. Ein tiefes Knurren, das nur von Wrath stammen konnte.

Wieder wurde er ohnmächtig. Als er zu sich kam, spürte er etwas Kaltes am Rücken.

»Kannst du aufstehen?«, fragte Butch.

Rhage machte einen Versuch und war dankbar, als seine Oberschenkel das Gewicht akzeptierten. Und seit er nicht mehr im Auto lag, wurde auch die Übelkeit langsam besser.

Seine Ohren vernahmen ein süßes Rauschen, und einen

Augenblick später stürzte ein Schwall warmen Wassers über seinen Körper.

»Wie ist das so, Rhage? Zu heiß?« Butchs Stimme. Ganz nah.

Der Polizist war bei ihm in der Dusche. Und er roch türkischen Tabak. Also war auch V im Badezimmer.

»Hollywood? Ist das zu heiß für dich?«

»Nein.« Er tastete nach der Seife. »Kann nichts sehen.«

»Macht gar nichts. Du musst nicht unbedingt wissen, wie wir beide zusammen nackt unter der Dusche aussehen. Um ehrlich zu sein, bin ich traumatisiert genug für uns beide.«

Rhage lächelte schwach, während ein Waschlappen ihm über Gesicht, Hals und Brust schrubbte.

Gott, das fühlte sich fantastisch an. Er bog den Kopf nach hinten und ließ sich von Wasser und Seife die Überreste des Monsters und seines Festmahls wegwaschen.

Viel zu bald wurde die Dusche wieder abgedreht. Ein Handtuch wurde ihm um die Hüften gewickelt und mit einem anderen wurde er abgetrocknet.

»Können wir sonst noch was für dich tun, bevor du dich in die Horizontale begibst?«, erkundigte sich Butch.

»Alka Seltzer. Schränkchen.«

»V, lös doch mal ein paar von den Brausepillen auf, bitte.« Butchs Arm legte sich um Rhages Taille. »Stütz dich ruhig auf mich, Kumpel. Ja, so ist es gut – *weia.* Verdammt, wir müssen mal aufhören, dich so gut zu füttern.«

Rhage ließ sich über den Marmorfußboden ins Schlafzimmer führen.

»Also dann, mein Großer, und jetzt schön hinlegen.«

Oh ja. Bett. Bett war gut.

»Und sieh mal, wer hier ist. Schwester Vishous.«

Rhage spürte, wie sein Kopf etwas angehoben und ihm ein Glas an die Lippen gesetzt wurde. Als er so viel geschluckt hatte, wie er konnte, sank er erschöpft in die Kissen zurück. Er war kurz davor, wieder das Bewusstsein zu verlieren, als er Butchs gedämpfte Stimme hörte.

»Wenigstens ist die Kugel sauber durch ihn durchgegangen. Aber Mann, er sieht nicht gut aus.«

Leise antwortete V. »Morgen geht es ihm schon wieder besser. Er erholt sich immer sehr schnell, aber es ist trotzdem ziemlich hart.«

»Dieses Vieh war vielleicht 'ne Ansage.«

»Er macht sich immer große Sorgen deswegen.« Ein *Ratsch* erklang, und wieder strömte eine frische Wolke von diesem wunderbaren Tabakduft heran. »Er versucht zu verbergen, wie viel Angst ihm das macht. Muss immer die glänzende Fassade wahren. Aber er hat blanken Horror davor, jemanden zu verletzten.«

»Seine erste Frage, als er wieder zu sich kam, war, ob es dir und mir gut geht.«

Rhage wollte den Schlaf herbeizwingen. Die schwarze Leere war immer noch besser, als seinen Freunden zuzuhören, wie sie ihn bemitleideten.

Einundneunzig Jahre, acht Monate und vier Tage. Dann würde er frei sein. Wenn er lange genug leben würde.

Mary versuchte verzweifelt einzuschlafen. Sie schloss die Augen. Probierte autogenes Training. Konzentrierte sich auf ihre Zehen und entspannte einen nach dem anderen. Ging sämtliche Telefonnummern durch, die sie kannte. Nichts half.

Sie wälzte sich herum und starrte die Decke an. Als sich ein Bild von John vor ihr geistiges Auge schob, war sie dankbar. Der Junge war immerhin besser als viele andere Themen, die sich ihr momentan aufdrängten.

Sie konnte nicht fassen, dass er schon dreiundzwanzig war. Obwohl – je mehr sie über ihn nachdachte, desto einleuchtender erschien es ihr. Abgesehen von seinem *Matrix*-Tick war er doch unglaublich reif. Eigentlich beinahe weise.

Als es Zeit für ihn gewesen war, zu gehen, hatte sie darauf bestanden, ihn nach Hause zu fahren. Bella hatte gebeten, mitkommen zu dürfen. Und so waren die drei zusammen in Marys Auto in die Innenstadt gefahren, Johns Fahrrad aus dem offenen Kofferraum ragend. Es war hart gewesen, den Jungen vor dem armseligen Gebäude abzusetzen, in dem er lebte. Sie hatte ihn fast angebettelt, mit ihr zurück nach Hause mitzukommen.

Aber wenigstens hatte er eingewilligt, morgen Abend zu Bella zu kommen. Und vielleicht würde ihm diese Kampfsportsache ein paar Türen öffnen. Sie hatte den Eindruck, dass er nicht besonders viele Freunde hatte. Deshalb fand sie es besonders lieb von Bella, sich seinetwegen solche Mühe zu machen.

Bei dem Gedanken daran, wie John die andere Frau angesehen hatte, musste Mary grinsen. Solch schüchterne Bewunderung. Und Bella ging damit sehr feinfühlig um, obwohl sie solche Blicke doch zweifellos gewohnt war. Vermutlich ging es ihr ständig so.

Einen Moment lang gestattete Mary sich die Vorstellung, die Welt durch Bellas makellose Augen zu sehen. Und auf Bellas makellosen Beinen zu laufen. Und Bellas makelloses Haar über ihre Schulter zu werfen.

Diese Fantasien waren eine gute Ablenkung. Sie malte sich aus, wie sie in einem sagenhaften Kleid über die Fifth Avenue in New York spazierte. Nein, wie sie am Strand entlangging. Sie trug einen schwarzen Bikini. Was soll's, einen schwarzen *String*-Bikini.

Okay, das war jetzt vielleicht ein bisschen viel.

Trotzdem wäre es toll, wenigstens ein einziges Mal zu erleben, wie ein Mann sie mit grenzenloser Anbetung ansah.

Ihn … zu *betören*. Genau, das war das richtige Wort. Wenn doch nur einmal ein Mann von ihr betört wäre.

Nur, dass das leider nie geschehen würde. Diese Zeit in ihrem Leben – die der Jugend und der Schönheit und der aufblühenden Sexualität – lag hinter ihr. Eigentlich hatte es sie nie gegeben. Und jetzt war sie eine unscheinbare Einunddreißigjährige, die dank ihrer Krankheit schon ein hartes Leben hinter sich hatte.

Mary stöhnte auf. Na super. Sie hatte zwar keine Panikattacke, dafür steckte sie aber knietief im Selbstmitleid. Und das Zeug war wie nasser Schlamm, klebrig und eklig.

Sie machte das Licht an und nahm mit grimmiger Entschlossenheit die *Vanity Fair* in die Hand. *Na, dann wollen wir doch mal sehen, wie es Paris Hilton im Knast ergangen ist,* dachte sie.

7

Nachdem Rhage eingeschlafen war, ging Butch mit V den Flur hinunter in Wraths Arbeitszimmer. Normalerweise nahm Butch an Angelegenheiten der Bruderschaft nicht teil, aber Vishous würde ihm von ihrer Begegnung auf dem Heimweg erzählen, und Butch war der Einzige, der sich den *Lesser* am Baum näher angesehen hatte.

Als er durch die Tür kam und die Versailles-Dekoration sah, stellte sich bei ihm dieselbe Reaktion wie immer ein: Es passte einfach nicht. Die ganzen Goldschnörkel an den Wänden und die Gemälde von kleinen, dicken Putten an der Decke und die zierlichen, sündhaft teuren Möbel. Das hier war ein Ort für uralte Franzosen mit gepuderten Perücken. Keine Kommandozentrale einer Horde von Hochleistungskämpfern.

Was auch immer. Die Bruderschaft war in dieses Haus gezogen, weil es praktisch und sicher war, nicht weil ihr die Einrichtung so gut gefiel.

Er suchte sich einen Stuhl mit spindeldürren Beinen aus

und versuchte sich hinzusetzen, ohne sein ganzes Gewicht darauf niederzulassen. Er nickte Tohrment knapp zu, der auf der seidenbezogenen Couch gegenüber Platz genommen hatte. Die Beine weit über die blassblauen Kissen ausgebreitet, nahm der Vampir den Großteil des Möbels in Anspruch. Sein militärisch kurz geschnittenes schwarzes Haar und seine breiten Schultern verkündeten, dass er ein ganz Harter war; aber seine dunkelblauen Augen sprachen eine andere Sprache.

Unter der martialischen Maske war Tohr ein wirklich netter Kerl. Und erstaunlich feinfühlig, wenn man bedachte, dass er von Berufs wegen Untote verprügelte. Seit Wrath vor zwei Monaten den Königsthron bestiegen hatte, war Tohrment der offizielle Anführer der Bruderschaft. Und der einzige Kämpfer, der nicht im großen Herrenhaus wohnte. Tohrs Shellan Wellsie erwartete ihr erstes Kind und dachte nicht daran, mit einem Haufen allein stehender Kerle zusammenzuziehen. Und wer wollte ihr das schon zum Vorwurf machen?

»Ihr hattet also ein bisschen Spaß auf dem Weg nach Hause«, sagte Tohr zu Vishous.

»Rhage hat sich richtig gehen lassen«, entgegnete V, während er sich einen Wodka aus der Hausbar eingoss.

Als Nächster traf Phury ein und nickte allen zur Begrüßung zu. Butch mochte diesen Bruder sehr, auch wenn sie nicht viel gemeinsam hatten. Mal abgesehen von ihrem Klamottentick, aber selbst in der Hinsicht unterschieden sie sich voneinander. Butchs Fimmel bestand darin, einem billigen Haus einen neuen Anstrich zu geben. Phury dagegen hatte einen angeborenen Sinn für Stil und maskuline Eleganz. Er war zwar tödlich gefährlich, aber gleichzeitig hatte er auch etwas Metrosexuelles an sich.

Der Gentleman-Eindruck, den er hinterließ, lag nicht nur an seinen scharfen Sachen, wie dem schwarzen Kaschmirpullover und der eleganten Anzughose aus feinem Zwirn, die er heute trug. Der Bruder hatte außerdem die eindrucksvollsten Haare, die Butch je gesehen hatte. Die langen, dicken Wellen aus Blond, Rot und Braun waren irrsinnig eindrucksvoll. Und seine eigentümlich gelben Augen, die so golden leuchteten wie Sonnenschein, waren der Clou.

Warum er zölibatär lebte, war Butch einfach ein Rätsel.

Als Phury zur Hausbar ging, um sich ein Glas Port einzuschenken, war das Hinken kaum zu bemerken. Butch hatte gehört, dass der Vampirkrieger irgendwann seinen Unterschenkel verloren hatte. Jetzt trug er eine Prothese, die ihn ganz offensichtlich auf dem Schlachtfeld nicht im Mindesten behinderte.

Wieder betrat jemand den Raum, und Butch blickte über die Schulter.

Leider hatte Phurys Zwillingsbruder beschlossen, pünktlich zu erscheinen, aber wenigstens stellte Zsadist sich in die hinterste Ecke und hielt sich von den anderen fern. Butch war das nur recht, denn der Kerl machte ihn ernstlich nervös.

Zs Narbengesicht und die glänzenden, schwarzen Augen waren nur die Spitze des Eisbergs. Der ganze Mann war ein totaler Freak; geschorener Schädel, Tattoos um den Hals und die Handgelenke, Piercings: Er wirkte von Kopf bis Fuß bedrohlich, und der grenzenlose Hass, der in ihm brodelte, rundete den Eindruck ab. Er war eiskalt, bösartig und vollkommen unberechenbar.

Wie man ihm berichtet hatte, war Zsadist als Säugling entführt und in eine Art von Sklaverei verkauft worden. Die einhundert Jahre, die er in Gefangenschaft verbrachte, hatten ihm alles nur entfernt Menschliche – ähm, Vampirische – genommen. Jetzt war er nichts als dunkle Gefühle, gefangen in einer zerstörten Hülle. Und wenn man wusste, was gut für einen war, ging man ihm besser aus dem Weg.

Aus dem Flur hörte man schwere Schritte. Die Brüder wurden still, und einen Augenblick später füllte Wrath den Türrahmen aus.

Wrath war ein riesiger, dunkelhaariger, finster dreinblickender Albtraum von einem Mann. Er trug Tag und Nacht eine dunkle Sonnenbrille, sehr viel Leder und war so ungefähr der letzte Typ auf Erden, mit dem man sich anlegen wollte.

Zufällig stand der Bursche außerdem ganz oben auf Butchs Liste derer, mit denen ihn eine unverbrüchliche Loyalität verband. Er und Wrath hatten in jener Nacht ein Bündnis geschlossen, als Wrath bei der Befreiung seiner Frau aus den Händen der *Lesser* angeschossen worden war. Butch hatte den Brüdern geholfen, und damit war der Fall erledigt. Die beiden waren Freunde fürs Leben.

Wrath betrat den Raum, als gehörte ihm die ganze Welt. Der Bruder war ein geborener Herrscher, was auch einleuchtend war, denn genau das war er. Der Blinde König. Der letzte reinrassige Vampir auf der Welt. Der Herrscher seiner Rasse.

Wrath blickte in Butchs Richtung. »Du hast dich heute Nacht sehr gut um Rhage gekümmert. Ich weiß das zu schätzen.«

»Er hätte dasselbe für mich getan.«

»Ja, das stimmt.« Wrath ging hinter den Schreibtisch und setzte sich, die Arme vor der Brust verschränkt. »Was wir im Moment wissen, ist Folgendes: Bei Havers wurde heute Nacht ein Patient eingeliefert. Männlich, Zivilist. Schlimm zugerichtet, kaum noch bei Bewusstsein. Bevor er starb, konnte er Havers noch erzählen, dass er von *Lessern* zusammengeschlagen wurde. Sie wollten Informationen über die Bruderschaft von ihm. Wo wir wohnen, was er über uns weiß.«

»Schon wieder einer«, murmelte Tohr.

»Genau. Ich denke, wir haben es mit einer neuen Strategie bei der Gesellschaft der *Lesser* zu tun. Der Vampir beschrieb einen Ort, der speziell für Folterverhöre eingerichtet war. Unglücklicherweise starb er, bevor er den Standort dieses Verstecks preisgeben konnte.« Wrath sah Vishous eindringlich an. »V, ich möchte, dass du zu der Familie des Toten gehst und ihnen mitteilst, dass er gerächt werden wird. Phury, du gehst zu Havers und sprichst mit der Krankenschwester, die am meisten mit dem Mann geredet hat. Vielleicht bekommst du ja noch einen Anhaltspunkt, wo sie ihn gefangen gehalten haben, und wie er entkommen konnte. Ich werde nicht zulassen, dass diese Dreckskerle meine Leute als Kratzbaum verwenden.«

»Sie schlagen inzwischen auch ihre eigenen Kollegen zusammen«, warf Vishous ein. »Auf dem Heimweg haben wir einen *Lesser* gefunden, der an einem Baum aufgehängt war. Umringt von seinen entzückenden Freunden.«

»Was haben sie mit ihm gemacht?«

Butch ergriff das Wort. »So einiges. Er atmete nicht mehr, und das war nicht das Schlimmste. Bringen sie oft ihre eigenen Leute um?«

»Nein. Normalerweise nicht.«

»Dann ist das aber ein merkwürdiger Zufall, findet ihr nicht? Ein Vampir befreit sich aus ihrem Foltercamp. Ein *Lesser* wird aufgehängt und sieht aus wie ein Nadelkissen.«

»Ich kann dir folgen, Bulle.« Wrath wandte sich an V. »Hast du irgendwelche Infos von diesen *Lessern* bekommen können? Oder hat Rhage sauber aufgeräumt?«

V schüttelte den Kopf. »Da war nichts mehr übrig.«

»Nicht ganz.« Butch holte die Brieftasche des aufgehängten *Lesser* heraus. »Die ist von dem, den sie erledigt haben.« Er durchsuchte sie und fand den Führerschein. »Gary Essen. Hey, der wohnte in meinem alten Haus. Da sieht man mal wieder, wie wenig man seine Nachbarn kennt.«

»Ich durchsuche die Wohnung«, sagte Tohr.

Als Butch die Brieftasche herüberwarf, standen die Brüder auf und wollten gehen.

Doch Tohr hielt sie noch zurück. »Da ist noch eine Sache. Heute Abend kam ein Anruf herein. Eine Vampirin hat einen Jungen gefunden, der ganz allein ist. Er trug den Namen *Tehrror* an sich. Ich habe ihr aufgetragen, ihn morgen Abend hier ins Trainingszentrum zu bringen.«

»Das ist ja interessant«, sagte Wrath.

»Er kann nicht sprechen, deshalb kommt seine Übersetzerin mit. Sie ist übrigens ein Mensch.« Tohr lächelte und steckte sich die Brieftasche des *Lesser* hinten in die Lederhose. »Aber keine Sorge. Wir löschen ihr Gedächtnis nach dem Besuch.«

Als Mr X die Tür seiner Blockhütte öffnete, besserte sich seine Laune beim Anblick von Mr O nicht gerade. Der *Lesser* wirkte unaufgeregt und unerschütterlich. Demut hätte ihn weitergebracht, aber jegliche Form von Schwäche oder Unterwerfung lag nicht im Wesen dieses Mannes. Noch nicht.

Mr X bedeutete seinem Untergebenen einzutreten. »Wissen Sie, diese Geschichte Ihres angeblichen Versagens ist nichts für mich. Und ich hätte wissen müssen, dass ich Ihnen nicht trauen kann. Hätten Sie was dagegen, mir zu erklären, warum Sie Ihre Eskadron getötet haben?«

Mr O wirbelte herum. »Wie bitte?«

»Verstecken Sie sich doch nicht hinter Lügen, das ärgert mich.« Mr X schloss die Tür.

»Ich habe sie nicht getötet.«

»Sondern eine riesige Bestie? Ach bitte, Mr O. Sie könnten zumindest etwas einfallsreicher sein. Oder noch besser, Sie könnten es der Bruderschaft in die Schuhe schieben. Das wäre überzeugender.«

Mr X ging quer durch den Raum und schwieg eine Weile, damit sein Untergebener Zeit hatte, sich ein bisschen in seinen Zorn hineinzusteigern. In aller Ruhe tippte er auf seinem Laptop herum und sah sich dann um. Seine Hütte war rustikal und spärlich möbliert, die dreißig Hektar Land, die sie umgaben, waren eine gute Pufferzone. Zwar funktionierte die Toilette nicht, aber da *Lesser* keine Nahrung mehr zu sich nahmen, war diese Installation auch überflüssig. Die Dusche war allerdings intakt.

Und bis sie ein neues Rekrutierungszentrum einrichten konnten, diente dieser bescheidene Vorposten außerdem als Hauptquartier der Gesellschaft.

»Ich habe Ihnen ganz genau geschildert, was ich gesehen habe«, brach Mr O endlich mit schneidender Stimme das Schweigen. »Warum sollte ich lügen?«

»Das Warum interessiert mich nicht.« Beiläufig öffnete Mr X die Tür zum Schlafzimmer. Die Angeln quietschten. »Sie sollten wissen, dass ich Eskadrone zum Schauplatz geschickt habe, während Sie auf dem Weg hierher waren. Man hat mir berichtet, dass von den Körpern nichts übrig war. Ich gehe also davon aus, dass Sie sie mit einem Stich in die Brust ins Große Ungewisse geschickt haben. Und außerdem bestätigte man mir, dass dort ein höllischer Kampf stattgefunden haben muss. Überall war Blut. Ich kann mir gut vorstellen, wie Ihre Männer sich gegen Sie zur Wehr gesetzt haben. Sie müssen spektakulär gewesen sein, um zu gewinnen.«

»Wenn ich das Gemetzel angerichtet hätte, wie könnten dann meine Kleider so sauber sein?«

»Sie haben sich natürlich umgezogen, bevor Sie herkamen. Sie sind ja nicht dumm.« Mr X baute sich im Türrahmen auf. »Also, die Lage ist folgende. Sie, Mr O, gehen mir unglaublich auf den Sack. Und die Frage, die ich mir stellen muss, lautet: Sind Sie all den Ärger überhaupt wert? Das waren Elitekämpfer, die Sie da getötet haben. Erfahrene *Lesser.* Haben Sie eine Ahnung, wie lange –«

»Ich habe sie nicht getötet.«

Mr X machte zwei rasche Schritte vorwärts und verpasste Mr O einen Schlag gegen das Kinn. Der andere Mann ging zu Boden.

Dann setzte Mr X ihm den Stiefel seitlich aufs Gesicht und trat zu. »Schluss damit jetzt, okay? Was ich gerade fragen wollte, war, ob Sie auch nur einen blassen Schimmer haben, wie lange es dauert, einen Elitekämpfer zu schaffen? Jahrzehnte, Jahrhunderte. Sie haben es geschafft, drei davon in einer einzigen Nacht auszulöschen. Womit wir insgesamt schon bei vier wären, wenn man Mr M mitzählt, dem Sie ohne meine Erlaubnis die Kehle aufgeschlitzt haben. Und dann sind da noch die Betas, die Sie ebenfalls heute Nacht erschlagen haben.«

Mr O kochte vor Wut, seine Augen funkelten unter der Sohle des Schuhs hervor. Mr X stützte sein Gewicht auf seinen Fuß, bis die Augen weit aufgerissen und nicht mehr zusammengekniffen waren.

»Also noch mal. Ich muss mich fragen, ob Sie das wert sind. Sie sind erst seit drei Jahren in der Gesellschaft. Sie sind stark, Sie sind effektiv, aber Sie erweisen sich als schwer zu kontrollieren. Ich habe Sie mit den Elitejägern in eine Einheit gesteckt, weil ich annahm, Sie würden von deren hohem Leistungsniveau lernen und sich etwas mäßigen. Stattdessen haben Sie sie getötet.«

Mr X spürte, wie ihm die Galle hochkam, und ermahnte sich, dass Wut einem Anführer nicht anstand. Ruhige, ausgeglichene Autorität funktionierte am besten. Also holte er tief Luft, bevor er wieder sprach.

»Sie haben heute Nacht einige unserer besten Aktivposten ausgeschaltet. Und das wird jetzt aufhören, Mr O.«

Mr X hob den Stiefel hoch. Sofort sprang der andere *Les-*

ser vom Boden auf. Gerade wollte Mr O den Mund aufmachen, als ein seltsames, disharmonisches Summen erklang. Er blickte in die Richtung, aus der das Geräusch kam.

Mr X lächelte. »Und jetzt ab ins Schlafzimmer, wenn ich bitten darf.«

Mr O kauerte sich in Angriffshaltung. »Was ist das?«

»Es wird Zeit für ein bisschen Verhaltensmodifikation. Und auch ein bisschen Strafe. Also los.«

Inzwischen war das Geräusch so laut, dass es eher einer Luftvibration glich.

Mr O rief: »Ich habe die Wahrheit gesagt!«

»Ins Schlafzimmer. Die Zeit des Redens ist vorbei.« Mr X blickte über die Schulter. »Von mir aus geht es auch anders.«

Er lähmte die stützenden Muskeln im Körper des anderen *Lesser* und verfrachtete ihn unsanft in den anderen Raum. Dann schubste er ihn aufs Bett.

Die Eingangstür schlug mit einem Krachen auf.

Mr O traten fast die Augen aus dem Kopf, als er Omega erkannte. »O … Gott … nein …«

Mr X ordnete die Kleider seines Untergebenen, strich die Jacke und das Hemd glatt. Zur Sicherheit glättete er auch noch das dunkelbraune Haar und küsste Mr O auf die Stirn, als wäre er ein Kind, das er zu Bett bringen wollte.

»Wenn Sie mich dann entschuldigen wollen«, murmelte Mr X. »Ich lasse Sie beide jetzt allein.«

Mr X verließ die Hütte durch die Hintertür. Er stieg gerade in sein Auto, als die Schreie begannen.

8

»Sieh mal, Bella, ich glaube, wir werden abgeholt.« Mary ließ den Vorhang sinken. »Entweder das, oder der Diktator einer Bananenrepublik hat sich ausgerechnet in Caldwell niedergelassen.«

Eilig ging John zum Fenster. *Wow,* zeigte er. *Seht euch den Mercedes an. Die getönten Scheiben sehen kugelsicher aus.*

Die drei verließen Bellas Haus und schritten auf die Limousine zu. Ein kleiner alter Mann in einer schwarzen Livree stieg auf der Fahrerseite aus und kam um den Wagen herum, um sie zu begrüßen. Unpassenderweise war er ein fröhliches Kerlchen und grinste dabei wie ein Honigkuchenpferd. Mit den vielen Falten, den langen Ohrläppchen und den Hängebäckchen wirkte er, als wollte er beinahe zerfließen; aber seine strahlende Heiterkeit deutete darauf hin, dass so ein Auflösungsprozess kein unangenehmer Zustand war.

»Ich bin Fritz«, sagte er mit einer tiefen Verbeugung. »Bitte gestatten Sie mir, Sie zu fahren.«

Er öffnete die hintere Tür, und Bella stieg zuerst ein. Dann kam John, und als auch Mary Platz genommen hatte, schloss Fritz die Tür hinter ihnen. Einen Augenblick später waren sie bereits unterwegs.

Der Mercedes glitt sanft über die Straße, und Mary versuchte zu erkennen, wohin sie fuhren. Doch die Fenster waren zu dunkel. Sie hatte das Gefühl, sich in Richtung Norden zu bewegen, aber sicher war sie nicht.

»Wo genau ist denn dieses Zentrum, Bella?«

»Es ist nicht weit.« Doch so ganz überzeugt wirkte die andere Frau auch nicht. Um die Wahrheit zu sagen, wirkte sie sogar sehr nervös, seit Mary und John bei ihr aufgetaucht waren.

»Weißt du, wo wir hingebracht werden?«

»Aber klar.« Bella lächelte und betrachtete John. »Wir treffen ein paar der eindrucksvollsten Männer, die du je gesehen hast.«

Mary hatte kein gutes Gefühl bei der ganzen Sache, und sie wurde immer misstrauischer, je weiter sie fuhren. Sie wünschte wirklich, sie hätte ihr eigenes Auto genommen.

Zwanzig Minuten später hielt der Mercedes an. Kroch dann wieder vorwärts. Blieb wieder stehen. Das wiederholte sich noch einige Male. Dann ließ Fritz das Fenster herunter und sprach in eine Art Sprechanlage. Langsam fuhren sie noch etwas weiter, dann hielten sie endgültig an, und der Motor wurde abgestellt.

Mary wollte die Tür aufmachen. Sie war verschlossen.

Herzlich willkommen bei Aktenzeichen XY. Sie sah schon die Fernsehbilder vor sich, drei arglose Opfer eines Gewaltverbrechens.

Doch der Fahrer ließ sie unverzüglich aussteigen, immer noch mit einem Lächeln auf dem Gesicht. »Würden Sie mir bitte folgen?«

Beim Aussteigen sah Mary sich um. Sie befanden sich in

einer Art Tiefgarage, nur, dass sonst keine Autos darin standen. Nur zwei kleine Busse, wie Flughafen-Shuttlebusse.

Sie blieben dicht hinter Fritz und passierten eine dicke Metalltür, die den Weg in ein Labyrinth von neonbeleuchteten Korridoren freigab. Gott sei Dank schien der Typ zu wissen, wo es langging. In alle möglichen Richtungen zweigten Gänge ab, ohne jegliches erkennbare System. Als wäre es Absicht, dass Besucher sich verliefen und nicht mehr hinausfanden.

Nur, dass irgendjemand immer wüsste, wo man gerade war, dachte Mary. Alle zehn Meter etwa hing ein Gehäuse an der Decke. So etwas hatte sie in Einkaufszentren und auch im Krankenhaus schon gesehen. Überwachungskameras.

Endlich kamen sie in ein kleines Zimmer mit einem venezianischen Spiegel, einem Metalltisch und fünf Metallstühlen. Eine kleine Kamera hing in der Ecke gegenüber der Tür. Es sah genau wie in einem polizeilichen Verhörraum aus, zumindest wenn man in diesen Dingen dem Fernsehen Glauben schenken durfte.

»Sie werden nicht lange warten müssen«, verkündete Fritz und neigte den Kopf. Er ging rückwärts aus dem Raum, und die Tür schloss sich scheinbar von allein hinter ihm.

Mary probierte die Klinke aus und war überrascht, dass sie ganz leicht nachgab. Andererseits mussten sich die Verantwortlichen hier wirklich keine Sorgen darum machen, ihre Besucher aus den Augen zu verlieren.

Sie blickte Bella an. »Würde es dir etwas ausmachen, mir zu sagen, wo wir hier sind?«

»Es ist eine Einrichtung …«

»Eine Einrichtung?«

»Du weißt schon, zum Trainieren.«

Schon, aber was für eine Art von Training soll das sein? »Haben deine Bekannten hier irgendetwas mit der Regierung zu tun?«

»O nein. Nein.«

John gestikulierte: *Das sieht gar nicht wie eine Kampfsportschule aus.*

Allerdings nicht.

»Was hat er gesagt?«, fragte Bella.

»Er ist genauso neugierig wie ich.«

Mary drehte sich wieder zur Tür um, öffnete sie und steckte den Kopf hinaus. Als sie ein rhythmisches Geräusch hörte, trat sie heraus, ging aber nicht weiter.

Schritte. Nein, eher ein Schlurfen. Was zum –

Ein großer blonder Mann in einem schwarzen Muscleshirt und einer Lederhose kam um die Ecke getaumelt. Er war nicht sicher auf den Beinen, eine Hand hielt er an die Wand gestützt, und seine Augen waren nach unten gerichtet. Er schien den Boden sorgfältig im Auge zu behalten, als könnte er nur durch die räumliche Wahrnehmung das Gleichgewicht halten.

Er wirkte betrunken oder vielleicht krank, aber … lieber Himmel, er war schön. Sein Gesicht war so sagenhaft, dass Mary ein paar Mal blinzeln musste. Kantiges Kinn. Volle Lippen. Hohe Wangenknochen. Breite Stirn. Dickes, welliges Haar, vorne etwas heller als hinten, wo es kurz geschnitten war.

Und sein Körper war genauso spektakulär. Kräftige Statur, stählerne Muskeln, kein Gramm Fett. Seine Haut schimmerte selbst im Neonlicht golden.

Plötzlich sah er sie an. Seine Augen waren von einem Stahlblau, das so leuchtend, so lebendig war, dass sie beinahe wie fluoreszierend wirkten. Und sie sahen direkt durch sie hindurch.

Mary zog trotzdem den Kopf ein und dachte sich, dass dieser Mangel an Reaktion keine Überraschung war. Männer wie er nahmen Frauen wie sie nicht wahr. Das war ein Naturgesetz.

Sie sollte einfach zurück in den Raum gehen. Es hatte keinen Sinn, ihm dabei zuzusehen, wie er einfach wortlos an ihr vorbeischlurfte. Das Dumme war nur, je näher er kam, desto faszinierter war sie von ihm.

Mein Gott, er war einfach so … schön.

Rhage fühlte sich ziemlich bescheiden, als er den Flur entlangtorkelte. Jedes Mal, wenn die Bestie aus ihm hervorbrach, und sein Bewusstsein sich eine kleine Auszeit nahm, brauchten seine Augen danach etwas Zeit, um ihre normale Arbeit wieder aufzunehmen. Auch sein Körper funktionierte noch nicht in der gewohnten Weise, die Arme und Beine hingen bleischwer an seinem Torso und waren kaum zu gebrauchen.

Und sein Magen war immer noch nicht wieder in Ordnung. Allein der Gedanke an Essen verursachte ihm Übelkeit.

Aber er hatte es satt, im Bett zu liegen. Zwölf Stunden flach auf dem Rücken waren mehr als genug. Er war wild entschlossen, in den Trainingsraum zu gehen, und sich an den Geräten ein bisschen Lockerung zu verschaffen –

Er blieb unvermittelt stehen, sein Körper spannte sich instinktiv an. Viel konnte er nicht erkennen, aber er wusste mit Sicherheit, dass er nicht allein war. Wer auch immer es war, stand nahe bei ihm, zu seiner Linken. Ein Fremder.

Ruckartig drehte er sich um und riss die Gestalt herum, packte sie an der Kehle und drückte sie an die gegenüberliegende Wand. Zu spät bemerkte er, dass es eine Frau war. Das hohe Keuchen beschämte ihn. Schnell lockerte er seinen Griff etwas, ließ aber nicht los.

Der schlanke Hals unter seiner Handfläche war warm und weich. Ihr Puls raste, das Blut pumpte durch die Vene, die vom Herzen hinaufführte. Rhage beugte sich herunter und atmete ihren Duft ein, nur, um sofort wieder zurückzuzucken. Grundgütiger, sie war ein Mensch. Und sie war krank, vielleicht sterbenskrank.

»Wer bist du?«, knurrte er. »Wie bist du hier hereingekommen?«

Keine Antwort, nur hektisches Atmen. Sie war zu Tode erschrocken. Ihre Furcht drang wie herber Holzrauch in seine Nase.

Seine Stimme wurde etwas weicher. »Ich werde dir nicht wehtun. Aber du gehörst hier nicht her, und ich will wissen, wer du bist.«

Ihre Kehle wogte in seiner Hand, als sie versuchte, zu schlucken. »Ich heiße ... Mary. Ich bin mit einer Freundin hier.«

Rhage stockte der Atem. Sein Herzschlag geriet aus dem Takt.

»Sag das noch mal«, flüsterte er.

»Ähm, mein Name ist Mary Luce. Ich bin eine Freundin von Bella ... Wir wurden von einem Jungen hierher eingeladen, John Matthew.«

Rhage erbebte, ein sanfter Schauer fuhr ihm über die Haut. Ihre melodiöse Stimme, der Rhythmus ihrer Sprache, der Klang ihrer Worte, all das durchdrang ihn, besänftigte ihn, tröstete ihn. Fesselte ihn mit süßen Ketten.

Er schloss die Augen. »Sag etwas anderes.«

»Wie bitte?«, fragte sie verdutzt.

»Sprich mit mir. Ich will deine Stimme noch mal hören.«

Sie schwieg, und er wollte sie gerade herrisch auffordern weiterzureden, als sie sagte: »Sie sehen nicht gerade gut aus. Brauchen Sie einen Arzt?«

Er merkte, wie er schwankte. Die Worte waren egal. Es war ihr Klang: leise, wie eine sanfte Liebkosung. Es war, als streiche ihm jemand mit einer Feder über die Haut.

»Mehr«, sagte er und verschob die Hand um ihre Kehle

weiter nach vorn, sodass er die Vibrationen in ihrem Hals besser spüren konnte.

»Könnten Sie … könnten Sie mich bitte loslassen?«

»Nein.« Er hob den anderen Arm hoch. Sie trug eine Fleecejacke, und er schob den Kragen zur Seite, wobei er gleichzeitig eine Hand auf ihre Schulter legte, damit sie nicht entkommen konnte. »Sprich.«

Sie begann sich gegen seinen Griff zur Wehr zu setzen. »Sie bedrängen mich.«

»Ich weiß. Sprich.«

»Verdammt noch mal, was soll ich denn sagen?«

Selbst verärgert klang ihre Stimme noch wunderschön. »Egal.«

»Bitte, wenn Sie wollen: Nehmen Sie sofort Ihre Hand von meiner Kehle, oder Sie spüren mein Knie an einer empfindlichen Stelle.«

Er lachte. Dann brachte er seinen Unterleib näher an sie heran und presste sie mit den Oberschenkeln und Hüften an die Wand. Ihr Körper versteifte sich, aber er bekam trotzdem einen guten Eindruck von ihr. Sie war schmal gebaut, aber es gab keinen Zweifel daran, dass sie eine Frau war. Ihre Brüste berührten seine Brust, ihre Hüften drückten gegen ihn, und ihr Bauch fühlte sich weich an.

»Sprich weiter«, flüsterte er ihr ins Ohr. *O Gott, sie riecht so gut. Nach Zitronen. Frisch und herrlich.*

Als sie ihn von sich wegschieben wollte, stützte er sein gesamtes Gewicht auf ihr ab. Sie keuchte.

»Bitte«, murmelte er.

Ihre Brust hob sich spürbar, als versuche sie, Luft zu bekommen. »Ich … äh, ich weiß nicht, was ich sagen soll. Außer: Lassen Sie mich los.«

Er lächelte, wobei er sorgfältig den Mund geschlossen hielt. Es brachte überhaupt nichts, ihr jetzt seine Fänge zu zeigen, besonders falls sie nicht wusste, was er war.

»Dann sag das eben noch einmal.«

»Was?«

»Nichts. Sag nichts. Immer und immer wieder. Mach schon.«

Sie sträubte sich, der Duft der Furcht wurde abgelöst durch ein scharfes Aroma, ähnlich dem frisch gepflückter Minze. Jetzt wurde sie wütend.

»Sag es«, befahl er. Er musste unbedingt mehr von dem fühlen, was sie mit ihm anstellte.

»Von mir aus. Nichts. Nichts.« Unvermittelt lachte sie laut, und das Geräusch schoss seine Wirbelsäule hinauf und versengte ihn förmlich. »Nichts, nichts. Ni-hichts. Niiiiiiiiiieeeechts. Und, reicht das? Lassen Sie mich jetzt endlich los?«

»Nein.«

Sie wehrte sich wieder gegen seinen Griff, und eine köstliche Reibung entstand zwischen ihren Körpern. Er spürte sofort, als ihr Ärger und ihre Anspannung einer heißeren Empfindung wichen. Er konnte ihre Erregung wittern, ein wunderbar süßes Aroma, das schwer in der Luft lag. Und sein Körper reagierte sofort darauf.

Er wurde hart wie ein Diamant.

»Sprich weiter, Mary.« Er ließ seine Hüfte langsam kreisen und rieb seine Erektion an ihrem Bauch. Seine Sehnsucht wurde immer stärker, und ihre Hitze auch.

Nach einem kurzen Moment ließ ihre Anspannung nach, und ihr Körper ergab sich dem Druck seiner Muskeln und seiner Erregung. Ihre Hände legten sich flach auf seine Taille. Und glitten dann vorsichtig um ihn herum, als sei sie sich unsicher, warum sie so auf ihn reagierte.

Er bog den Rücken durch, um ihr seine Zustimmung zu zeigen und sie zu ermutigen, ihn zu berühren. Als ihre Handflächen seinen Rücken hinaufwanderten, stieß er ein tiefes Knurren aus und neigte den Kopf zu ihrem Ohr. Er wollte ihr ein Wort einsagen, das er hören wollte, etwas wie *köstlich* oder *Flüstern* oder *Erdbeere.*

Verdammt, *Donaudampfschifffahrtsgesellschaftskapitän* würde auch funktionieren.

Die Wirkung, die sie auf ihn ausübte, war wie eine Droge; eine verführerische Mischung aus sexuellem Begehren und vollkommener Ruhe. Als hätte er einen Orgasmus und würde gleichzeitig in eine friedlichen Schlaf sinken. So etwas hatte er noch nie zuvor empfunden.

Da überfuhr ihn ein kalter Schauer und entzog seinem Körper alle Wärme.

Er dachte an das, was Vishous zu ihm gesagt hatte, und riss den Kopf zurück.

»Bist du eine Jungfrau?«, fragte er mit donnernder Stimme.

Ihr Körper wurde wieder steif und abweisend. Sie drückte sich mit ihrem ganzen Gewicht gegen ihn, ohne ihn auch nur einen Zentimeter bewegen zu können.

»Ich muss doch sehr bitten. Was soll das denn für eine Frage sein?«

Vor Anspannung festigte sich sein Griff um ihre Schulter wieder. »Bist du schon einmal von einem Mann genommen worden? Beantworte die Frage.«

Ihre wunderschöne Stimme wurde ängstlich, versagte beinahe. »Ja. Ja, ich hatte … einen Liebhaber.«

Vor Enttäuschung ließ er seine Hand sinken. Doch die Erleichterung folgte gleich auf dem Fuße.

Also musste er vielleicht gar nicht unbedingt innerhalb der nächsten zehn Minuten seinem Schicksal begegnen.

Außerdem, selbst wenn diese Frau nicht für ihn bestimmt war, so war sie doch außergewöhnlich … etwas ganz Besonderes.

Und er musste sie haben.

Mary holte tief Luft, als der Griff um ihre Kehle endlich nachließ.

Das hab ich jetzt davon, dachte sie sich. Sie hatte ja unbedingt mal einen Mann betören wollen.

So hatte sie sich die Erfahrung aber überhaupt nicht vorgestellt. Sie war vollkommen überwältigt von dem männlichen Körper, der sich an sie presste. Von dem Sex, den er ausstrahlte. Von der tödlichen Macht, die in seinem Griff um ihre Kehle lag.

»Sag mir, wo du wohnst«, sagte der Mann.

Als sie nicht antwortete, wiegte er seine Hüften, und seine riesige Erektion kreiste und massierte ihren Bauch.

Mary schloss die Augen. Und versuchte, nicht daran zu denken, wie es sich anfühlen würde, ihn dabei in sich zu haben.

Sein Kopf senkte sich, und seine Lippen strichen über ihren Hals. Liebkosten sie. »Wo wohnst du?«

Sie spürte ein weiches, feuchtes Streicheln. O Gott, seine Zunge, die ihr über den Hals fuhr.

»Irgendwann wirst du es mir schon erzählen«, murmelte er. »Aber lass dir ruhig Zeit. Ich bin momentan nicht besonders in Eile.«

Seine Hüften ließen kurz von ihr ab und kamen dann zurück, als er einen Oberschenkel zwischen ihre Beine schob und dabei ihren empfindlichen Mittelpunkt streifte. Die Hand an ihrem Hals wanderte hinunter, bis sie zwischen ihren Brüsten liegen blieb.

»Dein Herz schlägt sehr schnell, Mary.«

»D-das liegt daran, dass ich Angst habe.«

»Angst ist aber nicht das Einzige, was du fühlst. Wo sind denn deine Hände gerade?«

Mist. Sie lagen oben auf seinem Bizeps. Und sie umklammerten ihn und zogen ihn an sich. Ihre Nägel gruben sich in seine Haut.

Als sie ihn losließ, runzelte er die Stirn. »Das fühlt sich gut an. Nicht aufhören.«

Die Tür hinter ihnen ging auf.

»Mary? Alles in Ordnung? O ... mein Gott.« Bellas Worte verloren sich.

Mary sammelte sich etwas, während der Mann seinen Oberkörper drehte und Bella ansah. Er kniff die Augen zusammen, und seine Lider flatterten. Dann wandte er sich wieder Mary zu.

»Deine Freundin sorgt sich um dich«, sagte er sanft. »Du kannst ihr sagen, dass das nicht nötig ist.«

Mary versuchte, sich zu befreien, und war nicht erstaunt, als er ihre ruckartigen Bewegungen locker aushebelte.

»Ich hätte da eine Idee«, murmelte sie. »Warum lassen Sie mich nicht los, dann muss sie sich nicht beruhigen?«

Eine trockene männliche Stimme tönte durch den Flur. »Rhage, diese Frau wurde nicht zu deinem Vergnügen hergebracht, und das ist hier nicht das *One Eye*, Bruder. Also: kein Sex auf dem Flur.«

Mary wollte den Kopf drehen, aber die Hand zwischen ihren Brüsten glitt zu ihrer Kehle hinauf und umfasste ihr Kinn. Der Blick aus seinen blauen Augen hielt sie fest.

»Ich werde die beiden einfach nicht beachten. Wenn du dasselbe tust, können wir sie verschwinden lassen.«

»Rhage, lass sie los.« Ein scharfer Strom von Worten folgte, gesprochen in einer Sprache, die sie nicht verstand.

Während die Tirade sich fortsetzte, blieb der Blick des Blonden unverwandt auf sie gerichtet, und sein Daumen fuhr sanft über ihre Lippen. Seine Berührung war träge, zärtlich, doch als er dem anderen Mann antwortete, klang seine Stimme hart und aggressiv, so kraftvoll wie sein Körper. Die Entgegnung des anderen fiel etwas weniger angriffslustig aus, als versuche er es mit Argumenten.

Unvermittelt ließ der blonde Mann sie los und trat zurück. Seinen warmen, schweren Körper nicht mehr auf sich zu spüren, versetzte ihr einen eigenartigen Schock.

»Bis später, Mary.« Er strich ihr mit dem Zeigefinger über die Wange und wandte sich dann von ihr ab.

Mary hatte plötzlich ganz weiche Knie und ließ sich gegen die Wand sinken, während er davontaumelte und sich wieder mit dem Arm an der Wand abstützte.

Meine Güte, als sie ihm auf Gedeih und Verderb ausgeliefert gewesen war, hatte sie ganz vergessen, dass er krank war.

»Wo ist der Junge?«, fragte die andere männliche Stimme streng.

Mary sah nach links. Der Kerl war groß und in schwarzes Leder gekleidet. Sein Haarschnitt hatte etwas Militärisches, und seine Augen waren dunkelblau, der Blick hellwach.

Ein Soldat, dachte sie. Aus irgendeinem Grund beruhigte sie seine Anwesenheit.

»Der Junge?«, fragte er noch einmal.

»John ist da drin«, erwiderte Bella.

»Dann wollen wir mal.«

Der Mann öffnete die Tür und drückte sich dagegen, sodass Mary und Bella sich an ihm vorbeiquetschen mussten. Er beachtete sie aber gar nicht, sondern starrte nur John an. Und John erwiderte seinen Blick mit zusammengekniffenen Augen, als versuchte er, den Soldaten einzuschätzen.

Als sie alle am Tisch saßen, nickte der Mann Bella zu. »Du warst es, die uns angerufen hat.«

»Ja. Das hier ist Mary Luce. Und John. John Matthew.«

»Ich bin Tohrment.« Er richtete den Blick wieder auf John. »Wie geht es dir, mein Junge?«

John machte ein paar Zeichen, und Mary musste sich räuspern, bevor sie übersetzen konnte. »Er sagt: Gut, Sir. Und Ihnen?«

»Mir geht's auch gut.« Der Mann lächelte leicht und wandte sich Bella zu. »Ich möchte, dass du im Flur wartest. Ich spreche dann später mit dir, wenn ich mit ihm geredet habe.«

Bella zögerte.

»Das ist keine Bitte«, sagte er ruhig.

Nachdem Bella gegangen war, drehte der Mann seinen Stuhl zu John, lehnte sich zurück und streckte die langen Beine aus. »Dann erzähl doch mal, mein Junge, wo bist du aufgewachsen?«

John bewegte eifrig die Hände, und Mary sagte: »Hier in der Stadt. Zuerst in einem Waisenhaus, dann bei einigen Pflegefamilien.«

»Weißt du irgendetwas über deine Mutter oder deinen Vater?«

John schüttelte den Kopf.

»Bella hat mir erzählt, dass du ein Armband mit Zeichen darauf besitzt. Würdest du es mir zeigen?«

John zog den Ärmel hoch und streckte den Arm aus. Die große Hand des Mannes legte sich um das schmale Handgelenk.

»Das ist aber wirklich hübsch. Selbst gemacht?«

John nickte.

»Und woher hattest du die Idee für das Muster?«

John entzog sich dem Griff des Soldaten und fing an zu gestikulieren. Als er aufhörte, sagte Mary: »Er träumt von dem Muster.«

»Aha. Darf ich mal fragen, was du sonst noch so träumst?« Der Mann nahm wieder seine lässige Pose ein, aber seine Augen verrieten seine Anspannung.

Von wegen Kampfsporttraining, dachte Mary. Das war keine Karatestunde, das war ein Verhör.

Als John zögerte, hätte sie den Jungen am liebsten gepackt und aus dem Zimmer gezogen. Aber sie hatte das Gefühl, dass John sich dagegen wehren würde. Er war vollkommen gefesselt von dem Mann.

»Das geht schon in Ordnung. Was auch immer es sein mag, es ist okay.«

John hob die Hände, und Mary übersetzte simultan.

»Ähm … er ist an einem dunklen Ort und kniet vor einem Altar. Dahinter sieht er Schriftzeichen auf einer Mauer, Hunderte von Zeilen auf schwarzem Stein – John, langsamer bitte. Ich komme nicht mit.« Mary konzentrierte sich auf die Hände. »Er sagt, in dem Traum geht er immer hin und berührt einen Abschnitt der Schrift, der so aussieht wie das hier.«

Der Mann runzelte die Stirn.

John blickte zu Boden, als wäre ihm das peinlich, doch der Soldat sagte: »Keine Sorge, mein Junge. Alles ist in Ordnung. Gibt es sonst noch etwas, das du an dir selbst merkwürdig findest? Dinge, die bei dir vielleicht anders sind als bei anderen Leuten?«

Mary rutschte auf ihrem Stuhl herum, langsam wurde ihr die ganze Sache wirklich etwas unheimlich. Es war klar, dass John jede Frage beantworten würde, die man ihm stellte. Aber um Himmels willen, sie kannten diesen Mann doch gar nicht. Und Bella hatte zwar den Kontakt hergestellt, aber selbst sichtlich unbehaglich gewirkt, seitdem sie sich auf den Weg gemacht hatten.

Mary hob die Hände und wollte John warnen, doch da knöpfte der Junge sein Hemd auf. Er entblößte die linke Seite seiner Brust, auf der eine kreisrunde Narbe zu sehen war.

Der Mann beugte sich vor und inspizierte das Mal, dann lehnte er sich wieder zurück. »Wo hast du das her?«

Die Hände des Jungen flogen nur so durch die Luft.

»Er sagt, er hat das von Geburt an.«

»Gibt es sonst noch etwas?«, fragte der Mann weiter.

John warf Mary einen Seitenblick zu. Dann holte er tief Luft und beschrieb: »Ich träume von Blut. Von Fangzähnen. Vom … Beißen.«

Mary riss die Augen weit auf, ehe sie sich fangen konnte.

Besorgt sah John sie an. *Mach dir keine Sorgen, Mary. Ich bin kein Perverser oder so was. Ich habe mich zu Tode erschreckt, als die Träume anfingen. Ich kann eben nicht kontrollieren, was mein Gehirn macht, verstehst du?*

»Ja, ich weiß schon«, sagte sie und drückte seine Hand.

»Was hat er gesagt?«, wollte der Mann wissen.

»Der letzte Teil war für mich bestimmt.«

Sie atmete tief durch und übersetzte weiter.

9

Bella stand an die Wand im Korridor gelehnt und flocht sich Zöpfchen ins Haar. Das tat sie immer, wenn sie nervös war.

Sie hatte gehört, dass die Mitglieder der Bruderschaft fast eine eigene Spezies waren, aber bisher hatte sie das für übertrieben gehalten. Bis jetzt. Diese beiden Vampire waren nicht nur in physischer Hinsicht gewaltig; sie strahlten auch Aggression und Herrschsucht aus. O Mann, dagegen wirkte selbst ihr Bruder wie ein Softie, und er war der härteste Knochen, dem sie jemals begegnet war.

Was hatte sie sich nur dabei gedacht, Mary und John hierher zu bringen? Um den Jungen machte sie sich weniger Gedanken, aber was war mit Mary? Wie dieser blonde Krieger sich in ihrer Gegenwart benommen hatte, verhieß eindeutig Ärger. Mit der Gier nach Sex, die er ausgestrahlt hatte, hätte man einen Ozean zum Kochen bringen können. Und die Mitglieder der Bruderschaft waren Zurückweisung bestimmt nicht gewöhnt. Nach allem, was sie gehört hatte, nahmen sie sich eine Frau einfach, wenn sie sie haben wollten.

Immerhin waren sie nicht für Vergewaltigungen bekannt; andererseits hatten sie das offenbar auch nicht nötig, der Szene vorhin nach zu urteilen. Sich mit einem von ihnen zu vereinigen, von dieser überwältigenden Kraft besessen zu werden, war sicher eine außergewöhnliche Erfahrung, nach der sich nicht wenige Frauen sehnten.

Obwohl es gut sein konnte, dass Mary als Mensch das nicht so empfand.

Bella blickte den Flur auf und ab, unruhig, angespannt. Niemand war zu sehen, und wenn sie noch lange hier so herumstand, würde sie bald Dreadlocks haben. Sie schüttelte die Zöpfe aus ihren Haaren und wanderte wahllos in irgendeine Richtung. Als sie in der Ferne ein rhythmisches Klopfen hörte, folgte sie dem Geräusch bis zu einer Metalltür. Sie öffnete sie und ging hindurch.

Die Turnhalle, in die sie gelangte, hatte die Größe eines Profi-Basketballplatzes. Der Holzfußboden war auf Hochglanz poliert. Leuchtend blaue Matten waren auf dem Boden ausgelegt, und hier und da hingen Neonleuchten von der Decke. Links befand sich eine erhöhte Tribüne, und darunter hingen einige Punchingbälle.

Ein Prachtkerl von einem Vampir prügelte auf einen davon ein. Er stand mit dem Rücken zu ihr. Leicht wie eine Feder tänzelte er vor dem Ball, landete einen Hieb nach dem anderen, duckte sich, schlug zu, trieb den schweren Sack so kraftvoll vor sich her, dass er schief hing.

Sie konnte sein Gesicht nicht erkennen, aber seine Rückansicht war unbestreitbar attraktiv. Sein kurz geschorenes Haar war hellbraun, und er trug ein hautenges schwarzes langärmeliges T-Shirt und eine weite schwarze Trainingshose. Über seinen breiten Rücken spannte sich ein gekreuztes Halfter.

Hinter ihr fiel die Tür mit einem Klicken ins Schloss.

Blitzschnell zog der Mann einen Dolch mit schwarzer Klinge heraus und versenkte ihn in dem Punchingball. Er riss ihn auf, der Sand ergoss sich in einem Schwall auf die Matte. Und dann wirbelte er herum.

Bella schlug sich die Hand auf den Mund. Er hatte eine riesige Narbe im Gesicht, die aussah, als hätte jemand versucht, ihn in der Mitte durchzuschneiden. Die weiße Linie begann auf der Stirn, verlief über den Nasenrücken und beschrieb einen Bogen über der Wange. Dann zog sie sich hinunter bis in den Mundwinkel, sodass seine Oberlippe von ihr verzerrt wurde.

Zusammengekniffene Augen, schwarz und kalt wie die Nacht, musterten sie und weiteten sich dann kaum merklich. Er schien verblüfft zu sein, doch sein Körper blieb bis auf die tiefen Atemzüge vollkommen reglos.

Der Mann will mich, dachte Bella. *Und er ist unsicher, wie er damit umgehen soll.*

Doch dann waren Verwirrung und Unsicherheit urplötzlich verschwunden. Stattdessen lag nun in seinem Blick eine eisige Wut, die sie zu Tode erschreckte. Ohne den Blick von ihm zu wenden, ging sie langsam rückwärts zur Tür und tastete nach der Klinke. Sie bewegte sich nicht, und Bella bekam das ungute Gefühl, dass er sie bewusst hier festhielt.

Der Vampir sah ihr eine Weile zu, wie sie sich abmühte, dann kam er auf sie zu. Im Gehen warf er seinen Dolch hoch in die Luft und fing ihn am Griff wieder auf. Warf ihn hoch und fing ihn wieder auf. Wieder und wieder.

»Ich weiß ja nicht, warum du hier bist«, sagte er leise. »Außer, um mir mein Training zu versauen.«

Als die schwarzen Augen über ihr Gesicht und ihren Körper wanderten, war seine Feindseligkeit fast greifbar. Gleichzeitig aber strahlte er eine wilde Hitze aus, eine sexuelle

Bedrohung, die eigentlich nicht so eine Faszination auf sie hätte ausüben dürfen.

»Tut mir leid. Ich wusste nicht …«

»Wusstest was nicht, Frau?«

Mein Gott, er war so nah. Und er war viel größer als sie.

Sie drückte sich flach gegen die Tür. »Tut mir leid –«

Der Mann stützte die Hände auf beiden Seiten ihres Kopfes gegen die Tür. Sie beäugte ängstlich das Messer, doch dann vergaß sie die Waffe völlig, als er sich immer weiter vorbeugte. Kurz bevor ihre Körper sich berührten, verharrte er.

Bella atmete tief ein und nahm dabei seinen Geruch auf. Er fühlte sich fast wie Feuer in ihrer Nase an, und ihr Körper reagierte darauf, erwärmte sich, drängte sich dem seinen entgegen.

»Es tut dir also leid.« Er legte den Kopf schief und fixierte ihren Hals mit seinem Blick. Als er lächelte, waren seine Fänge lang und sehr weiß. »Das kann ich mir vorstellen.«

»Sehr leid.«

»Dann beweis es mir.«

»Wie denn?«, krächzte sie.

»Ich nehme eine Entschuldigung auf Händen und Knien von dir an.«

Eine Seitentür der Halle wurde aufgerissen.

»Verflucht … lass sie gehen!« Noch ein Vampir, einer mit langen Haaren, kam quer durch den Raum gerannt. »Hände weg, Z. Sofort.«

Der Mann mit der Narbe beugte sich zu ihr herunter und brachte den deformierten Mund ganz nah an ihr Ohr. Etwas drückte auf ihr Brustbein, direkt über dem Herzen. Seine Fingerspitze.

»Du wurdest gerade gerettet, Frau.«

Er trat um sie herum und ging zur Tür hinaus, genau, als der andere Mann bei ihnen ankam.

»Alles in Ordnung?«

Bella warf einen Blick auf den zerstörten Punchingball. Sie bekam nur schwer Luft; allerdings war sie nicht sicher, ob aus Furcht oder eher aus sexueller Erregung. Wahrscheinlich eine Kombination von beidem.

»Ja, ich glaube schon. Wer war das?«

Ohne ihr zu antworten, öffnete der Mann die Tür und führte sie zurück zu dem Befragungsraum. »Tu dir selbst einen Gefallen und bleib hier, okay?«

Danke für den guten Rat, dachte sie, als er sie allein ließ.

10

Mit einem Ruck setzte sich Rhage im Bett auf. Er warf einen Blick auf den Wecker, doch er konnte immer noch nicht wieder richtig sehen. Als er endlich die Uhrzeit entzifferte, fluchte er.

Wo zum Teufel blieb Tohr? Er hatte versprochen, ihn anzurufen, sobald er mit der Frau fertig war, aber das war vor mehr als sechs Stunden gewesen.

Rhage tastete nach dem Telefon am Bett und wählte Tohrs Handynummer. Als nur die Mailbox ansprang, fluchte er wieder und legte auf.

Er stand auf und reckte sich vorsichtig. Sein Magen war immer noch empfindlich, aber er konnte sich schon viel besser bewegen. Nach einer kurzen Dusche und in frischen Klamotten fühlte er sich schon wieder fast wie er selbst. Also begab er sich zu Wraths Arbeitszimmer. Der Morgen nahte, und wenn Tohr nicht ans Telefon ging, erstattete er vermutlich dem König noch Bericht, bevor er nach Hause ging.

Die Flügeltür stand weit offen und siehe da, Tohrment trampelte emsig einen tiefen Pfad in den Aubusson-Teppich, während er mit Wrath sprach.

»Genau dich habe ich gesucht«, verkündete Rhage.

Tohr sah kurz zu ihm auf. »Zu dir wäre ich als Nächstes gekommen.«

»Aber sicher. Was gibt's, Wrath?«

Der Blinde König lächelte. »Ich bin froh, dass du langsam wieder in Form kommst, Hollywood.«

»Ich bin topfit.« Rhage starrte Tohr unverwandt an. »Hast du mir was zu sagen?«

»Eigentlich nicht.«

»Willst du behaupten, du wüsstest nicht, wo diese Frau lebt?«

»Ich bin nicht sicher, ob du sie besuchen solltest, wie wäre es damit?«

Wrath lehnte sich in seinem Stuhl zurück und legte die Füße auf den Schreibtisch. Seine riesenhaften Stiefel ließen den schweren Sekretär aussehen wie einen Fußschemel.

Er lächelte. »Kann einer von euch Betonköpfen mir mal verraten, worum es geht?«

»Privatangelegenheit«, murmelte Rhage. »Nichts Besonderes.«

»Aber nicht doch« Tohr wandte sich an Wrath. »Unser Herzbube hier will unbedingt die Übersetzerin des Jungen näher kennenlernen.«

Wrath schüttelte den Kopf. »O nein, Hollywood, das wirst du nicht tun. Such dir eine andere Spielgefährtin. Es gibt Gott weiß genug Frauen für dich da draußen.« Er nickte Tohr zu. »Wie ich schon sagte, es spricht nichts dagegen, den Jungen in die erste Nachwuchsklasse zu stecken, vorausgesetzt, du checkst seinen Hintergrund. Und diese Frau muss auch überprüft werden. Ich will nicht, dass sie Ärger macht, wenn der Junge plötzlich verschwindet.«

»Ich kümmere mich um sie«, schaltete sich Rhage ein. Als die beiden anderen ihm einen vielsagenden Blick zuwarfen, zuckte er die Achseln. »Entweder ihr lasst mich, oder ich hefte mich an die Fersen, dessen, den ihr stattdessen schickt. Ich werde auf jeden Fall herausfinden, wo sie wohnt.«

Tohr zog die Stirn kraus. »Jetzt halt dich mal zurück, Bruder. Eine Verbindung zu der Frau wäre keine gute Idee, besonders, falls der Junge wirklich hierherkommt. Also lass es sein.«

»Sorry. Aber ich will sie unbedingt.«

»O Mann, du kannst einem echt auf den Zeiger gehen, weißt du das? Null Kontrolle der Instinkte, dafür aber totaler Starrsinn. Wahnsinnskombination.«

»Ich muss diese Frau haben, so oder so. Also, wollt ihr, dass ich sie dabei überprüfe oder nicht?«

Als Tohr sich die Augen rieb, und Wrath fluchte, wusste Rhage, dass er gewonnen hatte.

»Schön«, murmelte Tohr. »Dann finde heraus, wer sie ist und woher sie den Jungen kennt, und danach mach mit ihr, was du willst. Aber hinterher löschst du ihr Gedächtnis und siehst sie nicht wieder. Kapiert? Du entfernst dich von ihrer Festplatte und siehst sie *nie wieder.*«

»Abgemacht.«

Tohr klappte sein Handy auf und drückte ein paar Tasten. »Ich schicke dir eine SMS mit ihrer Telefonnummer.«

»Und die von ihrer Freundin.«

»Willst du die auch flachlegen?«

»Gib sie mir einfach, Tohr.«

Bella ging gerade ins Bett, als das Telefon klingelte. In der Hoffnung, es sei nicht ihr Bruder, hob sie ab. Sie hasste es, wenn er bei Tagesanbruch anrief, um zu sehen, ob sie zu Hause war. Als ob sie nächtens sonst was anstellen würde.

»Hallo?«

»Du wirst Mary anrufen und ihr sagen, sie soll morgen Abend mit mir essen gehen.«

Bella setzte sich kerzengerade auf. Der blonde Krieger.

»Hast du mich gehört?«

»Ja ... aber, was willst du denn von ihr?« Als wüsste sie das nicht längst.

»Ruf sie jetzt an. Sag ihr, ich sei ein Freund von dir, und sie werde sich gut amüsieren. Es wäre besser so.«

»Besser als was?«

»Besser, als bei ihr einzubrechen, um sie zu kriegen. Was ich machen würde, wenn es sein müsste.«

Bella schloss die Augen und sah Mary wieder vor sich, die von diesem Kerl an die Wand gepresst wurde. Er war aus einem einzigen Grund hinter ihr her: um den offenkundigen Samenstau loszuwerden, unter dem er litt.

»Bitte tu ihr nicht weh. Sie ist keine von uns. Und sie ist krank.«

»Ich weiß. Ich werde ihr nichts tun.«

Bella stützte den Kopf in die Hand und fragte sich, woher so ein harter Mann wie er wohl wissen wollte, was wehtat und was nicht.

»Krieger ... sie weiß nichts von unserer Rasse. Sie ist – ich flehe dich an, bitte –«

»Sie wird sich an nichts erinnern, wenn es vorbei ist.«

Als ob es das besser machte. Bella hatte das Gefühl, sie würde Mary auf einem Tablett servieren.

»Du kannst mich nicht aufhalten, Frau. Aber du kannst es einfacher für deine Freundin machen. Denk darüber nach. Es ist sicherer für sie, sich an einem öffentlichen Ort mit mir zu treffen. Sie wird nicht erfahren, was ich bin. Es wird so normal wie möglich für sie sein.«

Bella hasste es, so herumkommandiert zu werden, und sie hasste die Vorstellung, ihre Freundin zu hintergehen.

»Ich wünschte, ich hätte sie nie mitgebracht«, murmelte sie.

»Ich nicht.« Er schwieg kurz. »Sie ist … eine ungewöhnliche Frau.«

»Was, wenn sie dich zurückweist?«

»Das wird sie nicht.«

»Aber wenn doch?«

»Das ist ihre Entscheidung. Ich werde sie zu nichts zwingen. Das schwöre ich dir.«

Bella spielte an ihrer Goldkette mit den eingesetzten Diamanten, die sie immer um den Hals trug.

»Wo?«, fragte sie geknickt. »Wo soll sie dich treffen?«

»Wo gehen denn Menschen normalerweise hin?«

Woher zum Henker sollte sie das wissen? Moment, Mary hatte mal etwas über eine Kollegin erzählt, die sich mit einem Mann getroffen hatte … Wie hieß der Laden noch?

»TGI Friday's«, sagte sie.

»Gut. Dann sag ihr, wir treffen uns dort – heute Abend um acht.«

»Was für einen Namen soll ich ihr sagen?«

»Sag ihr, ich heiße … Hal. Hal E. Wood.«

»Gut. Aber, Krieger?«

»Was denn noch?«

»Bitte …«

Seine Stimme wurde tatsächlich etwas weicher. »Keine Sorge, Bella. Ich werde sie gut behandeln.«

Und dann war die Leitung tot.

In Mr Xs Hütte tief im Wald setzte sich O langsam auf dem Bett auf. Er fuhr sich mit den Händen über die nassen Wangen.

Omega war erst vor etwa einer Stunde gegangen, und aus verschiedenen Stellen in seinem Körper sickerten immer noch Körperflüssigkeiten aller Art. Er war nicht sicher, ob er sich schon bewegen konnte, aber er musste unbedingt aus diesem Schlafzimmer heraus.

Als er versuchte aufzustehen, drehte sich alles, also setzte er sich wieder. Durch das kleine Fenster auf der gegenüberliegenden Seite des Raumes konnte er das Morgengrauen erkennen, die warmen Strahlen der Sonne und die Umrisse der Kiefernäste. Er hatte nicht damit gerechnet, dass die Bestrafung einen ganzen Tag dauern würde. Und in manchen Momenten war er nicht sicher gewesen, ob er es durchstehen würde.

Omega hatte ihn zu seinem Entsetzen an Orte in sich selbst geführt, von deren Existenz er keine Ahnung gehabt hatte. Orte der Furcht und des Selbsthasses. Der Demütigung und der Entwürdigung. Und jetzt, im Nachhinein, fühlte er sich, als hätte er keine Haut mehr, als wäre er nackt und Omega schutzlos ausgeliefert, eine rohe Wunde, die zufälligerweise atmete.

Die Tür ging auf, und Mr Xs Schultern füllten den Türrahmen aus. »Wie geht's uns?«

O bedeckte sich mit einem Laken und öffnete dann den Mund. Nichts kam heraus. Er hustete einige Male. »Ich habe es … überstanden.«

»Das hatte ich gehofft.«

Es war schwierig für O, den Mann in Alltagskleidung dastehen zu sehen, ein Klemmbrett in der Hand, als wäre er bereit für einen weiteren produktiven Arbeitstag. Im Vergleich zu dem, was O die letzten vierundzwanzig Stunden erlebt hatte, wirkte diese Normalität falsch und seltsam bedrohlich.

Mr X lächelte etwas. »Also, Sie und ich werden jetzt eine Abmachung treffen. Sie tanzen nicht mehr aus der Reihe, und so etwas wird nie wieder geschehen.«

O war zu erschöpft, um zu streiten. Sein innerer Widerstand würde zurückkehren, das wusste er, aber im Moment wünschte er sich nichts mehr als Seife und heißes Wasser. Und ein bisschen Zeit für sich.

»Wie heißt das?«, herrschte ihn Mr X an.

»Ja, Sensei.« O war egal, was er tun oder sagen musste. Er wollte einfach nur weg von diesem Bett ... diesem Zimmer ... dieser Hütte.

»In dem Schrank da sind ein paar Kleidungsstücke. Können Sie Auto fahren?«

»Ja. Ja, es wird schon gehen.«

O stellte sich seine Dusche vor, die cremefarbenen Fliesen und die strahlend weißen Fugen. Sauber. So schön sauber. Und das wäre er auch, wenn er wieder herauskam.

»Ich möchte, dass Sie mir etwas versprechen, Mr O. Wenn Sie sich wieder an Ihre Arbeit machen, dann denken Sie daran, wie sich das hier angefühlt hat. Behalten Sie es gut in Erinnerung, rufen Sie es sich immer wieder vor Augen, und lassen Sie es an Ihren Mitarbeitern aus. Ihre Initiative hat mich zwar etwas verärgert, aber ich würde Sie verachten, wenn Sie jetzt weich würden. Haben wir uns verstanden?«

»Ja, Sensei.«

Mr X wandte sich ab, warf aber noch einen Blick über die Schulter. »Ich glaube, ich weiß, warum Omega Sie am Leben gelassen hat. Als er ging, hat er sich recht schmeichelhaft über Sie geäußert. Soll ich ihm ausrichten, Sie würden einen weiteren Besuch willkommen heißen?«

O gab ein ersticktes, furchtsames Geräusch von sich. Er konnte einfach nicht anders.

Mr X lachte leise. »Vielleicht lieber doch nicht.«

11

Mary parkte vor dem TGI Friday's. Als sie sich unter all den Autos und Minivans umsah, fragte sie sich zum wiederholten Male, wie um alles in der Welt sie hatte einwilligen können, sich hier mit einem Mann zu treffen. Sie konnte sich nur noch vage daran erinnern, dass Bella sie heute Morgen angerufen und dazu überredet hatte. Aber die Einzelheiten wusste sie beim besten Willen nicht mehr.

Allerdings ließ ihr Gedächtnis zurzeit auch etwas zu wünschen übrig. Morgen früh hatte sie ihren Arzttermin, und solange dieses Damoklesschwert über ihr schwebte, war sie wie benommen. Gestern Abend zum Beispiel. Sie hätte schwören können, dass sie mit Bella und John irgendwohin gefahren war. Aber der gesamte Abend war ein einziges schwarzes Loch. Und am heutigen Tag war es ähnlich gewesen. Mechanisch hatte sie ihre Arbeit im Büro erledigt, aber lauter dumme Fehler gemacht und ins Leere gestarrt.

Als sie aus ihrem Civic ausstieg, versuchte sie sich am Riemen zu reißen, so gut es ging. Sie schuldete dem Mann, mit dem sie sich hier traf, ein gewisses Maß an Aufmerksamkeit. Aber abgesehen davon spürte sie keinen Druck. Sie hatte Bella klar und deutlich gesagt, dass das hier völlig harmlos war. Jeder zahlte für sich selbst. Danke für den netten Abend; tschau.

Was auch dann ihr Ansatz gewesen wäre, wenn nicht diese medizinische Russisch-Roulette-Sache im Hintergrund lauern würde. Abgesehen davon, dass ihre Krankheit vielleicht wieder ausbrach, war sie auch einfach aus der Übung, was Dates anging, und wollte es auch dabei belassen. Wer brauchte schon diese Dramen? Die meisten allein stehenden Typen Anfang dreißig wollten sich noch austoben, sonst wären sie längst verheiratet. Und sie war eher der Spaßbremsentyp, von Natur aus ernsthaft und dazu mit ein paar harten Erfahrungen geschlagen.

Sie hatte sich auch nicht unbedingt für eine Party zurechtgemacht. Ihr unscheinbares Haar hatte sie am Hinterkopf zu einem strengen Zopf zusammengebunden. Der beige Wollpulli war weit und warm. Ihre Stoffhose war bequem, und die flachen Schuhe an den Spitzen abgetreten. Sie sah wahrscheinlich aus wie die Mutter, die sie niemals sein würde.

Als sie in das Restaurant kam, wurde sie in eine Nische ganz hinten in der Ecke geführt. Sie stellte ihre Tasche ab und nahm den Geruch von Paprika und Zwiebeln wahr; eine Kellnerin trug eine zischende Metallplatte vorbei.

Das Restaurant war gut besucht, der Geräuschpegel entsprach den vielen Gästen. Die Angestellten balancierten Tabletts voller dampfender Teller, Familien, Paare und Grüppchen von Freunden lachten, redeten, stritten. Das verrückte Chaos kam ihr beängstigender vor als üblich, und sie fühlte sich furchtbar allein, wie eine Hochstaplerin unter all den echten Menschen.

Sie alle hatten eine glückliche Zukunft vor sich. Mary hatte … noch mehr Arzttermine.

Mit einem leisen Fluch brachte sie ihre Gefühle wieder unter Kontrolle, die Panik und die Weltuntergangsstimmung. Heute Abend würde sie nicht mehr an Dr. Della Croce denken, das nahm sie sich fest vor.

Mary dachte an getrimmte Hecken und lächelte versuchsweise. Genau in diesem Moment kam eine Kellnerin an den Tisch. Die Frau stellte schwungvoll einen Plastikbecher mit Wasser vor ihr ab, wobei sie etwas verschüttete.

»Warten Sie auf jemanden?«

»Ja.«

»Wollen Sie was trinken?«

»Das hier reicht erst mal, danke.«

Als die Kellnerin wieder abzog, nahm Mary einen Schluck von dem Wasser, schmeckte Metall und schob den Becher weg. Aus dem Augenwinkel bemerkte sie eine aufgeregte Bewegung an der Eingangstür.

Ach du … wow.

Ein Mann war hereingekommen. Ein wirklich, wirklich … *toller* Mann.

Er war blond. Schön wie ein Filmstar in einem schwarzen Ledertrenchcoat. Seine Schultern waren so breit wie die Tür, durch die er gerade gekommen war, und seine Beine so lang, dass er jeden der Anwesenden überragte. Als er sich mit langen Schritten durch das Gewühl am Eingang drängte, sahen die anderen Männer zu Boden oder auf ihre Armbanduhren, als wüssten sie, dass sie ihm nicht das Wasser reichen konnten.

Mary runzelte die Stirn. Irgendwo hatte sie den Typen doch schon mal gesehen.

Klar! Auf einer Leinwand, sagte sie zu sich selbst. Vielleicht wurde hier in der Stadt ein Film gedreht.

Der Mann trat zur Kellnerin und musterte sie von Kopf

bis Fuß, als wolle er Maß nehmen. Die Rothaarige blinzelte ihn in ungläubigem Staunen an, doch dann kamen ihr ganz offenbar ihre Östrogenrezeptoren zu Hilfe geeilt. Sie zupfte ihre Haare nach vorn und streckte die Hüfte heraus, wie um sicherzugehen, dass er sie auch bemerkte.

Keine Sorge, dachte Mary. *Er sieht dich schon, Herzchen.*

Als die beiden zusammen durch das Restaurant gingen, suchte der Mann jeden Tisch ab, und Mary überlegte, mit wem er wohl verabredet war.

Aha. Zwei Tische weiter saß eine Blondine allein. Ihr blauer Pulli war so eng, als wäre sie in Angora eingeschweißt, was zwei prachtvolle Brüste gut zur Geltung brachte. Und die Frau verströmte gespannte Erwartung, während sie ihn auf sich zukommen sah.

Bingo. Ken und Barbie.

Na ja, eigentlich nicht Ken. Je näher der Kerl kam, desto mehr spürte sie etwas an ihm, was trotz seines blendenden Aussehens nicht so ganz ins Bild passen wollte. Etwas ... Animalisches. Er hatte einfach eine andere Haltung als normale Menschen.

Um genau zu sein, bewegte er sich eher wie ein Raubtier, die massigen Schultern bewegten sich geschmeidig, der Kopf drehte sich von einer Seite zur anderen, suchte seine Umgebung ab. Sie hatte das ungute Gefühl, dass er den ganzen Laden hier mit bloßen Händen zerkrümeln könnte.

Mary zwang sich mit aller Gewalt, in ihren Wasserbecher zu blicken. Sie wollte nicht aussehen wie all die anderen gaffenden Idioten.

Ach, Scheiß drauf, sie musste ihn einfach ansehen.

Er ging an der Blonden vorbei und blieb vor einer Brünetten am Tisch gegenüber stehen. Die Frau grinste breit, was Mary vollkommen nachvollziehbar schien.

»Hi«, sagte er.

Wer hätte das gedacht. Seine Stimme war ebenfalls sensationell. Tief, klangvoll, schleppend.

»Schönen guten Abend.«

Der Tonfall des Mannes verschärfte sich. »Du bist nicht Mary.«

Mary schrak zusammen. *O nein.*

»Ich kann sein, wer du willst.«

»Ich suche Mary Luce.«

O … Verdammt.

Mary räusperte sich und wünschte sich weit, weit weg. »Ich … äh, ich bin Mary.«

Der Mann drehte sich um. Lebhafte, stahlblaue Augen bohrten sich in sie hinein, und sein großer Körper spannte sich an.

Mary sah schnell auf den Tisch und stocherte hektisch mit dem Strohhalm in ihrem Becher.

Nicht das, was du erwartet hattest, was?, dachte sie.

Das Schweigen dehnte sich aus, ganz offensichtlich suchte er nach einer sozial verträglichen Ausrede, um sich aus dem Staub zu machen.

Gott, wie konnte Bella sie nur so demütigen?

Rhage hielt den Atem an und saugte den Anblick der Frau in sich auf. Sie war wunderbar. Nicht, was er erwartet hatte, aber dennoch wunderbar.

Ihre Haut war blass und glatt, wie edles elfenbeinfarbenes Briefpapier. Ihre Gesichtszüge waren feingliedrig, der Kiefer beschrieb einen eleganten Bogen von den Ohren bis zum Kinn. Eine zarte, natürliche Röte betonte ihre hohen Wangenknochen. Ihr Hals war lang und schlank, wie ihre Hände und vermutlich auch ihre Beine. Ihr dunkelbraunes Haar war zu einem Zopf zusammengezogen.

Sie trug kein Make-up. Er konnte auch kein Parfüm riechen, und ihr einziger Schmuck waren winzige Perlohrringe. Dem hellen, unförmigen Pulli nach zu urteilen hatte sie sich auch sonst nicht herausgeputzt.

Absolut nichts an ihr warb um Beachtung. Mit den Frauen, deren Kontakt er normalerweise suchte, hatte sie nichts gemein. Er war völlig gefesselt von ihr.

»Hallo Mary«, sagte er sanft.

Er hoffte, sie würde zu ihm aufsehen, denn er hatte nicht genug Zeit gehabt, ihre Augen zu studieren. Und er konnte es kaum erwarten, ihre Stimme wieder zu hören. Die wenigen Worte, die sie bisher gesagt hatte, waren viel zu leise und nicht annähernd genug gewesen.

Er streckte die Hand aus, er musste sie einfach berühren. »Ich bin Hal.«

Sie ließ seinen Arm zwischen ihnen in der Luft hängen, schnappte sich ihre Tasche und rutschte auf der Bank herüber, um aufzustehen.

Er verstellte ihr den Weg. »Wo willst du hin?«

»Hör mal, das ist schon in Ordnung. Ich sage Bella nichts davon. Wir tun einfach so, als hätten wir zusammen gegessen.«

Rhage schloss die Augen und drängte die Hintergrundgeräusche zurück, um den Klang ihrer Stimme in sich aufnehmen zu können. Sein Geist regte sich und wurde ruhig, sein Körper geriet leicht ins Taumeln.

Und dann verstand er, was sie gerade gesagt hatte.

»Warum sollten wir lügen? Wir *werden* zusammen essen.«

Ihre Lippen spannten sich zu einem Strich, aber wenigstens versuchte sie nicht mehr, an ihm vorbeizuschlüpfen.

Als er sicher war, dass sie keinen Fluchtversuch mehr unternehmen würde, setzte er sich und versuchte, seine langen Beine unter dem Tisch in eine bequeme Position zu bringen. Sie sah ihn an, und er wurde plötzlich mucksmäuschenstill.

Du lieber Himmel. Ihre Augen passten überhaupt nicht zu

dem sanften Tonfall ihrer Stimme. Sie gehörten zu einer Kriegerin.

Von einem durchdringenden Blaugrau, umrandet von Wimpern in der Farbe ihres Haars, waren sie ernst und schwermütig. Sie erinnerten ihn an die Augen von Männern, die Kämpfe ausgefochten und überlebt hatten. In ihrer Ausdruckskraft waren sie atemberaubend schön.

Seine Stimme bebte. »Ich werde ... auf jeden Fall mit dir essen.«

Ihre Augen weiteten sich, dann wurden sie zu Schlitzen. »Machst du schon lange karitative Arbeit?«

»Wie bitte?«

Eine Kellnerin kam zum Tisch und stellte langsam ein Glas Wasser vor ihm ab. Er konnte die lustvolle Reaktion der Frau auf sein Gesicht und seinen Körper riechen, und es störte ihn.

»Hi, ich bin Amber«, sagte sie. »Was kann ich euch zu trinken bringen?«

»Ich bleibe beim Wasser. Mary, möchtest du etwas anderes?«

»Nein, danke.«

Die Kellnerin trat etwas näher zu ihm. »Darf ich euch unsere Tageskarte für heute vorstellen?«

»Von mir aus.«

Sie ratterte eine endlos lange Liste herunter, doch Rhage wandte den Blick nicht von Mary ab. Sie verbarg ihre Augen vor ihm, verdammt.

Dann räusperte sich die Kellnerin. Mehrmals. »Sicher, dass ich Ihnen nicht ein Bier bringen kann? Oder vielleicht etwas Stärkeres? Vielleicht ein Gläschen –«

»Danke, wir sind zufrieden. Wir bestellen dann später.«

Amber verstand den Wink.

Als sie wieder allein waren, sagte Mary: »Wirklich, lassen wir das doch einfach –«

»Habe ich irgendwie durchblicken lassen, dass ich nicht mit dir essen will?«

Sie legte eine Hand auf die Speisekarte vor ihr und fuhr mit dem Finger das Wort *Spare Ribs* nach. Dann schob sie unvermittelt die Karte von sich weg. »Du starrst mich die ganze Zeit an.«

»Männer machen so was.« *Wenn sie eine Frau finden, die sie wollen,* fügte er im Geiste hinzu.

»Kann schon sein, aber nicht bei mir. Ich kann mir gut vorstellen, wie enttäuschend mein Anblick gewesen muss. Aber deshalb musst du mich nicht noch gesondert darauf hinweisen, wenn du verstehst, was ich meine. Und du musst auch nicht aus Mitleid oder Pflichtbewusstsein hier eine Stunde mit mir Mauerblümchen vergeuden, darauf habe ich nämlich keine Lust.«

Mein Gott, diese Stimme. Da war sie wieder. Abwechselnd kalte und heiße Schauer überfuhren ihn. Er atmete tief ein und versuchte, etwas von ihrem natürlichen, frischen Duft zu erhaschen.

Als sich Stille zwischen ihnen ausbreitete, schob er die Speisekarte wieder zu ihr hinüber. »Such dir was aus, falls du nicht einfach nur danebensitzen willst, während ich esse.«

»Ich kann gehen, wann ich will.«

»Stimmt. Aber das wirst du nicht.«

»Ach ja? Und warum nicht?« Ihre Augen blitzten, und sein ganzer Körper reagierte darauf.

»Du wirst deshalb nicht abhauen, weil du Bella gern hast und sie nicht vor den Kopf stoßen willst. Denn im Gegensatz zu dir würde ich ihr sehr wohl erzählen, dass du mich abserviert hast.«

Mary runzelte die Stirn. »Das ist Erpressung.«

»Beeinflussung.«

Langsam klappte sie die Karte auf und warf einen Blick hinein. »Du starrst mich immer noch an.«

»Ich weiß.«

»Würde es dir was ausmachen, woanders hinzuschauen? Auf die Karte oder zu der Brünetten gegenüber. Zwei Tische weiter sitzt auch eine Blonde, falls es dir noch nicht aufgefallen ist.«

»Du benutzt kein Parfüm, oder?«

Sie blickte auf. »Nein.«

»Darf ich?« Er deutete mit dem Kopf auf ihre Hände.

»Wie bitte?«

Er konnte ihr ja schlecht sagen, dass er an ihrer Haut schnuppern wollte. »Da wir ja immerhin zusammen essen, gebietet es doch die Höflichkeit, sich wenigstens die Hände zu schütteln. Findest du nicht? Beim ersten Mal hast du mich zwar zurückgewiesen, aber ich mache gerne noch einen Versuch.«

Als sie ihm keine Antwort gab, streckte er wortlos die Arme über den Tisch und nahm ihre Hände in seine. Bevor sie noch reagieren konnte, zog er einen Arm zu sich herüber und drückte seine Lippen auf ihre Handknöchel. Er atmete tief ein.

Sein Körper reagierte sofort. Die Erektion drückte gegen den Reißverschluss seiner Lederhose, und er rutschte auf dem Sitz herum, um mehr Platz in seiner Hose zu schaffen.

Gott, er konnte es kaum erwarten, allein mit ihr zu sein.

12

Mary stockte der Atem, als Hal ihre Hand wieder losließ.

Vielleicht träumte sie. Genau, das musste es sein. Weil der Typ einfach zu gut war, um wahr zu sein. Zu sexy. Und viel zu sehr auf sie fixiert, um echt zu sein.

Die Kellnerin kam zurück und stellte sich so nah neben Hal wie irgend möglich, ohne auf seinem Schoß zu landen. Und ganz zufällig hatte sie sich den Lippenstift nachgezogen. Ihr Mund glänzte in feuchtem Schweinchen-Rosa.

Mary schüttelte den Kopf, erstaunt über ihre eigene Zickigkeit.

»Was darf ich dir bringen?«, fragte die Kellnerin Hal.

Er warf Mary einen Blick zu und zog eine Augenbraue hoch. Hastig schlug sie die Speisekarte auf.

»Dann wollen wir mal sehen«, sagte er und öffnete seine Karte wieder. »Ich nehme das Hühnchen Alfredo. Und das T-Bone-Steak, blutig. Und einen Cheeseburger, auch blutig. Doppelte Pommes. Und extra Nachos. Genau, einmal Nachos mit allem drauf. Doppelte Portion.«

Mary konnte ihn nur anstarren, als er seine Speisekarte zuklappte und wartete.

Die Kellnerin sah etwas betreten drein. »Ist das dann alles für dich und deine Schwester?«

Als wären Familienbande der einzig mögliche Grund für einen Mann wie ihn, mit einer Frau wie ihr auszugehen. *O Mann …*

»Nein, das ist für mich. Und sie ist nicht meine Schwester, wir haben ein Date.«

»Ich … äh … ich nehme nur einen Cesars Salad, bitte zusammen mit seinem« – Futtertrog? – »Hauptgericht.«

Die Kellnerin verzog die rosa Lippen zu einer Schnute, nahm die Speisekarten und verschwand.

»Also, Mary, dann erzähl doch mal von dir.«

»Warum sprechen wir nicht lieber von dir?«

»Weil ich dir dann nicht zuhören kann.«

Mary erstarrte, etwas regte sich in ihrem Unterbewusstsein.

Sprich. Ich will deine Stimme hören.

Sag nichts. Immer und immer wieder. Mach schon.

Sie hätte schwören können, dass dieser Mann das zu ihr gesagt hatte. Aber sie hatte ihn noch nie zuvor getroffen. Einen Kerl wie ihn hätte sie mit Sicherheit nicht vergessen.

»Was machst du beruflich?«, fragte er.

»Ähm … ich bin Anwaltsgehilfin.«

»Wo?«

»In einer Kanzlei hier in der Stadt.«

»Aber davor hast du etwas anderes gemacht, oder?«

Sie überlegte, wie viel Bella ihm wohl erzählt hatte. Hoffentlich hatte sie nichts von der Krankheit erzählt. Vielleicht war er deshalb nicht einfach wieder gegangen.

»Mary?«

»Früher habe ich mit Kindern gearbeitet.«

»Als Lehrerin?«

»Als Therapeutin.«

»Geistig oder körperlich?«

»Beides. Ich war spezialisiert auf autistische Kinder.«

»Wie kamst du darauf?«

»Müssen wir das machen?«

»Was machen?«

»Diese Pseudo-Kennenlernspielchen.«

Er runzelte die Stirn und lehnte sich zurück, als die Kellnerin einen Riesenteller Nachos vor ihm abstellte.

Die Frau beugte sich zu seinem Ohr hinab. »Psst, nicht weitersagen. Ich hab die Nachos von einer anderen Bestellung geklaut. Die können warten, aber du siehst so hungrig aus.«

Hal nickte und lächelte, wirkte aber desinteressiert.

Höflich war er, das musste man ihm lassen, dachte Mary. Jetzt wo er ihr gegenübersaß, schien er keine andere Frau zu beachten.

Er bot ihr den Teller an. Als sie den Kopf schüttelte, steckte er sich ein paar Chips in den Mund. »Es überrascht mich nicht, dass Smalltalk dir auf die Nerven geht«, sagte er.

»Warum denn das?«

»Du hast zu viel durchgemacht.«

Sie sah ihn fragend an. »Was genau hat Bella dir über mich erzählt?«

»Nicht viel.«

»Und woher willst du dann wissen, dass ich etwas durchgemacht habe?«

»Das steht in deinen Augen geschrieben.«

Hört, hört. Klug war er auch noch. Der perfekte Mann.

»Aber ich muss dir leider sagen«, fuhr er fort, während er sich zügig und gründlich über die Nachos hermachte. »Es ist mir egal, ob dir das auf die Nerven geht. Ich möchte wissen, warum du dich für diese Arbeit interessiert hast, und du wirst es mir erzählen.«

»Du bist arrogant.«

»Na so was.« Er lächelte spöttisch. »Und du weichst meiner Frage aus. Was hat dich darauf gebracht?«

Die Antwort war der Kampf ihrer Mutter gegen den Muskelschwund. Dadurch, dass sie das Leiden ihrer Mutter mit ansehen musste, hatte sie zu ihrer Berufung gefunden – anderen Menschen dabei zu helfen, ihre Einschränkungen zu meistern. Vielleicht war es auch ein Weg gewesen, mit den Schuldgefühlen umzugehen, dass sie gesund war und ihre Mutter ein so schweres Los hatte.

Und dann hatte das Schicksal auch bei Mary gnadenlos zugeschlagen.

Komisch, ihr erster Gedanke, als sie von ihrer Diagnose erfuhr, war: Das ist nicht fair. Sie hatte die Krankheit ihrer Mutter hautnah miterlebt und mitgelitten. Warum bestand das Universum darauf, dass sie den beobachteten Schmerz auch höchstpersönlich erlebte? In diesem Augenblick war ihr klar geworden, dass es keine Quotenregelung für menschliches Elend gab; keine kalkulierbare Schwelle, die – einmal überschritten – aus dem Jammertal herausführte.

»Ich wollte noch nie etwas anderes machen«, erklärte sie ausweichend.

»Warum hast du dann damit aufgehört?«

»Mein Leben hat sich verändert.«

Gott sei Dank ging er darauf nicht näher ein. »Hat es dir Spaß gemacht, mit behinderten Kindern zu arbeiten?«

»Sie sind nicht … nicht behindert.«

»Tut mir leid«, sagte er und meinte es ganz offensichtlich auch so.

Die Ernsthaftigkeit in seiner Stimme lockte sie wirkungsvoller aus der Reserve, als jedes Kompliment oder Lächeln es vermocht hätte.

»Sie sind einfach nur anders. Sie erleben die Welt anders als wir. Normal heißt einfach nur Durchschnitt, aber das ist nicht die einzig mögliche Art zu leben oder zu sein –« Sie hielt inne; er hatte die Augen geschlossen. »Langweile ich dich?«

Langsam hoben sich seine Lider. »Nein. Im Gegenteil. Ich liebe es, dich sprechen zu hören.«

Mary musste schlucken. Seine Augen waren fast neonfarben, sie leuchteten blau.

Das mussten Kontaktlinsen sein, dachte sie. Kein Mensch hatte solche Augen.

»Andersartigkeit stört dich wohl nicht?«, murmelte er.

»Nein.«

»Das ist gut.«

Sie musste feststellen, dass sie ihn anlächelte. Warum auch immer.

»Ich hatte recht«, flüsterte er.

»Womit?«

»Damit, dass du bezaubernd aussiehst, wenn du lächelst.«

Mary sah zur Seite.

»Bitte nicht den Charmeur spielen. Dann schon lieber Smalltalk.«

»Ich bin ehrlich, nicht charmant. Frag meine Brüder, ich trete normalerweise in ein Fettnäpfchen nach dem anderen.«

Es gab noch mehr von der Sorte? Jungejunge, die Familienfotos mussten ja der Hammer sein. »Wie viele Brüder hast du?«

»Fünf. Inzwischen. Wir haben einen verloren.« Er nahm einen langen Schluck Wasser, als wollte er nicht, dass sie seine Augen sah.

»Das tut mir leid«, sagte sie leise.

»Danke. Es ist noch ganz frisch. Und ich vermisse ihn höllisch.«

Da kam die Kellnerin wieder, diesmal mit einem schweren Tablett. Als die Teller alle vor ihm aufgereiht waren und auch Mary ihren Salat hatte, blieb die Frau immer noch am Tisch stehen, bis Hal sich höflich bei ihr bedankte.

Das Hühnchen Alfredo nahm er sich zuerst vor. Er stieß die Gabel in ein Knäuel Fettuccine, drehte einen Knoten daraus und schob sich das Ganze in den Mund. Versonnen kaute er und salzte dabei etwas nach. Als Nächstes probierte er das Steak. Nahm noch ein bisschen Pfeffer. Dann nahm er den Cheeseburger in die Hand. Auf halbem Weg zum Mund aber runzelte er plötzlich die Stirn, legte ihn zurück auf den Teller und benutzte stattdessen Messer und Gabel.

Er aß wie ein Gentleman, mit beinahe anmutigen Bewegungen.

Plötzlich sah er sie an. »Was ist denn?«

»Entschuldige, äh ...« Sie stocherte in ihrem Salat herum, doch schon wanderte ihr Blick wieder nach oben, und sie sah ihm weiter beim Essen zu.

»Wenn du mich weiter so anstarrst, werde ich noch rot«, erklärte er.

»Entschuldige.«

»Du brauchst dich nicht zu entschuldigen. Ich spüre deine Augen gern auf mir.«

Marys Körper erwachte zum Leben. Und sie reagierte darauf, indem sie sich graziös mit Salatsoße bekleckerte.

»Also, warum siehst du mich so an?«, fragte er.

Hektisch tupfte sie mit der Serviette auf ihrer Hose herum. »Wegen deiner Tischmanieren. Sie sind sehr gut.«

»Essen muss man genießen.«

Sie stellte sich vor, was er sonst noch auf diese Art genoss. Langsam. Gewissenhaft. Gott, er musste ein wahnsinniges Liebesleben haben. Er war sicher umwerfend im Bett. Sein kräftiger Körper, die goldene Haut, diese langen, schlanken Finger ... Marys Kehle wurde trocken und sich griff nach ihrem Glas. »Aber ... isst du immer so viel?«

»Um ehrlich zu sein, ist mein Magen nicht ganz in Ordnung. Ich bin gerade etwas vorsichtig.« Er streute noch ein bisschen Salz auf die Fettuccine. »Und was machst du so in deiner Freizeit? Hobbys? Interessen?«

»Ich koche gerne.«

»Wirklich? Ich esse gern.«

Krampfhaft versuchte sie die Vorzustellung zu vermeiden, wie er an ihrem Tisch saß.

»Du bist schon wieder verärgert.«

Sie wedelte mit der Hand. »Nein, bin ich nicht.«

»Doch, bist du. Du hast keine Lust, für mich zu kochen, oder?«

Seine kompromisslose Ehrlichkeit gab ihr das Gefühl, ihm alles sagen zu können; und er würde immer genau das antworten, was er dachte und fühlte. Ob gut oder schlecht.

»Hal, gibt es irgendeinen Filter zwischen deinem Gehirn und deinem Mund?«

»Eigentlich nicht.« Er war mit dem Hühnchen fertig und schob den Teller zur Seite. Jetzt war das Steak an der Reihe. »Und was ist mit deinen Eltern?«

Sie holte tief Luft. »Meine Mutter starb vor knapp vier Jahren. Mein Vater wurde getötet, als ich zwei war. Er war zur falschen Zeit am falschen Ort.«

Er schwieg kurz. »Das war bestimmt hart. Beide zu verlieren.«

»Ja.«

»Meine Eltern sind auch beide tot. Aber wenigstens sind sie sehr alt geworden. Hast du Geschwister?«

»Nein. Wir waren immer nur zu zweit, meine Mutter und ich. Und jetzt bin nur noch ich übrig.«

Eine lange Pause entstand. »Und woher kennst du John?«

»John … ach, John Matthew. Hat Bella dir von ihm erzählt?«

»Gewissermaßen.«

»Ich kenne ihn nicht besonders gut. Er ist erst vor Kurzem irgendwie in mein Leben getreten. Ich finde, er ist etwas ganz Besonderes, ein netter Junge. Obwohl ich den Eindruck habe, dass er es nicht besonders einfach hatte.«

»Kennst du seine Eltern?«

»Er hat mir erzählt, er hätte keine.«

»Weißt du, wo er wohnt?«

»Ich kenne das Stadtviertel. Keine besonders gute Gegend.«

»Willst du ihn retten, Mary?«

Was für eine merkwürdige Frage, dachte sie.

»Ich glaube nicht, dass er gerettet werden muss. Aber ich wäre gern seine Freundin. Um ganz ehrlich zu sein, ich kenne ihn kaum. Er ist einfach neulich Abend bei mir zu Hause aufgetaucht.«

Hal nickte, als hätte sie die richtige Antwort gegeben.

»Und woher kennst du denn eigentlich Bella?«, fragte sie ihn.

»Schmeckt dir dein Salat nicht?«

Sie sah auf ihren Teller. »Ich habe keinen Hunger.«

»Bist du sicher?«

Sie nickte.

Sobald er den Burger und die Pommes verdrückt hatte, griff er nach der kleinen Karte, die zwischen Pfeffer- und Salzstreuer steckte.

»Würde dir ein Dessert eher zusagen?«, wollte er wissen.

»Heute nicht.«

»Du solltest wirklich mehr essen.«

»Ich hatte ein gutes Mittagessen.«

»Nein, hattest du nicht.«

Mary verschränkte die Arme vor der Brust. »Woher willst du das wissen?«

»Ich kann deinen Hunger spüren.«

Sie hielt kurz die Luft an. Mein Gott, seine Augen schillerten wieder. So blau, so leuchtend wie das Meer. Ein Ozean, in dem man schwimmen oder ertrinken konnte.

»Woher weißt du, dass ich Hunger habe?«, wiederholte sie. Sie hatte das Gefühl, die Welt um sie herum würde nach und nach verschwinden.

Seine Stimme sank, bis sie fast nur noch ein Schnurren war. »Es stimmt doch, oder? Was spielt es für eine Rolle, woher ich das weiß?«

Glücklicherweise kam in diesem Augenblick die Kellnerin, um den Tisch abzuräumen. Als Hal seine Bestellung aufgegeben hatte – Apfelkuchen, Schokopudding und einen Kaffee –, hatte Mary schon fast wieder festen Boden unter den Füßen.

»Und was machst du so beruflich?«, fragte sie.

»Dies und das.«

»Schauspielerei? Modeln?«

Er lachte. »Nein. Ich mag ja dekorativ sein. Aber ich ziehe es vor, mich nützlich zu machen.«

»Und inwiefern machst du dich nützlich?«

»Man könnte wohl sagen, ich bin ein Soldat.«

»Du bist beim Militär?«

»Gewissermaßen.«

Das würde zumindest diese tödliche Ausstrahlung erklären. Das physische Selbstvertrauen. Die Schärfe in seinem Blick.

»Und was genau machst du da?« Bestimmt eine Sondertruppe, so hart wie er wirkte.

Hals Gesicht verfinsterte sich. »Nichts Besonderes.«

Aus dem Nichts drang eine Parfümwolke in Marys Nase. Es war die rothaarige Kellnerin, die den Tisch abwischte.

»War alles in Ordnung?« Man konnte förmlich hören, wie sie unter Hals Blick brutzelte.

»Ja, danke.«

»Gut.« Sie ließ etwas auf den Tisch gleiten. Eine Serviette. Mit einem Namen und einer Nummer darauf.

Die Frau blinzelte ihm zu und ging dann betont langsam weg. Mary sah auf ihre Hände.

Zeit zu gehen, dachte sie. Aus irgendeinem Grund wollte sie nicht sehen, wie Hal die Serviette einsteckte. Auch wenn er jedes Recht hatte, das zu tun.

»Tja, also … das war interessant«, begann sie. Dann nahm sie ihre Tasche und rutschte von der Bank.

»Warum gehst du denn?« Sein harter Blick passte jetzt schon eher zur Armee und nicht so gut zum Unterwäschemodel.

Sie spürte eine Beklemmung in der Brust. »Ich bin müde. Aber danke, Hal. Das war sehr … also danke.«

Als sie sich an ihm vorbeiquetschen wollte, nahm er ihre Hand und streichelte ihr über das Handgelenk. »Bleib doch noch, bis ich mein Dessert gegessen habe.«

Sie wandte den Blick von seinem perfekten Gesicht und den breiten Schultern ab. Die Brünette von gegenüber erhob sich schon, Visitenkarte in der Hand.

Mary ließ den Kopf sinken. »Ich bin sicher, du findest jede Menge anderer Frauen, die dir Gesellschaft leisten. Eine ist sogar gerade auf dem Weg zu uns. Ich würde dir ja viel Glück wünschen, aber ich glaube nicht, dass du das nötig hast.«

Mary ging schnurstracks zum Ausgang. Die kühle Luft und die relative Stille draußen waren eine Erholung nach dem überfüllten Restaurant. Nur dass sie das ungute Gefühl hatte, nicht allein zu sein. Sie blickte über die Schulter.

Hal war direkt hinter ihr, obwohl sie ihn gerade am Tisch hatte stehen lassen. Blitzschnell drehte sie sich um, ihr Herz pochte so heftig, als wolle es ihren Brustkasten sprengen.

»Du lieber Himmel! Was machst du denn hier?«

»Ich bringe dich zum Auto.«

»Ich … äh. Das ist nicht nötig.«

»Zu spät. Der Civic da ist deiner, stimmt's?«

»Woher –«

»Die Scheinwerfer haben aufgeleuchtet, als du aufgeschlossen hast.«

Sie ging ein bisschen auf Abstand, doch bei jedem Schritt rückwärts machte Hal einen nach vorn. Als sie gegen ihr Auto stieß, hielt sie die Hände hoch.

»Stopp.«

»Hab keine Angst.«

»Dann bedräng mich nicht so.«

Sie drehte sich um und wollte die Tür aufmachen. Da schoss seine Hand hervor und krallte sich um den Streifen zwischen Fenster und Autodach.

Sie würde einsteigen. Falls er sie ließ.

»Mary?« Seine tiefe Stimme ertönte direkt neben ihrem Ohr, und sie schreckte zusammen.

Sie spürte die ungeheure Anziehung, die von ihm ausging, und stellte sich vor, wie sein Körper sich um ihren schlang. Verräterisch verwandelte sich ihre Furcht in Lust. Begierde.

»Lass mich los«, flüsterte sie.

»Noch nicht.«

Sie hörte ihn tief einatmen, als sauge er ihren Geruch ein. Und dann wurden ihre Ohren erfüllt von einem rhythmischen, pulsierenden Geräusch. Ihr Körper entspannte sich, erwärmte sich, öffnete sich zwischen ihren Beinen, als wäre sie bereit, ihn in sich aufzunehmen.

Um Himmels willen, sie musste weg von ihm.

Sie umfasste seinen Unterarm und drückte ihn weg. Ohne irgendeine Wirkung.

»Mary?«

»Was denn?«, fauchte sie, wütend darüber, dass sie von ihm so angeturnt war. Verdammt, er war ein Fremder, ein großer, aufdringlicher Fremder, und sie war eine Frau, die niemand vermissen würde, wenn sie nicht mehr nach Hause kam.

»Danke, dass du zum Essen geblieben bist.«

»Keine Ursache. Könntest du mich jetzt loslassen?«

»Sobald ich dir einen Abschiedskuss gegeben habe.«

Mary musste den Mund weit aufsperren, um ihre Lungen ausreichend mit Sauerstoff zu versorgen. »Warum?«, fragte sie heiser. »Warum solltest du das tun wollen?«

Seine Hände legten sich auf ihre Schultern und drehten sie zu sich um. Riesengroß stand er vor ihr und verdeckte den Lichtschein des Restaurants. Es blieben nur die Laternen auf dem Parkplatz und die Sterne über ihnen.

»Lass mich dich einfach küssen, Mary.« Seine Hände glitten an ihrem Hals hinauf zu ihren Wangen. »Nur einmal, okay?«

»Nein, nicht okay«, wisperte sie, als er ihren Kopf nach hinten bog.

Langsam näherten sich seine Lippen ihrem Mund. Sie zitterte. Es war so lange her, dass sie zuletzt geküsst worden war. Und noch nie von einem Mann wie ihm.

Seine Berührung war sanft und weich. Unerwartet, in Anbetracht seiner Statur.

Und genau als eine Hitzewelle über ihre Brüste rollte und zwischen ihren Beinen landete, hörte sie ein Zischen.

Hal taumelte rückwärts und sah sie mit einem merkwürdigen Blick an. Mit einer ruckartigen Bewegung verschränkte er die Arme vor der Brust, als hielte er sich selbst fest.

»Hal?«

Er sagte kein Wort, stand einfach nur da und starrte sie an. Hätte sie es nicht besser gewusst, sie hätte ihn für völlig überwältigt gehalten.

»Hal, ist alles in Ordnung bei dir?«

Er schüttelte einmal den Kopf. Dann verschwand er sang- und klanglos in der Dunkelheit hinter dem Parkplatz.

13

Rhage materialisierte sich im Garten zwischen der Höhle und dem großen Haus.

Er konnte das Gefühl unter seiner Haut nicht genau definieren, doch es war eine Art schwaches Summen in Muskeln und Knochen, wie die Vibration einer Stimmgabel. Was er allerdings mit Sicherheit sagen konnte, war, dass er dieses Summen noch nie zuvor gespürt hatte. Und dass es eingesetzt hatte, als sein Mund den von Mary berührt hatte.

Da bei seinem Körper erfahrungsgemäß alle neuen Erfahrungen automatisch schlecht waren, hatte er sich schnellstens aus dem Staub gemacht. Nicht in der Nähe dieser Frau zu sein, schien zu helfen. Das Blöde war, dass sein Körper jetzt, wo das Gefühl langsam nachließ, wieder nach einem Ventil schrie. Was unfair war. Normalerweise hatte er ein paar Tage Pause, nachdem die Bestie zu Besuch gekommen war.

Er sah auf die Uhr.

Verflucht, er wäre am liebsten losgezogen und hätte ein

paar *Lesser* gejagt, um sich wenigstens ansatzweise abzureagieren. Aber seit Tohr das Kommando über die Bruderschaft übernommen hatte, galten neue Regeln. Nach einer Verwandlung musste Rhage ein paar Tage den Ball flach halten, bis er wieder vollständig auf dem Posten war. Nach Darius' Tod vergangenen Sommer waren die Brüder nur noch zu sechst gewesen. Dann hatte Wrath den Thron bestiegen, sodass jetzt noch fünf übrig waren. Die Rasse konnte es sich nicht leisten, noch einen Krieger zu verlieren.

Diese Zwangspausen waren sicherlich sinnvoll, aber er hasste es, wenn man ihm Anweisungen gab. Und er konnte es nicht ertragen, nicht auf dem Schlachtfeld zu stehen. Besonders, wenn er dringend Dampf ablassen musste.

Er zog einen Autoschlüssel aus der Manteltasche und ging zu seinem aufgemotzten Pontiac GTO. Eineinhalb Minuten später war er auf der Landstraße. Er wusste nicht, wohin er fuhr, und es war ihm auch völlig egal.

Mary. Dieser Kuss.

Ihr Mund war so unglaublich süß gewesen, als er unter seinem bebte, so süß, dass er die Zunge zwischen ihre Lippen schieben und hineingleiten lassen wollte. Hinein und wieder heraus, immer wieder. Und dasselbe wollte er danach mit seinem Körper zwischen ihren Beinen tun.

Aber er hatte aufhören müssen. Was auch immer das für ein Summen war, es hatte ihn aufgewühlt, also war es gefährlich. Dabei war so eine Reaktion unsinnig. Mary beruhigte ihn doch, löste seine Anspannung. Sicher, er wollte sie, und das erregte ihn, aber doch nicht so sehr, dass er gefährlich wurde.

Zum Teufel. Vielleicht hatte er seine körperliche Reaktion falsch gedeutet. Vielleicht war diese elektrische Ladung, die er da gespürt hatte, einfach eine intensivere sexuelle Anziehung gewesen, als er sie gewohnt war. Normalerweise beschränkte sich Erregung bei ihm schlicht und einfach auf den Drang zu kommen, um sich danach wieder im Griff zu haben.

Er dachte an die Frauen, die er bisher gehabt hatte. Es waren unzählige gewesen, alles namenlose, gesichtslose Gestalten, in die er sich ergossen hatte. Nicht eine von ihnen hatte ihm wahre Lust bereitet. Er berührte und küsste sie nur, weil er wollte, dass sie auch auf ihre Kosten kamen. Um sein schlechtes Gewissen etwas zu beruhigen, wenn er sie so benutzte.

Scheiße, das schlechte Gewissen blieb. Denn er benutzte sie ja trotzdem.

Er hätte Mary also auf dem Parkplatz stehen lassen müssen, selbst wenn ihn dieses Summen bei dem Kuss nicht so aus dem Konzept gebracht hätte. Mit ihrer wunderbaren Stimme, den Augen einer Kriegerin und den bebenden Lippen konnte Mary niemals einfach nur eine schnelle Nummer sein. Sie zu nehmen, selbst mit ihrem Einverständnis, wäre so, als würde er etwas Reines beschmutzen.

Sein Handy klingelte, und er sah auf das Display. Er fluchte, ging aber trotzdem dran. »Hey, Tohr. Ich wollte dich gerade anrufen.«

»Ich habe dein Auto wegfahren sehen. Triffst du dich jetzt mit der Frau?«

»Hab ich schon.«

»Das ging aber schnell. Sie muss dich gut behandelt haben.«

Rhage knirschte mit den Zähnen. Ausnahmsweise fiel ihm mal keine passende Bemerkung ein. »Ich habe mit ihr über den Jungen gesprochen, und da dürfte es keine Probleme geben. Sie mag ihn und hat Mitleid mit ihm, aber wenn er verschwände, würde sie keinen Aufstand machen. Sie kennt ihn erst seit Kurzem.«

»Gut gemacht, Hollywood. Und wohin fährst du jetzt?«

»Nirgendwohin. Ich fahre nur durch die Gegend.«

Tohrs Stimme wurde weicher. »Es ist schlimm für dich, nicht kämpfen zu können, oder?«

»Würde es dir nicht genauso gehen?«

»Natürlich, aber mach dir mal keine Sorgen. Morgen Nacht kommt früh genug, und dann bist du wieder im Einsatz. Und in der Zwischenzeit kannst du ja im *One Eye* ein bisschen Dampf ablassen.« Tohr kicherte. »Übrigens habe ich von den Schwestern gehört, die du vorgestern hattest, eine nach der anderen. Mann, du bist wirklich erstaunlich.«

»Mhm. Darf ich dich um einen Gefallen bitten?«

»Jeden, mein Bruder.«

»Bitte ... lass mich heute mit den Frauen zufrieden, okay?« Rhage holte tief Luft. »Denn die Wahrheit ist, dass ich es hasse. Ehrlich.«

Eigentlich wollte er es dabei belassen, aber plötzlich sprudelten die Worte nur so aus ihm heraus, und er konnte sie nicht stoppen.

»Ich hasse die Anonymität. Ich hasse den Schmerz danach. Ich hasse die Gerüche an meinem Körper und in meinen Haaren, wenn ich nach Hause komme. Aber am allermeisten daran hasse ich, dass ich es immer wieder tun muss, weil ich sonst eines Tages einen von euch oder einen Unbeteiligten verletzen könnte.« Er stieß geräuschvoll die Luft aus. »Und diese beiden Schwestern, die dich so beeindruckt haben, dazu sag ich dir jetzt mal was: Ich suche mir immer nur die raus, denen es scheißegal ist, mit wem sie es treiben. Denn alles andere wäre unfair. Die beiden Bräute haben mich abgecheckt, meine Uhr und meine Dollars gesehen und beschlossen, dass man mit mir angeben kann. Das Ficken war ungefähr so intim wie eine Autopanne. Und heute Nacht? Du gehst nach Hause zu Wellsie. Ich gehe allein nach Hause. Wie ich gestern allein nach Hause gegangen bin und morgen allein nach Hause gehen werde. Das Rumvögeln macht mir keinen Spaß, es bringt mich um, und das schon seit Jahren, also bitte verschon mich damit, klar?«

Langes Schweigen am anderen Ende der Leitung. »Scheiße … es tut mir leid. Ich wusste das nicht. Ich hatte ja keine Ahnung –«

»Ja, also …« Er musste dieses Gespräch beenden. »Hör mal, ich muss jetzt weiter. Ich muss … weiter. Bis dann.«

»Nein, warte Rhage –«

Rhage legte auf und fuhr auf den Seitenstreifen. Als er sich umsah, bemerkte er, dass er mitten im Wald stand, überall um ihn herum nur Bäume. Er legte den Kopf auf das Steuer.

Bilder von Mary schoben sich vor sein inneres Auge. Und dann fiel ihm ein, dass er vergessen hatte, ihr Gedächtnis zu löschen.

Vergessen? *Na klar.* Er hatte sich nur deshalb nicht aus ihren Erinnerungen getilgt, weil er sie wiedersehen wollte. Und er wollte, dass sie sich an ihn erinnerte.

Das war nicht gut. Gar nicht gut.

14

Mary warf sich im Bett herum und strampelte sich aus der Decke frei. Im Halbschlaf spreizte sie die Beine weit, um sich ein wenig abzukühlen.

Verdammt, sie hatte den Thermostat zu hoch eingestellt –

Ein schrecklicher Verdacht schlich sich in ihr Unterbewusstsein, und dann plötzlich war sie hellwach.

Erhöhte Temperatur. Sie hatte erhöhte Temperatur.

Ach du Scheiße … Sie kannte das Gefühl nur allzu gut, die heißen Wangen, die trockene Hitze, die schmerzenden Gelenke. Und die Uhr sagte 4:18. Was damals genau die Uhrzeit gewesen war, zu der das Fieber in der Regel auftrat.

Sie griff mit der Hand über Kopf nach dem Fenster und öffnete es. Die kalte Luft nahm diese Einladung bereitwillig an und strömte herein, kühlte sie ab, beruhigte sie. Kurz danach flaute das Fieber wieder ab, der Rückzug kündigte sich durch einen feinen Schweißfilm an.

Vielleicht bekam sie einfach nur eine Erkältung. Leute mit ihrer Vorgeschichte konnten durchaus auch ganz normale Krankheiten bekommen, wie der Rest der Menschheit. Wirklich.

Aber egal, ob Schnupfenvirus oder Rückfall, an Schlaf war nicht mehr zu denken. Sie zog sich einen Fleecepulli über das T-Shirt und die Boxershorts und ging nach unten. Auf dem Weg in die Küche knipste sie jedes Licht an, an dem sie vorbeikam, bis sämtliche dunklen Ecken des Hauses hell erleuchtet waren.

Zielpunkt: ihr Kaffeebecher. Es wäre definitiv besser, ein paar Mails aus dem Büro zu beantworten und sich das lange Wochenende über auf den Columbus Day vorzubereiten, als im Bett zu liegen und die Minuten bis zum Arzttermin zu zählen.

Was übrigens noch 330 waren, nur mal so nebenbei.

Gott, wie sie das Warten hasste.

Sie goss Wasser in die Kaffeemaschine und nahm die Dose mit dem Pulver aus dem Schrank. Da sie fast leer war, holte sie die Reservepackung und –

Sie war nicht allein.

Mary beugte sich vor und sah aus dem Fenster über der Spüle. Ohne Außenlicht konnte sie nichts sehen, also ging sie hinüber zur Terrassentür und drückte auf den Lichtschalter.

»Um Gottes willen!«

Eine riesige schwarze Gestalt stand auf der anderen Seite der Scheibe.

Mary stolperte rückwärts Richtung Telefon, doch als sie einen blonden Haarschopf sah, blieb sie stehen.

Hal hob die Hand zum Gruß.

»Hey.« Seine Stimme wurde durch das Glas gedämpft.

Mary schlang sich die Arme um den Leib. »Was machst du denn hier?«

Seine breiten Schultern hoben sich. »Ich wollte dich sehen.«

»Warum? Und warum jetzt?«

Wieder ein Achselzucken. »War nur so eine Idee von mir.«

»Bist du irre?«

»Ja.«

Beinahe musste sie lächeln. Doch dann erinnerte sie sich selbst daran, dass sie keine unmittelbaren Nachbarn hatte, und er praktisch so groß war wie ihr Haus.

»Wie hast du mich überhaupt gefunden?« Vielleicht hatte Bella ihm ja gesagt, wo sie wohnte.

»Kann ich nicht reinkommen? Oder komm du raus, wenn dir das lieber ist.«

»Hal, es ist halb fünf Uhr morgens.«

»Ich weiß. Aber du bist wach und ich auch.«

Himmel, er war einfach so beeindruckend in seinen schwarzen Lederklamotten, und wenn sein Gesicht überwiegend im Schatten lag, wirkte er auch eher bedrohlich als schön.

Und sie dachte ernsthaft darüber nach, die Tür zu öffnen? Sie war offenbar selbst irre.

»Hör mal, Hal, ich halte das für keine so gute Idee.«

Er sah sie unverwandt durch die Scheibe an. »Können wir uns dann einfach so unterhalten?«

Perplex starrte sie ihn an. Der Typ war bereit, hier stehen zu bleiben, vor der Haustür, ausgesperrt wie ein Triebtäter, nur um mit ihr zu plaudern?

»Hal, das ist nicht böse gemeint, aber es gibt ungefähr einhunderttausend Frauen in diesem Stadtviertel, die dich nicht nur ins Haus, sondern auch ins Bett lassen würden. Warum suchst du dir nicht eine von denen aus und lässt mich in Ruhe?«

»Die sind nicht du.«

In der Dunkelheit waren seine Augen nicht zu erkennen. Doch sein Tonfall klang verdammt ernst.

In dem langen Schweigen, das folgte, redete sie sich selbst gut zu, ihn nicht hereinzulassen.

»Mary, wenn ich dir wehtun wollte, könnte ich das ohne Probleme machen. Du könntest jede Tür und jedes Fenster verrammeln, ich würde trotzdem reinkommen. Aber ich will einfach nur … ein bisschen mit dir reden.«

Sie beäugte seinen Schulterumfang. Mit dem Hereinkommen hatte er sicherlich recht. Und sie hatte das dumpfe Gefühl, wenn sie auf der geschlossenen Tür zwischen ihnen bestand, würde er sich einen ihrer Gartenstühle herholen und sich einfach auf die Terrasse setzen.

Also löste sie den Riegel, öffnete die Tür und trat zurück. »Aber etwas musst du mir erklären.«

Er lächelte beinahe schüchtern, als er hereinkam. »Klar doch.«

»Warum bist du nicht bei einer Frau, die was von dir will?« Hal zuckte zusammen. »Also, ich meine, diese Frauen dort im Restaurant, die waren total scharf auf dich. Warum« – *hast du gerade keinen wilden Sex* – »äh … amüsierst du dich nicht mit einer von denen?«

»Ich bin lieber hier in deiner Nähe als in einer von diesen Frauen.«

Sie zog den Kopf bei dieser unverblümten Antwort ein, doch dann wurde ihr bewusst, dass er nicht grob war, sondern nur vollkommen ehrlich.

Jedenfalls hatte sie mit einem recht gehabt: Als er sie nach diesem sanften Kuss stehen gelassen hatte, war sie davon ausgegangen, dass er keinerlei Hitze gespürt hatte. Damit hatte sie ganz offenbar den Nagel auf den Kopf getroffen. Er war nicht wegen Sex hier, und sie redete sich ein, dass das auch gut so war. Sie glaubte es sogar beinahe selbst.

»Ich mache mir gerade einen Kaffee, willst du auch welchen?«

Er nickte und fing an, auf und ab zu wandern und sich dabei umzusehen. Gegen all die weißen Möbel und cremefarbenen Wände wirkten seine schwarzen Kleider und seine schwere Gestalt bedrohlich, bis sie sein Gesicht ansah. Er trug ein nicht sehr intelligentes kleines Lächeln auf den Lippen, als wäre er glücklich, einfach nur bei ihr sein zu dürfen. Wie ein Tier, das im Hof angekettet gewesen war und nun endlich ins Haus gelassen wurde.

»Willst du nicht deinen Mantel ausziehen?«, fragte sie höflich.

Er streifte sich das Leder von den Schultern und warf es aufs Sofa. Der Mantel schlug mit einem dumpfen Geräusch auf und begrub ihre Kissen unter sich.

Was um alles in der Welt ist nur in den Taschen?, fragte sie sich.

Doch dann fiel ihr Blick auf seinen Körper, und sie vergaß den albernen Mantel. Er trug ein schwarzes T-Shirt, das seine kräftigen Arme freiließ. Die Brust war breit und muskulös, der Bauch so hart, dass sie das Waschbrett durch den Stoff hindurch erkennen konnte. Seine Beine waren lang, die Oberschenkel kräftig –

»Gefällt dir, was du siehst?«, fragte er sie mit tiefer, ruhiger Stimme.

Als ob sie darauf jetzt antworten würde.

Stattdessen steuerte sie auf die Küche zu. »Wie stark möchtest du deinen Kaffee?«

Sie widmete sich wieder dem Öffnen der Kaffeepackung und riss daran herum. Ungeduldig nahm sie ein Messer zu Hilfe.

»Ich hab dich was gefragt«, raunte er ihr direkt ins Ohr.

Sie zuckte zusammen und schnitt sich vor Schreck in den Daumen. Stöhnend hob sie die Hand hoch und betrachtete die Wunde. Sie war tief und blutete.

Hal fluchte. »Ich wollte dich nicht erschrecken.«

»Ich werd's überleben.«

Sie stellte das Wasser an, doch bevor sie noch ihre Hand unter den Strahl halten konnte, umfasste er ihr Handgelenk.

»Lass mich mal sehen.« Ohne ihr eine Gelegenheit zum Protest zu geben, beugte er sich über ihren Finger. »Das sieht nicht gut aus.«

Er steckte sich ihren Daumen in den Mund und saugte sanft daran.

Mary schnappte nach Luft. Das warme, feuchte Saugen lähmte sie. Und dann spürte sie seine Zunge. Als er sie wieder freigab, konnte sie ihn nur anstarren.

»O ... Mary«, sagte er traurig.

Sie war viel zu geschockt, um sich über seinen Stimmungsumschwung zu wundern. »Das hättest du nicht tun sollen.«

»Warum nicht?«

Weil es sich so gut angefühlt hat. »Woher willst du wissen, ob ich nicht AIDS habe oder so was?«

Seine Schultern hoben sich kaum merklich. »Und wenn schon, das wäre vollkommen egal.«

Sie wurde blass. Offenbar war er selbst HIV-positiv, und sie hatte gerade zugelassen, dass er sich ihre offene Wunde in den Mund steckte.

»Und nein, Mary, ich habe diese Krankheit nicht.«

»Aber warum wäre es dir dann egal?«

»Ich wollte es nur besser machen. Siehst du? Es blutet nicht mehr.«

Sie sah auf ihren Daumen. Die Wunde war geschlossen. Schon halb verheilt. *Wie zum Henker –*

»Wirst du mir jetzt endlich antworten?«, bohrte Hal, wie um die Frage abzuwürgen, die sie gerade stellen wollte.

Sie blickte zu ihm auf und bemerkte, dass seine Augen wieder dieses Leuchten hatten und das Stahlblau einen entrückten, hypnotischen Glanz bekam.

»Wie war noch mal die Frage?«, murmelte sie.

»Sagt dir mein Körper zu?«

Sie presste die Lippen zu einem Strich zusammen. Mann, wenn dem Typ einer abging, weil ihm Frauen Komplimente machten, dann musste sie ihn leider enttäuschen.

»Und was, wenn nicht?«, fauchte sie.

»Dann würde ich mich bedecken.«

»Ja, klar.«

Er legte den Kopf zur Seite, als würde er darüber nachdenken, ob er ihre Gedanken falsch gelesen hatte. Dann ging er hinüber ins Wohnzimmer zu seinem Mantel.

Herrje, er meinte es ernst.

»Hal, komm zurück. Du musst nicht … ich, äh, ich finde deinen Körper völlig in Ordnung.«

Lächelnd kehrte er zurück. »Da bin ich aber froh. Ich möchte dir gefallen.«

Alles klar, Süßer, dachte sie. Dann weg mit dem T-Shirt, Hosen runter, und leg dich auf den Fußboden. Wir können uns dabei abwechseln, unten zu liegen.

Innerlich fluchend wandte sie sich wieder dem Kaffee zu. Während sie das Pulver in den Filter löffelte, spürte sie Hals Blick auf sich. Und sie hörte ihn tief einatmen. Und sie fühlte, wie er … immer näher rückte.

Die Vorboten der Panik durchströmten ihren Körper. Er war zu nah. Zu groß. Zu … schön. Und die Hitze und die Lust, die er in ihr hervorrief, waren zu übermächtig. Als die Kaffeemaschine endlich gluckste, rückte sie von ihm ab.

»Warum willst du nicht, dass ich dir gefalle?«, fragte er.

»Hör auf, dieses Wort zu benutzen.« Denn wenn er *gefallen* sagte, konnte sie an nichts als Sex denken.

»Mary.« Seine Stimme war tief und voll. Eindringlich. »Ich möchte –«

Sie hielt sich die Ohren zu. Plötzlich gab es viel zu viel von ihm in ihrem Haus. In ihrem Kopf.

»Das war keine gute Idee. Du solltest lieber gehen.«

Sie spürte eine große Hand leicht auf ihrer Schulter.

Mary tauchte unter dem Griff hindurch und wurde langsam ärgerlich. Er war das Inbild von Gesundheit und Lebenskraft, purem Sex und Hunderten von Dingen, die sie nicht haben konnte. Er war so absolut lebendig, und sie war … sehr wahrscheinlich wieder krank.

Mary ging zur Terrassentür und öffnete sie. »Geh jetzt, okay? Bitte geh einfach.«

»Ich will aber nicht.«

»Raus. Bitte.« Immer noch starrte er sie nur an. »Meine Güte, du bist wie ein Straßenköter, den man nicht mehr loswird. Warum suchst du dir nicht jemand anderen, dem du auf den Geist gehen kannst?«

Hals kraftvoller Körper erstarrte. Einen Augenblick lang schien es, als wolle er ihr eine scharfe Antwort geben, doch dann nahm er einfach nur seinen Mantel. Als er sich das Leder um die Schultern warf und zur Tür ging, sah er sie nicht an.

Na super. Jetzt hatte sie ein schlechtes Gewissen.

»Hal. Hal, warte mal.« Sie griff nach seiner Hand. »Es tut mir leid, Hal –«

»Nenn mich nicht so«, zischte er.

Er entwand sich ihrem Griff, doch sie verstellte ihm den Weg. Und wünschte sofort, sie hätte das unterlassen. Seine Augen waren eiskalt und sahen aus wie wasserblaue Glasscherben.

Er klang bitter, als er sprach. »Tut mir leid, wenn ich dir zu nahe getreten sein sollte. Es muss ja ein echtes Scheißgefühl sein, wenn dich jemand einfach nur kennenlernen möchte.«

»Hal –«

Er schob sie mit Leichtigkeit beiseite. »Sag das noch einmal, und ich stecke meine Faust durch die Wand.«

Mit großen Schritten ging er hinaus und verschwand zwischen den Bäumen, die am Rand ihres Grundstücks wuchsen.

Aus einem plötzlichen Impuls heraus fuhr Mary in ein Paar Turnschuhe, schnappte sich eine Jacke und schoss durch die Tür. Sie rannte über den Rasen und rief nach ihm. Als sie am Rand des Waldes ankam, blieb sie stehen.

Sie hörte keine Äste schlagen, keine Zweige knacken, keine schweren Schritte. Aber er war doch in diese Richtung gegangen. Oder?

»Hal?«, rief sie.

Es dauerte lange, bis sie sich umdrehte und zum Haus zurückging.

15

»Heute Nacht haben Sie gute Arbeit geleistet, Mr O.«

Mr O trat aus dem Schuppen hinter der Blockhütte und dachte, Mr Xs Lob sei totaler Schwachsinn. Aber er behielt seine Verärgerung für sich. Er war gerade mal seit einem Tag aus den Klauen Omegas befreit und noch nicht in der Stimmung, sich aufzuregen. »Aber der Mann hat uns doch gar nichts erzählt«, murmelte er.

»Das lag daran, dass er nichts wusste.«

O schwieg. In der trüben Morgendämmerung schimmerte Mr Xs weißes Gesicht wie ein Nachtlicht.

»Wie bitte, Sensei?«

»Ich habe ihn selbst in die Mangel genommen, bevor Sie kamen. Ich musste sichergehen, dass ich mich auf Sie verlassen kann. Aber ich wollte keine günstige Gelegenheit verschwenden, falls Sie nicht mehr zuverlässig wären.«

Was auch den Zustand des Vampirs erklärte. O war davon ausgegangen, dass der Mann sich heftig gegen seine Entführung gewehrt hatte.

Vergeudete Zeit, vergeudete Mühe, dachte O und zog seine Autoschlüssel heraus.

»Haben Sie noch mehr Tests für mich vorgesehen?« *Du Pisser.*

»Im Augenblick nicht.« Mr X sah auf die Uhr. »Ihre neue Eskadron sollte gleich hier sein, also stecken Sie die Schlüssel weg. Gehen wir hinein.«

Os Abscheu dagegen, auch nur in die Nähe der Blockhütte zu kommen, ließ ihn das Gefühl in den Beinen verlieren. Seine blöden Stelzen wurden einfach völlig taub.

Doch er lächelte. »Nach Ihnen, Sensei.«

Drinnen ging er schnurstracks ins Schlafzimmer und lehnte sich gegen den Türpfosten. Obwohl sich seine Lungen anfühlten wie Wattebäusche, blieb er äußerlich ganz ruhig. Hätte er diesen Raum gemieden, wäre Mr X sicher ein Grund eingefallen, ihn extra hier hereinzuschicken. Der Dreckskerl wusste, dass man in einer frischen Wunde bohren musste, um herauszufinden, ob sie heilte oder innerlich von Eiter zerfressen wurde.

Während die Vampirjäger nach und nach in die Hütte strömten, nahm O sie in Augenschein. Er erkannte keinen einzigen von ihnen; allerdings wurden die Mitglieder der Gesellschaft auch immer anonymer, je länger sie dabei waren. Die Haare, die Haut und die Augenfarbe verblassten mehr und mehr, und am Ende sah ein *Lesser* einfach nur noch aus wie ein *Lesser.*

Die anderen Männer begutachteten ihn ebenfalls und starrten seine dunklen Haare an. Neue Rekruten befanden sich normalerweise am unteren Ende der Leiter; es war ungewöhnlich, dass so jemand in den Kreis der erfahrenen Kämpfer aufgenommen wurde. *Ach ja? Leckt mich doch.* O sah jedem Einzelnen von ihnen in die Augen. Sie sollten wissen, dass er jedem, der sich mit ihm anlegen wollte, den Gefallen liebend gern tun würde.

Bei der Aussicht auf eine physische Konfrontation erwachten seine Lebensgeister. Er genoss die Wellen von Aggression, den guten alten Drang nach Herrschaft. Das zeigte ihm, dass er noch immer der Alte war. Dass Omega trotz allem nicht in sein Innerstes eingedrungen war.

Das Treffen dauerte nicht lange, und nichts Weltbewegendes wurde besprochen. Eine Mahnung, dass jeder jeden Morgen per E-Mail einchecken musste. Außerdem wurde die Überzeugungsmethode noch einmal aufgefrischt und neue Quoten für Gefangennahmen und Tötungen ausgegeben.

Am Ende der Versammlung war O der Erste an der Tür. Mr X stellte sich ihm in den Weg.

»Sie bleiben noch.«

Die weißen Augen sahen ihn durchdringend an, lauernd, auf ein Aufblitzen von Furcht wartend.

O nickte einmal und stellte sich breitbeinig hin. »Natürlich, Sensei. Wie Sie wünschen.«

Über Mr Xs Schulter hinweg beobachtete O, wie die anderen aus der Tür gingen. Sie benahmen sich wie Fremde, keine Gespräche, die Augen starr geradeaus gerichtet, keine auch nur zufälligen Berührungen. Ganz eindeutig kannte keiner von ihnen den anderen, das hieß, sie mussten aus unterschiedlichen Bezirken stammen. Was wiederum bedeutete, dass Mr X lange hatte suchen müssen.

Als sich die Tür hinter dem Letzten schloss, kribbelte Os Haut vor Panik, doch er rührte sich nicht vom Fleck.

Mr X musterte ihn von Kopf bis Fuß. Ging dann zu seinem Laptop, der auf dem Küchentisch stand, und fuhr ihn hoch. Beinahe nachlässig fügte er hinzu: »Ich übergebe Ihnen das Kommando über die beiden Eskadrons. Ich will, dass sie in unseren Überzeugungstechniken geschult werden. Ich will, dass sie als Einheiten arbeiten.« Er sah von dem leuchtenden Bildschirm auf. »Und ich will, dass sie am Leben bleiben, haben Sie verstanden?«

O runzelte die Stirn. »Warum haben Sie das nicht verkündet, solange sie noch hier waren?«

»Erzählen Sir mir bloß nicht, dass Sie solche Schützenhilfe nötig haben.«

Os Augen verengten sich bei dem spöttischen Tonfall zu Schlitzen. »Mit denen komme ich schon klar.«

»Das will ich Ihnen auch geraten haben.«

»Sind wir jetzt fertig?«

»Nein. Aber Sie können gehen.«

O ging zur Tür, wusste aber in dem Moment, als er dort ankam, dass da noch etwas war. Er legte die Hand auf die Klinke, blieb aber stehen.

»Wollen Sie mir noch etwas mitteilen?«, murmelte Mr X. »Ich dachte, Sie wollten gehen.«

Um sein Zögern zu rechtfertigen, zog O irgendein Problem aus dem Ärmel. »Wir können das Haus in der Innenstadt nicht mehr für die Überzeugungsaktionen benutzen, nicht seit dieser Vampir entkommen ist. Wir brauchen eine weitere Einrichtung zusätzlich zu der hinter dieser Hütte.«

»Das ist mir sehr wohl bewusst. Oder dachten Sie etwa, ich schicke Sie grundlos durch die Gegend, um sich Grundstücke anzusehen?«

Das war also der Plan. »Das Gelände gestern war nicht geeignet. Zu viel Sumpf, außerdem verliefen zu viele Straßen in der Nähe. Hatten Sie noch ein paar andere im Auge?«

»Ich werde Ihnen die Liste per Mail schicken. Und bis ich entscheide, wo wir bauen, bringen Sie die Gefangenen hierher.«

»Im Schuppen ist nicht genug Platz für Publikum.«

»Ich spreche vom Schlafzimmer. Es ist recht geräumig, wie Sie wissen.«

O schluckte und bemühte sich um eine ausdruckslose Miene. »Wenn Sie wollen, dass ich Unterricht gebe, brauche ich mehr Platz.«

»Sie kommen hierher, bis wir etwas Neues gebaut haben. Ist das jetzt klar genug, oder soll ich es Ihnen aufmalen?«

Bitte, wenn es unbedingt sein musste. Er würde schon klarkommen.

O öffnete die Tür.

»Mr O, haben Sie nicht etwas vergessen?«

Himmel Herrgott. Seine Haare standen ihm am ganzen Körper buchstäblich zu Berge.

»Ja, Sensei?«

»Ich möchte, dass Sie mir für Ihre Beförderung danken.«

»Danke, Sensei«, sagte O durch zusammengebissene Zähne.

»Enttäuschen Sie mich nicht, mein Sohn.«

Genau, leck mich doch, Papi.

O verneigte sich knapp und verließ dann rasch die Hütte. Es war ein gutes Gefühl, in seinen Truck zu steigen und wegzufahren. Besser als gut. Es war ein verdammter Befreiungsschlag.

Auf dem Weg zu seinem Haus hielt O an einer Drogerie an. Er musste nicht lange nach dem Gewünschten suchen, und zehn Minuten später schloss er seine Haustüre hinter sich und deaktivierte die Alarmanlage. Das Haus war klein und hatte zwei Stockwerke. Es lag in einer nicht besonders tollen Wohngegend, aber die Lage hatte sich als gute Tarnung erwiesen. Die meisten seiner Nachbarn waren ältere Leute, und die restlichen waren Einwanderer, die zwei bis drei Jobs gleichzeitig machten. Niemand belästigte ihn.

Das Geräusch seiner Schritte auf dem Weg nach oben hallte auf dem nackten Boden und wurde von den kahlen Wänden zurückgeworfen. Er hatte sich hier nie zu Hause gefühlt. Der Kasten war nicht viel mehr als eine Baracke, die einzige Möblierung stellten eine Matratze und ein Sessel dar. Vor jedem Fenster hingen Vorhänge und verdeckten den Blick nach innen. Die Wandschränke waren voller Waffen und Uniformen. Die Küche war vollkommen leer und seit seinem Einzug unbenutzt.

Er zog sich aus und nahm eine Waffe und die weiße Plastiktüte aus der Drogerie mit ins Badezimmer. Dort beugte er sich nah vor den Spiegel und teilte seine Haare mit den Fingern. Ein Ansatz von etwa einem halben Zentimeter war ausgebleicht.

Ungefähr vor einem Jahr hatte die Veränderung begonnen. Erst waren es nur einzelne Haare gewesen, am Scheitel, dann eine größere Fläche, die ganzen Strähnen. Seine Schläfen waren am längsten unverändert geblieben, obwohl auch sie inzwischen verblassten.

Clairol Hydrience Nr. 48, Farbton »Blauschwarz«, beseitigte dieses Problem und ließ sein Haar wieder dunkel werden. Er hatte anfangs Farbe für Männer benutzt, aber bald gemerkt, dass das Zeug für Frauen besser funktionierte und länger hielt.

Er öffnete die Schachtel und machte sich nicht die Mühe, die Plastikhandschuhe überzustreifen. Er leerte den kompletten Inhalt der Flasche auf seinen Kopf und knetete ihn innerhalb von Sekunden ein. Er hasste den chemischen Geruch und den Aufwand. Doch mehr noch hasste er den hellen Ansatz. Die Vorstellung, völlig auszubleichen, stieß ihn ab.

Warum *Lesser* im Laufe der Zeit ihre Pigmentierung verloren, wusste er nicht, und er hatte auch nie danach gefragt. Das *Warum* spielte für ihn keine Rolle. Er wollte einfach nicht in der großen Anonymität der Gesellschaft untergehen.

Als er fertig war, stellte er die Flasche auf dem Waschbecken ab und betrachtete sich im Spiegel. Er sah aus wie ein Vollidiot mit der dunklen Creme auf dem Kopf. Scheiße, was wurde nur aus ihm?

Was für eine blöde Frage. Die Entscheidung war längst gefallen, für Reue war es zu spät.

O Mann, in der Nacht seiner Initiation, als er einen Teil seines Selbst eingetauscht hatte gegen die Möglichkeit, Jahre über Jahre töten zu können, hatte er geglaubt zu wissen, was er aufgab und was er dafür bekam. Der Deal war ihm mehr als fair erschienen.

Und noch drei Jahre lang war es dabei geblieben. Die Impotenz hatte ihn nicht weiter belastet, denn die eine Frau, die er wollte, war tot. Nicht zu essen und zu trinken war gewöhnungsbedürftig gewesen, aber er war auch nie besonders verfressen oder versoffen gewesen. Und seine alte Identität loszuwerden, kam ihm damals gerade recht, da die Polizei nach ihm fahndete.

Die Habenseite war ihm absolut überzeugend erschienen. Die neue Körperkraft hatte seine Erwartungen sogar noch übertroffen. Als er noch als Türsteher zu Hause in Sioux City gearbeitet hatte, war er schon ein beinharter Schläger gewesen. Doch als Omega mit ihm fertig gewesen war, hatte O eine unmenschliche Spannkraft in Armen, Beinen und Brust gespürt. Und er hatte es genossen, sie einzusetzen.

Ein weiterer Vorteil war die finanzielle Unabhängigkeit. Die Gesellschaft gab ihm alles, was er benötigte, um seine Arbeit zu machen. Sie deckte die Kosten für Haus, Truck, Waffen und Kleidung sowie seine elektronischen Spielzeuge. Er konnte unbelastet seine Beute jagen.

Zumindest war das in den ersten Jahren so gewesen. Als Mr X das Kommando übernahm, hatte diese Autonomie ein Ende gefunden. Jetzt gab es morgendliche Appelle. Eskadrons, Quoten.

Und Besuche von Omega.

O stieg in die Dusche und wusch sich das Zeug aus den Haaren. Während er sich abtrocknete, ging er wieder zum

Spiegel und musterte sein Gesicht. Seine Iris, einst braun wie seine Haare, wurden langsam grau.

In etwa einem Jahre wäre alles, was ihn einmal ausgemacht hatte, verschwunden.

Er räusperte sich. »Mein Name ist David Ormond. David. Ormond. Sohn von Bob und Lilly Ormond. Ormond.«

Gott, der Name klang seltsam aus seinem Mund. Und in seinem Kopf hörte er immer nur Mr Xs Stimme, die ihn Mr O nannte.

Ein überwältigendes Gefühl überkam ihn, Furcht und Trauer gleichzeitig. Er wollte zurück. Er wollte … zurück, ungeschehen machen, ausradieren, was ihm geschehen war. Das Geschäft mit seiner Seele war nur scheinbar gut gewesen. In Wirklichkeit war es eine besondere Form der Hölle. Er war ein lebendes, atmendes, mordendes Gespenst. Kein Mensch mehr, sondern ein Ding.

Mit zitternden Händen zog O sich an und sprang in seinen Truck. Als er in der Innenstadt ankam, war er schon jenseits von logischem Denken. Er parkte auf der Trade Street und wanderte durch die Gassen. Es dauerte eine Weile, bis er gefunden hatte, was er suchte.

Eine Hure mit langem, dunklem Haar. Die, solange sie den Mund nicht aufmachte, eine gewisse Ähnlichkeit mit seiner Jennifer hatte.

Er steckte ihr fünfzig Mäuse zu und zog sie hinter einen Müllcontainer.

»Ich will, dass du mich David nennst«, begann er.

»Aber klar doch.« Sie lächelte, machte ihre Jacke auf und zeigte ihm ihre nackte Brust. »Wie willst du mich denn –«

Er presste ihr eine Hand auf den Mund und fing an zuzudrücken. Er hörte nicht auf, bis ihre Augen fast aus dem Kopf traten.

»Sag meinen Namen«, befahl er.

Dann lockerte O seinen Griff und wartete. Als sie nichts

weiter tat als zu hyperventilieren, nahm er sein Messer heraus und hielt es ihr an die Kehle.

»Sag meinen Namen.«

»David«, flüsterte sie.

»Sag mir, dass du mich liebst.« Als sie zögerte, ritzte er die Haut an ihrem Hals mit der Klinge. Blut quoll hervor und rann an dem schimmernden Metall herab. »Sag es.«

Ihre Hängebrüste, so ganz anders als die von Jennifer, hoben und senkten sich. »Ich … ich liebe dich.«

Er schloss die Augen. Die Stimme war völlig falsch.

Das war einfach nicht das, was er brauchte.

Os Wut steigerte sich, bis er sie nicht mehr kontrollieren konnte.

16

Rhage stieß die Hantel von der Brust ab, Zähne gefletscht, zitternd, schweißüberströmt.

»Und zehn«, rief Butch.

Schnaufend setzte Rhage das Gewicht auf der Aufhängung über ihm ab, sie ächzte unter dem Gewicht der scheppernden Scheiben.

»Pack noch mal fünfzig drauf.«

Butch beugte sich über die Stange. »Du hast doch schon fünf fünfundzwanzig drauf, Mann.«

»Und ich *brauche* noch fünfzig.«

Haselnussbraune Augen verengten sich. »Immer locker, Hollywood. Wenn du deine Brustmuskeln schreddern willst, bitte sehr, aber reiß mir dann nicht den Kopf ab.«

»Sorry.« Er setzte sich auf und schüttelte die brennenden Arme. Es war neun Uhr morgens, er und der Cop waren seit sieben an den Gewichten. Es gab kein einziges Körperteil an ihm, das nicht lichterloh in Flammen stand, doch an Aufhören war für ihn noch nicht zu denken. Er lechzte nach der Art körperlicher Erschöpfung, die bis ins Mark ging.

»Fertig?«, murmelte er.

»Moment, ich zieh noch die Schrauben an. Okay, kann losgehen.«

Rhage legte sich wieder hin, drückte die Hantelstange von der Aufhängung und ließ sie auf der Brust ruhen. Er kontrollierte seine Atmung, dann fing er an, das Gewicht zu stemmen.

Straßenköter.

Straßen. Köter.

Straßen. Köter.

Er hatte die Hantel bis zur vorletzten Wiederholung gut im Griff, dann musste Butch eingreifen.

»Bist du jetzt fertig?« fragte Butch, während er ihm half, die Stange wieder abzusetzen.

Rhage richtete sich keuchend auf und legte die Unterarme auf die Knie. »Kurze Pause und dann noch eine Runde.«

Butch ging um ihn herum und drehte das ausgezogene T-Shirt zu einem Seil zusammen. Dank des ganzen Gewichtestemmens hatte sich seine Muskulatur in Brust und Armen stark aufgebaut. Dabei war er vorher schon nicht gerade schmächtig gewesen. Natürlich konnte er nicht so viel Eisen drücken wie Rhage, aber für einen Menschen war Butch ein Bulldozer.

»Du bist inzwischen ganz schön gut in Form, Bulle.«

»Ach, komm schon«, grinste Butch. »Lass dir mal nicht unsere eine gemeinsame Dusche zu Kopf steigen.«

Rhage bewarf den Mann mit einem Handtuch. »Ich sag ja nur, dass dein Bierbauch verschwunden ist.«

»Das war eine Whiskywampe. Und die vermisse ich kein bisschen.« Butch fuhr sich mit der Hand über seinen gut ausdefinierten Bauch. »Aber jetzt sag du mal was. Warum schindest du dich heute Morgen schon wie ein Tier?«

»Hast du große Lust, über Marissa zu sprechen?«

Butchs Miene versteinerte. »Nicht besonders.«

»Dann kannst du ja verstehen, dass ich nicht viel zu erzählen habe.«

Butchs dunkle Augenbrauen hoben sich. »Es geht um eine Frau? Im Sinne von, eine *bestimmte* Frau?«

»Ich dachte, wir reden nicht über Frauen.«

Der Polizist verschränkte die Arme vor der Brust und runzelte die Stirn. So als betrachtete er ein Blackjackblatt und überlegte, ob er sich noch eine Karte geben lassen sollte.

Dann sprach er schnell und abgehackt. »Ich bin total verschossen in Marissa. Aber sie will mich nicht sehen. Ende der Geschichte. Und jetzt erzähl mir von deinem Albtraum.«

Rhage musste lächeln. »Wie beruhigend, dass ich nicht der Einzige bin, bei dem es absolut beschissen läuft.«

»Jetzt weiß ich immer noch nichts. Ich brauche Einzelheiten.«

»Die Frau hat mich heute Morgen aus dem Haus geworfen, nachdem sie schwer an meinem Ego gekratzt hat.«

»Und was für ein Werkzeug hat sie dazu benutzt?«

»Einen unschmeichelhaften Vergleich zwischen mir und einem Hund ohne Zuhause.«

»Aua.« Butch verdrehte das T-Shirt in die andere Richtung. »Und deshalb kannst du es natürlich kaum erwarten, sie wiederzusehen.«

»So kann man es sagen.«

»Ganz schön armselig.«

»Ich weiß.«

»Aber das kann ich fast noch toppen.« Der Cop schüttelte den Kopf. »Gestern Nacht … äh … bin ich zum Haus von Marissas Bruder gefahren. Ich weiß nicht mal mehr, wie ich dahingekommen bin. Ich meine, das Letzte, was ich brauchen kann, ist, ihr über den Weg zu laufen, wenn du verstehst, was ich meine.«

»Lass mich raten. Du hast da rumgelungert in der Hoffnung, einen Blick zu erh–«

»In den Büschen, Rhage. Ich habe in den Büschen gesessen. Unter ihrem Schlafzimmerfenster.«

»Wow. Das ist …«

»In meinem alten Leben hätte ich mich dafür verhaften können. Aber vielleicht sollten wir lieber das Thema wechseln.«

»Super Idee. Machen wir den Bericht über den Vampir fertig, der den *Lessern* entkommen ist.«

Butch lehnte sich mit dem Rücken an die Betonwand, legte einen Arm quer über die Brust und dehnte ihn mit dem anderen. »Also, Phury hat mit der Krankenschwester gesprochen, die sich um ihn gekümmert hat. Der Typ war schon ziemlich am Ende, aber er konnte ihr noch zuflüstern, dass sie Fragen über euch Brüder gestellt haben. Wo ihr wohnt. Was ihr so treibt. Das Opfer hat zwar keine genaue Adresse angeben können, wo man ihn bearbeitet hat, aber es muss irgendwo in der Innenstadt sein. Denn dort haben sie ihn gefunden, und in dem Zustand hätte er Gott weiß nicht weit kommen können. Ach ja, und er hat immer so Buchstaben gemurmelt. X. O. E.«

»So nennen sich die *Lesser* gegenseitig.«

»Wie pfiffig. Sehr 007.« Butch nahm sich den anderen Arm vor, seine Schulter knackte. »Jedenfalls hab ich dem *Lesser*, den sie im Baum aufgehängt hatten, die Brieftasche abgenommen. Tohr hat sich die Wohnung von dem Kerl mal angesehen: Sie war leer geräumt, als hätten sie gewusst, dass wir kommen.«

»War die Kanope da?«

»Tohr sagte, nein.«

»Dann waren sie definitiv dort.«

»Was ist denn überhaupt in den Dingern drin?«

»Das Herz.«

»Igitt. Aber immer noch besser als gewisse andere Teile der Anatomie. Nach allem, was ich gehört habe, sollen sie ja keinen mehr hochkriegen.« Butch ließ die Arme fallen und biss sich auf die Lippe. Er stieß ein leises, nachdenkliches Geräusch aus. »Weißt du, langsam fügen sich die Puzzleteile zusammen. Weißt du noch, die Morde an diesen Prostituierten, die ich im Sommer untersuchen musste? Die mit den Bisswunden am Hals und dem Heroin im Blut?«

»Zsadists Freundinnen, Mann. So ernährt er sich. Nur von Menschen. Obwohl es wirklich ein totales Rätsel ist, wie er mit dem schwachen Blut am Leben bleibt.«

»Er hat immer gesagt, er war es nicht.«

Rhage verdrehte die Augen. »Und du denkst, man kann ihm glauben?«

»Was, wenn wir ihn beim Wort nehmen würden? Hey, nur mal rein hypothetisch, Hollywood. Wenn wir ihm glauben würden, dann hätte ich eine andere Erklärung.«

»Und die wäre?«

»Ein Köder. Wenn man einen Vampir entführen will, wie würde man das anstellen? Essen auslegen, Mann. Leg den Köder aus, und warte, bis einer kommt. Dann betäubst du ihn und verschleppst ihn, wohin du willst. Ich habe Pfeile an den Tatorten gefunden, solche, mit denen man Tiere betäuben kann.«

»Verdammt.«

»Und jetzt pass auf. Heute Morgen habe ich den Polizeifunk gehört. Sie haben wieder eine tote Prostituierte in einer Seitenstraße gefunden, ganz in der Nähe der alten Tatorte. V hat sich für mich in den Polizeiserver gehackt und im Bericht stand, dass ihre Kehle durchgeschnitten war.«

»Hast du Wrath und Tohr das alles schon erzählt?«

»Nein.«

»Das solltest du aber.«

Der Mensch wand sich. »Ich weiß nicht, wie weit ich mich

da einmischen sollte. Weißt du, ich will meine Nase nicht in Dinge stecken, die mich nichts angehen. Ich bin keiner von euch.«

»Aber du gehörst zu uns. Zumindest hat V das gesagt.«

Butch zog die Stirn in Falten. »Echt?«

»Ja. Deshalb haben wir dich mit hierher genommen, anstatt dich … na, du weißt schon.«

»Unter die Erde zu bringen?« Er lächelte schief.

Rhage räusperte sich. »Nicht, dass das einem von uns Spaß gemacht hätte. Na ja, außer Z. Wobei – nein, eigentlich macht dem überhaupt nichts Spaß … Wie auch immer, Bulle, du bist uns irgendwie –«

Tohrments Stimme schnitt ihm das Wort ab. »Herr im Himmel, Hollywood!«

Der Vampir stürmte in den Fitnessraum wie ein wütender Stier. Und von allen Mitgliedern der Bruderschaft war er der Ausgeglichenste. Also brannte es irgendwo.

»Was ist los, mein Bruder?«

»Ich hab eine kleine Botschaft für dich auf der allgemeinen Mailbox. Von dieser Frau. Mary.« Tohr stützte die Hände in die Hüften, sein Oberkörper war nach vorn geneigt. »Warum zum Teufel erinnert sie sich an dich? Und woher hat sie unsere Telefonnummer?«

»Ich hab ihr bestimmt nicht gesagt, dass sie uns anrufen soll.«

»Du hast aber auch nicht ihre Erinnerung gelöscht. Was zum Henker denkst du dir eigentlich?«

»Sie wird nicht zum Problem werden.«

»Das ist sie schon. Sie hat uns angerufen.«

»Entspann dich, Mann –«

Tohr hielt ihm den Zeigefinger vor die Nase. »Kümmere dich gefälligst um sie, bevor ich es tun muss, klar?«

Mit einem Wimpernschlag war Rhage auf den Beinen und Nase an Nase mit seinem Bruder. »Keiner kommt auch nur in ihre Nähe, sonst kriegt er es mit mir zu tun. Das gilt auch für dich.«

Tohrs blaue Augen verengten sich. Sie wussten beide, wer im Ernstfall gewinnen würde. Keiner konnte es im Nahkampf mit Rhage aufnehmen; das war einfach eine Tatsache. Und er war bereit, Tohrment das Versprechen herauszuprügeln, die Finger von ihr zu lassen. Hier und jetzt.

Mit grimmigem Tonfall sagte Tohr: »Jetzt hol mal tief Luft, und mach einen Schritt zurück, Hollywood.«

Als Rhage sich nicht rührte, hörte man Schritte auf den Matten, und Butchs Arm legte sich um seine Taille.

»Warum kühlst du dich nicht mal ein bisschen ab, Großer«, sagte der Cop begütigend. »Schluss mit der Party, okay?«

Rhage ließ sich von Butch zurückziehen, doch er ließ Tohr nicht aus den Augen. Die Luft zwischen ihnen knisterte.

»Was ist hier los?«, donnerte Tohr.

Rhage befreite sich aus Butchs Griff und fing an, Achter um die Hanteln auf dem Boden zu laufen.

»Nichts. Nichts ist hier los. Sie weiß nicht, was ich bin, und ich weiß nicht, woher sie die Nummer hat. Vielleicht hat diese Vampirin sie ihr gegeben.«

»Sieh mich an, Bruder. Rhage, bleib stehen, und sieh mich an.«

Rhage gehorchte und hob den Blick.

»Warum hast du ihr nicht die Erinnerung genommen? Du weißt doch, sobald es ins Langzeitgedächtnis übergeht, bleibt immer etwas hängen. Warum hast du es nicht getan, als du noch konntest?« Als sich die Stille zwischen ihnen ausdehnte, schüttelte Tohr den Kopf. »Sag nicht, dass du dich mit ihr eingelassen hast.«

»Und wenn schon.«

»Ich nehme das als Ja. Himmel, Bruder … was hast du

dir dabei gedacht? Du weißt doch, dass du die Finger von Menschen lassen sollst. Und ganz besonders von ihr, wegen des Jungen.« Tohrs Blick wurde streng. »Ich gebe dir hiermit einen Befehl. Erneut. Ich verlange, dass du dich aus der Erinnerung dieser Frau löschst und dass du sie nicht wiedersiehst.«

»Ich hab dir doch gesagt, sie weiß nicht, was ich bin –«

»Versuchst du, in der Sache mit mir zu verhandeln? So dumm kannst du nicht sein.«

Rhage sah seinen Bruder finster an. »Und du willst mich wohl nicht noch einmal provozieren. Dieses Mal lasse ich mich nicht von dem Bullen wegziehen.«

»Hast du sie schon geküsst? Wie willst du ihr die Fänge erklären, hm?« Als Rhage die Augen schloss und leise fluchte, wurde Tohrs Tonfall etwas milder. »Sei doch vernünftig. Sie ist eine Komplikation, die wir nicht gebrauchen können. Und für dich bedeutet sie Ärger, weil du sie dir gegen meinen ausdrücklichen Befehl ausgesucht hast. Ich mach das doch nicht, um dir auf die Nüsse zu gehen, Rhage. Sondern weil es für alle Beteiligten sicherer ist. Vor allem für sie. Du wirst das tun, was ich dir sage, Bruder.«

Sicherer für sie.

Rhage beugte sich nach unten und griff an seine Knöchel. Er dehnte seine Kniesehnen so heftig, dass er sie fast abriss.

Sicherer für Mary.

»Ich kümmere mich darum«, sagte er endlich.

»Miss Luce? Kommen Sie bitte mit.«

Mary sah auf und erkannte die Sprechstundenhilfe nicht. Die Frau sah in ihrem weiten rosafarbenen Kittel sehr jung aus, vermutlich eine Auszubildende. Und sie wirkte noch jünger, als sie lächelte und ihre Grübchen sichtbar wurden.

»Miss Luce?« Sie schob die dicke Akte von einem Arm in den anderen.

Mary hängte sich die Tasche über die Schulter, stand auf und folgte der Frau aus dem Wartezimmer. Sie liefen einen langen gelbbraunen Flur hinunter, bis sie vor einem Vorraum stehen blieben.

»Ich wiege sie nur eben und messe Ihre Temperatur.« Wieder lächelte die junge Frau, als ob sie Bonuspunkte dafür sammeln würde, dass sie so geschickt mit Waage und Thermometer umging. Sie war schnell und freundlich.

»Sie haben etwas abgenommen, Miss Luce«, sagte sie, während sie sich Notizen in ihrer Akte machte. »Wie steht es mit dem Essen?«

»Wie immer.«

»Hier links entlang, bitte.«

Die Untersuchungsräume sahen alle gleich aus, und dieser bildete keine Ausnahme. Gerahmte Monet-Poster hingen an den Wänden, und ein kleines Fenster wurde von heruntergelassenen Jalousien bedeckt. Ein Schreibtisch mit Broschüren und einem Computer. Ein Untersuchungstisch mit einem Streifen weißem Krepppapier, der darüber gezogen war. Ein Waschbecken und diverse Geräte. Und ein roter Abfalleimer für Sondermüll.

Mary hätte sich beinahe übergeben.

»Dr. Della Croce sagte, sie wolle Sie gründlich durchchecken.« Die Sprechstundenhilfe hielt ihr ein akkurat gefaltetes quadratisches Stück Stoff hin. »Ziehen Sie das bitte über, sie kommt dann sofort.«

Die Kittel waren auch alle gleich. Dünne, weiche Baumwolle, blau mit kleinem rosa Muster. Zwei Schleifen bildeten den Verschluss. Sie war sich nie sicher, ob sie die Dinger richtig anzog, ob der Schlitz vorne oder hinten hingehörte. Heute entschied sie sich für vorne.

Als sie fertig umgezogen war, setzte Mary sich auf den

Untersuchungstisch und ließ die Beine über die Kante baumeln. Es war kühl ohne Kleider. Sehnsüchtig sah sie zu dem Stuhl neben dem Schreibtisch, wo sie in einem ordentlichen Stapel lagen. Sie hätte einiges gegeben, um sie wieder anziehen zu dürfen.

Da klingelte ihr Handy in der Handtasche. Sie hüpfte auf den Boden und ging in Socken zum Stuhl.

Sie erkannte die Nummer auf dem Display nicht und ging hoffnungsvoll dran. »Hallo?«

»Mary.«

Der Klang der sonoren Männerstimme ließ ihr vor Erleichterung die Knie weich werden. Sie war sich so sicher gewesen, dass Hal nicht zurückrufen würde.

»Hallo. Hallo, Hal. Danke, dass du anrufst.« Sie sah sich nach einem geeigneten Sitzplatz um, auf den Untersuchungstisch wollte sie nicht. Also nahm sie ihre Kleider auf den Schoß und setzte sich auf den Stuhl. »Hör mal, das mit letzter Nacht tut mir wahnsinnig leid. Ich war nur –«

Es klopfte, und die Sprechstundenhilfe steckte den Kopf zur Tür herein. »Entschuldigen Sie. Hatten Sie uns das Knochenszintigramm von letztem Juli zukommen lassen?«

»Ja. Es müsste in meiner Akte sein.« Als die junge Frau die Tür wieder schloss, sagte Mary: »Entschuldige.«

»Wo bist du?«

»Ich, äh …« Sie räusperte sich. »Nicht so wichtig. Ich wollte dir nur sagen, wie leid mir tut, was ich zu dir gesagt habe.«

Langes Schweigen.

»Ich habe einfach Panik bekommen.«

»Warum?«

»Du bist so … ich weiß nicht, du …« Mary fummelte am Saum des Kittels herum. Ihre Worte überschlugen sich beinahe. »Ich habe Krebs. Beziehungsweise, ich hatte Krebs, und er ist möglicherweise wieder da.«

»Ich weiß.«

»Dann hat Bella es dir erzählt?« Mary wartete auf eine Bestätigung; als keine kam, holte sie tief Luft. »Meine Leukämie soll keine Entschuldigung für mein Verhalten sein. Es ist nur ... ich bin gerade an einem merkwürdigen Punkt. Meine Gefühle überschlagen sich, und dich in meinem Haus zu haben« – *und irrsinnig von dir angezogen zu sein* – »hat etwas in mir ausgelöst, und ich habe wild um mich getreten.«

»Das verstehe ich.«

Aus irgendeinem Grund nahm sie ihm das ab.

Aber du meine Güte, dieses lange Schweigen brachte sie um. Allmählich fühlte sie sich wie eine Idiotin, weil sie ihn am Telefon festhielt.

»Jedenfalls wollte ich dir das nur sagen.«

»Ich hole dich heute Abend um acht ab. Bei dir zu Hause.«

Sie umklammerte das Telefon. Mein Gott. Sie wollte ihn unbedingt wiedersehen. Der Wunsch war übermächtig. »Ich warte dann auf dich.«

Vor der Tür erhob sich Dr. Della Croces Stimme und mischte sich mit der der Sprechstundenhilfe.

»Und, Mary?«

»Ja?«

»Trag dein Haar offen für mich.«

Es klopfte, und die Ärztin trat ein.

»Ist gut. Mache ich«, sagte Mary, dann legte sie auf. »Hallo Susan.«

»Hallo Mary.« Als Dr. Della Croce den niedrigen Raum durchquerte, lächelte sie, und die Falten um ihre braunen Augen vertieften sich. Sie war etwa fünfzig Jahre alt und trug ihr dickes weißes Haar auf Kinnhöhe gerade abgeschnitten.

Die Ärztin setzte sich an den Schreibtisch und schlug die

Beine übereinander. Während sie sich einen Moment sammelte, schüttelte Mary den Kopf.

»Ich hasse es, wenn ich Recht behalte«, murmelte sie.

»Womit?«

»Er ist wieder da, oder?«

Die Ärztin machte eine kurze Pause. »Es tut mir so leid, Mary.«

17

Mary ging nicht zur Arbeit. Stattdessen fuhr sie nach Hause, zog sich aus und ging ins Bett. Ein kurzer Anruf im Büro, und sie hatte nicht nur den Rest des Tages, sondern auch die ganze folgende Woche frei. Die Zeit würde sie brauchen. Nach dem langen Wochenende standen eine Reihe von Tests an, Fachleute mussten hinzugezogen und zusammen mit Dr. Della Croce die Optionen besprochen werden.

Das Seltsame war, dass Mary nicht überrascht war. Sie hatte tief im Herzen immer gewusst, dass sich die Krankheit nur zurückgezogen, aber sich nicht ergeben hatte.

Oder vielleicht stand sie auch einfach nur unter Schock, und krank zu sein, fühlte sich so vertraut an.

Sie dachte daran, was ihr jetzt bevorstand; was sie fürchtete, war nicht der Schmerz, es war der Zeitverlust. Wie lange würde es dauern, um die Krankheit wieder unter Kontrolle zu bekommen? Wie lange würde der nächste Aufschub währen? Wann konnte sie in ihr Leben zurückkehren?

Sie verweigerte sich dem Gedanken, dass es noch eine andere Möglichkeit als Besserung geben könnte. Darauf ließ sie sich gar nicht erst ein.

Sie drehte sich auf die Seite, starrte die gegenüberliegende Wand an und dachte an ihre Mutter. Sie sah sie vor sich, wie sie im Bett liegend einen Rosenkranz durch die Fingerspitzen gleiten ließ und Worte der Andacht murmelte. Die Mischung aus dem Reiben der Perlen und dem Flüstern hatte ihr geholfen, eine Erleichterung zu finden, die ihr das Morphium nicht geben konnte. Denn trotz des Fluchs ihrer Krankheit, selbst auf dem Höhepunkt des Schmerzes und der Furcht, hatte ihre Mutter an Wunder geglaubt.

Mary hatte ihre Mutter fragen wollen, ob sie tatsächlich glaubte, sie würde gerettet werden. Und zwar nicht im metaphorischen Sinne, sondern im praktischen. Hatte Cissy wirklich daran geglaubt, dass die richtigen Worte und die richtigen Gegenstände um sie herum sie heilen könnten? Dass sie wieder laufen, wieder leben würde?

Die Fragen wurden niemals gestellt. Das wäre einfach nur grausam gewesen, und Mary hatte die Antwort ohnehin gekannt. Sie hatte gespürt, dass ihre Mutter auf Erlösung gehofft hatte, bis zum bitteren Ende.

Aber vielleicht hatte Mary auch einfach nur das auf sie projiziert, was sie selbst sich gewünscht hatte. Für sie bedeutete Rettung, das eigene Leben wie ein normaler Mensch leben zu dürfen: Man war gesund und stark, und der Tod war weit weg, kaum real, eine eher theoretische Möglichkeit. Eine Schuld, die man in einer nicht vorstellbaren Zukunft abzahlte.

Vielleicht hatte ihre Mutter das anders gesehen, doch eines war sicher: Das Ergebnis war das gleiche gewesen. Die Gebete hatten sie nicht gerettet.

Mary schloss die Augen, die Erschöpfung drückte sie nieder. Leere breitete sich in ihr aus, und sie war dankbar dafür. Sie schlief mehrere Stunden lang, wurde wach, döste wieder ein, warf sich im Bett herum.

Um sieben Uhr wachte sie auf und griff nach dem Telefon. Sie wählte die Nummer, die Bella ihr gegeben hatte, um Hal zu erreichen, legte aber wieder auf, ohne eine Nachricht zu hinterlassen. Abzusagen wäre sicher das einzig Richtige, sie würde heute keine besonders gute Gesellschaft sein. Aber verdammt noch mal, heute wollte sie einmal egoistisch sein. Sie wollte ihn sehen. Bei Hal fühlte sie sich lebendig, und dieses Gefühl brauchte sie jetzt unbedingt.

Nach einer kurzen Dusche schlüpfte sie in einen Rock und einen Rolli. Beides saß lockerer als gewohnt, und sie musste an die Waage heute Morgen denken. Sie konnte heute Abend ruhig so viel essen wie Hal, denn es gab weiß Gott momentan keinen Grund, Diät zu halten. Wenn vor ihr eine weitere Runde Chemo lag, sollte sie lieber vorher ein paar Pfund zulegen.

Der Gedanke ließ sie erstarren.

Sie fuhr sich mit den Händen durch das Haar, zog es vom Kopf weg und ließ es durch die Finger auf die Schulter fallen. So unscheinbar braun, dachte sie. Und so unbedeutend für das Große und Ganze.

Bei der Vorstellung, es wieder zu verlieren, traten ihr die Tränen in die Augen.

Doch sie riss sich zusammen, strich die Strähnen zurück und drehte sie zu einem Knoten, den sie mit Nadeln befestigte.

Ein paar Minuten später stand sie vor der Tür und wartete. Die Kälte war ein Schock, und sie bemerkte, dass sie vergessen hatte, eine Jacke anzuziehen. Also ging sie wieder ins Haus und nahm eine schwarze Wolljacke von der Garderobe, doch unterwegs war ihr der Schlüssel abhandengekommen.

Wo war der Schlüssel? Hatte sie den Schlüssel in der –

Jawohl, der Schlüssel steckte im Schloss.

Sie ging hinaus, machte die Tür hinter sich zu und schloss ab, dann steckte sie den Schlüsselbund in die Jackentasche.

Während sie wartete, dachte sie an ihr Gespräch mit Hal.

Trag dein Haar offen für mich.

Ist gut.

Sie zog die Nadeln heraus und kämmte mit den Fingern durch die Haare, so gut sie konnte. Dann blieb sie reglos stehen.

Der Abend war so still. Genau deshalb liebte sie es, so weit draußen zu wohnen; sie hatte keine Nachbarn außer Bella.

Was sie wieder daran erinnerte: Sie hatte anrufen und von der Verabredung berichten wollen, hatte sich aber nicht danach gefühlt. Morgen. Morgen würde sie mit Bella sprechen. Und von den zwei Verabredungen berichten.

Eine Limousine bog etwa einen halben Kilometer entfernt von der Straße ab und beschleunigte danach wieder mit einem tiefen Brummen. Wären die beiden Scheinwerfer nicht gewesen, sie hätte gedacht, eine Harley käme den Weg entlang.

Als der alte violette Sportwagen vor ihr anhielt, dachte sie, er sähe aus wie eine Art GTO. Glänzend, laut, auffällig … und er passte perfekt zu einem Mann, der sowohl für Geschwindigkeit als auch für Aufmerksamkeit etwas übrig hatte.

Hal stieg aus der Fahrertür und ging um die Motorhaube herum. Er trug einen Anzug, einen wirklich scharfen schwarzen Anzug, und darunter ein schwarzes Hemd mit offenem Kragen. Sein Haar war aus dem Gesicht gekämmt und fiel ihm in dicken, goldenen Wellen in den Nacken. Er sah sexy, kraftvoll und mysteriös aus.

Nur, dass seine Miene nicht gerade der Stoff war, aus dem Tagträume sind. Seine Augen waren zusammengekniffen, die Lippen angespannt.

Dennoch lächelte er, als er auf sie zukam. »Du trägst das Haar offen.«

»Das hab ich dir doch versprochen.«

Er hob die Hand, als wollte er sie berühren, zögerte dann aber. »Bist du so weit?«

»Wo fahren wir denn hin?«

»Ich habe im *Excel* reserviert.« Er ließ den Arm sinken und blickte zur Seite, wurde schweigsam und regungslos.

Ach … Verflucht.

»Hal, bist du sicher, dass du das hier durchziehen willst? Du stehst heute eindeutig etwas neben dir. Und ich ehrlich gesagt auch.«

Er trat zurück und starrte aufs Pflaster. Seine Kiefer mahlten angestrengt.

»Wir können das auch verschieben«, sagte sie. Er war ein viel zu netter Kerl, um einfach so ohne eine Verbindlichkeit zu verschwinden. »Das ist doch keine große –«

Er bewegte sich so schnell, dass ihre Augen ihm nicht folgen konnten. Im einen Augenblick stand er noch einen Meter von ihr entfernt, im nächsten presste er sich an sie. Er nahm ihr Gesicht in seine Hände und legte seine Lippen auf ihre. Als sie sich küssten, sah er ihr direkt in die Augen.

Es lag keine Leidenschaft darin, nur eine verbissene Entschlossenheit, durch die diese Geste etwas von einem Gelöbnis bekam.

Als er sie wieder losließ, taumelte sie rückwärts. Und landete direkt auf ihrem Hintern.

»Ach verflucht, Mary, entschuldige.« Er kniete sich neben sie. »Alles in Ordnung?«

Sie nickte, obwohl das gelogen war. Sie fühlte sich linkisch und lächerlich, wie sie so unfreiwillig auf dem Rasen saß.

»Bist du sicher, dass alles okay ist?«

»Ja.« Sie ignorierte die angebotene Hand, stand auf und strich das Gras von ihrem Rock. Gott sei Dank war der Boden trocken.

»Lass uns einfach essen gehen, Mary. Komm.«

Eine große Hand legte sich um ihren Nacken, und er führte sie zum Auto. Sie konnte nicht anders, als ihm zu folgen.

Wobei ihr nicht im Entferntesten der Gedanke kam, sich gegen ihn zu wehren. Sie war von einer ganzen Reihe von Dingen überwältigt, vor allem von ihm, und sie war viel zu müde, um Widerstand zu leisten. Außerdem war irgendetwas zwischen ihnen vorgegangen, als ihre Lippen sich getroffen hatten. Sie hatte keine Ahnung, was das war oder was es bedeutete, aber es gab da ein Band.

Hal öffnete die Beifahrertür und half ihr ins Auto. Als er sich auf dem Fahrersitz niederließ, sah sie sich in dem blitzsauberen Wageninneren um, damit sie nicht sein Profil betrachten musste.

Der Motor heulte auf, als er den ersten Gang einlegte, und dann schossen sie die kleine Straße hinauf bis zum Stoppschild an der Route 22. Er sah nach rechts und nach links, dann bog er rechts ab, der Wagen heulte erneut auf und wurde wieder leiser, als atmete er, während Hal Gang für Gang heraufschaltete.

»Das ist ein fantastisches Auto«, sagte sie.

»Danke. Mein Bruder hat es für mich überholt. Tohr liebt Autos.«

»Wie alt ist dein Bruder?«

Hal lächelte schief. »Alt genug.«

»Älter als du?«

»Mhm.«

»Bist du der Jüngste?«

»Nein, aber wir sind auch nicht körperlich verwandt. Wir sind nicht deshalb Brüder, weil wir von derselben Frau geboren wurden.«

Gott, manchmal drückte er sich so merkwürdig aus. »Wurdest du in die Familie adoptiert?«

Er schüttelte den Kopf. »Ist dir kalt?«

»Äh, nein.« Sie blickte auf ihre Hände. Sie waren tief in ihrem Schoß vergraben, die Schultern hochgezogen. Was erklärte, warum er dachte, ihr wäre kalt. Sie versuchte, sich locker zu machen. »Alles bestens.«

Sie sah durch die Windschutzscheibe. Die doppelte gelbe Linie in der Mitte der Straße leuchtete im Scheinwerferlicht. Und der Wald kroch bis an den Rand des Asphalts. In der Dunkelheit war diese Tunnelillusion hypnotisch; es ließ sie glauben, die Route 22 ginge endlos weiter.

»Wie schnell fährt der Wagen?«, murmelte sie.

»Sehr schnell.«

»Zeig es mir.«

Sie spürte seinen Blick über den Sitz fliegen. Dann schaltete er herunter, trat aufs Gaspedal, und sie hoben ab.

Der Motor jaulte auf wie ein Lebewesen, das ganze Auto vibrierte, die Bäume verschwommen zu einer schwarzen Wand. Immer schneller fuhren sie, aber Hal hatte den Wagen vollkommen unter Kontrolle. Er nahm die Kurven eng, schwebte aus der Spur und wieder zurück.

Als er langsamer wurde, legte sie die Hand auf seinen Oberschenkel. »Nicht aufhören.«

Er zögerte nur einen kurzen Moment. Dann streckte er die Hand aus und schaltete die Anlage ein. »Dream Weaver«, die Hymne der Siebziger, flutete mit ohrenbetäubender Lautstärke über sie hinweg. Er trat aufs Gas, und das Auto schoss vorwärts. Mit halsbrecherischer Geschwindigkeit rasten sie über die leere, endlose Straße.

Mary ließ die Scheibe herunter, und die Luft hereinströmen. Der Windstoß verfing sich in ihrem Haar und kühlte ihre Wangen und weckte sie aus der Benommenheit, die sie seit Verlassen der Arztpraxis gefühlt hatte. Sie fing an zu lachen, und obwohl sie einen Hauch von Hysterie in ihrer Stimme wahrnahm, war ihr das egal. Sie steckte den Kopf aus dem Fenster in den kalten, brüllenden Wind.

Und ließ sich von dem Mann und dem Auto forttragen.

Mr X musterte seine beiden neuen Elite-Eskadrons, als sie zu einem weiteren Treffen in seine Blockhütte kamen. Die Körper der *Lesser* beanspruchten den gesamten freien Platz und ließen den Raum zusammenschrumpfen. Er war befriedigt, dass er genug Muskelmasse für die Front hatte. Er hatte sie herbeordert, um die üblichen aktuellen Anweisungen zu geben; doch gleichzeitig wollte er auch persönlich sehen, wie sie auf die Nachricht reagierten, dass Mr O nun das Kommando über sie hatte.

Mr O kam als Letzter herein und marschierte direkt zum Türrahmen zum Schlafzimmer. Lässig lehnte er sich gegen den Türpfosten, die Arme vor der Brust verschränkt. Sein Blick war scharf, doch nun hatte er eine Zurückhaltung an sich, eine Beherrschtheit, die viel nützlicher war, als seine Wut es früher gewesen war. Es war, als hätte man einem Kampfhund-Welpen Gehorsam beigebracht, und wenn diese Tendenz anhielt, würde es sich für sie beide als vorteilhaft erweisen. Mr X brauchte einen Stellvertreter.

In Anbetracht all der Verluste in letzter Zeit musste er sich auf die Rekrutierung konzentrieren, und das war ein Vollzeitjob. Die richtigen Kandidaten auszuwählen, sie an Bord zu holen, sie einzuarbeiten – jeder Schritt dieses Prozesses erforderte Aufmerksamkeit und Ressourcen. Doch während er die Reihen der Gesellschaft wieder aufstockte, durfte er nicht zulassen, dass seine neu eingeführte Entführungs- und

Überzeugungsstrategie an Schwung verlor. Und Anarchie unter den Vampirjägern würde er auf keinen Fall tolerieren.

In vielerlei Hinsicht hatte O gute Voraussetzungen für eine rechte Hand. Er war engagiert, unbarmherzig, effizient, besonnen: ein machtvolles Werkzeug, das andere durch Furcht motivierte. Wenn es Omega gelungen war, ihm die Aufsässigkeit auszutreiben, wäre er beinahe perfekt.

Zeit, das Treffen zu beginnen. »Mr O, erzählen Sie den anderen von den Grundstücken.«

Der *Lesser* begann seinen Bericht über die beiden Bauplätze, die er tagsüber besichtigt hatte. Mr X hatte bereits beschlossen, beide zu erwerben, und natürlich bar zu bezahlen. Und während er diese Geschäfte abwickelte, würde er den Eskadrons auftragen, ein Überzeugungszentrum auf den dreißig Hektar zu errichten, die der Gesellschaft bereits gehörten. Mr O hätte letztlich das Kommando über das Zentrum, doch weil Mr U schon in Connecticut für ähnliche Projekte zuständig gewesen war, würde er die Bauarbeiten beaufsichtigen.

Geschwindigkeit und Zweckmäßigkeit standen dabei an erster Stelle. Die Gesellschaft brauchte mehr Platz zum Arbeiten, Orte, die sowohl abgelegen und sicher als auch genau auf ihre Arbeit abgestimmt waren. Und sie brauchten sie sofort.

Als Mr O schwieg, übertrug Mr X den Bau des neuen Zentrums auf ihn und Mr U; dann schickte er die Männer los, um ihrer nächtlichen Arbeit nachzugehen.

Mr O blieb noch.

»Haben wir etwas zu besprechen?«, fragte Mr X. »Ist sonst noch etwas schiefgelaufen?«

Die braunen Augen blitzten auf, doch Mr O riss sich zusammen. Noch ein Beweis für die Besserung.

»Ich möchte in der neuen Einrichtung einige Vorratseinheiten einbauen.«

»Wozu? Wir wollen die Vampire doch nicht als Haustiere halten.«

»Ich gehe davon aus, dass wir mehrere Befragungssubjekte gleichzeitig haben werden, und ich möchte sie so lange behalten wie irgend möglich. Aber ich brauche etwas, aus dem sie sich nicht dematerialisieren können. Außerdem müssen sie vor der Sonne abgeschirmt werden.«

»Was hatten Sie sich denn so vorgestellt?«

Die Lösung, die Mr O erläuterte, war nicht nur durchführbar, sie war auch noch kosteneffizient.

»Machen Sie das«, stimmte Mr X lächelnd zu.

18

Als Rhage auf den Parkplatz des *Excel* einbog, fuhr er einfach an den Parkwächtern vorbei. Nicht etwa, weil die Kupplung des GTO etwas knifflig zu bedienen war. Aber er würde auf keinen Fall einem Fremden die Schlüssel zu dem Wagen geben. Nicht mit den Waffen und der Munition im Kofferraum.

Er suchte sich eine Lücke im hinteren Bereich, die direkt neben dem Seiteneingang lag. Als er den Motor abstellte, griff er nach seinem Sicherheitsgurt und …

Und tat gar nichts weiter. Er saß einfach nur da, die Hand auf dem Verschluss.

»Hal?«

Er schloss die Augen. O Gott, er würde alles dafür geben, Sie nur einmal seinen richtigen Namen sagen zu hören. Und er wollte … verflucht noch mal, er wollte sie nackt in seinem Bett, ihren Kopf auf seinem Kissen, ihren Körper zwischen den Laken. Er wollte sie nehmen, in seinem Zimmer, wo es nur sie beide gab. Keine Zeugen, keinen halbherzigen Sichtschutz durch seinen Trenchcoat. Nichts Öffentliches, kein Quickie im Flur oder auf der Toilette.

Er wollte ihre Fingernägel in seinem Rücken, ihre Zunge in seinem Mund und ihre Hüften unter sich spüren, bis er so heftig kam, dass er Sternchen sah. Und danach wollte er sie beim Einschlafen in den Armen halten. Und aufwachen und sie wieder lieben. Und im Dunklen reden, über Blödsinn und ernste Dinge und –

O Gott. Er baute eine emotionale Beziehung zu ihr auf. Er war auf dem besten Weg, sich zu binden.

Er hatte von anderen Vampiren gehört, dass es so laufen konnte. Schnell. Intensiv. Überhaupt nicht logisch. Einfach nur mächtige, urtümliche Instinkte, die die Kontrolle übernahmen; und der stärkste darunter war jener Drang, sie physisch zu besitzen und sie als sein Eigen zu kennzeichnen, damit jedes andere männliche Wesen wusste, dass sie einen Partner hatte. Und sich verdammt noch mal von ihr fernhalten würde.

Er warf einen Seitenblick auf ihren Körper. Und ihm wurde bewusst, dass er jeden Geschlechtsgenossen töten würde, der auch nur versuchte, sie zu berühren, bei ihr zu sein, sie zu lieben.

Rhage rieb sich die Augen. Jawohl, der Drang, sie sich ganz zu eigen zu machen, war definitiv am Werk.

Und das war nicht sein einziges Problem. Das merkwürdige Summen war zurück, noch angeheizt von den eindeutigen Bildern in seinem Kopf und ihrem Geruch und dem leisen Geräusch ihrer Atmung.

Und dem Pulsieren ihres Blutes.

Er wollte sie schmecken … wollte von ihr trinken.

Mary wandte sich ihm zu. »Hal, bist du –«

Seine Stimme war wie Schmirgelpapier. »Ich muss dir was sagen.«

Ich bin ein Vampir. Ich bin ein Krieger. Ich bin eine gefährliche

Bestie. Am Ende dieses Abends wirst du dich nicht mal mehr daran erinnern, mich jemals getroffen zu haben.

Und die Vorstellung, nicht mal eine Erinnerung für dich zu bleiben, fühlt sich an, als hätte man mir ein Messer ins Herz gestoßen.

»Hal? Was ist denn?«

Tohrs Worte hallten in seinem Kopf wider. Es ist sicherer. Für sie.

»Ach nichts«, antwortete er, ließ den Sicherheitsgurt aufschnappen und stieg aus. »Nichts von Bedeutung.«

Er ging um das Auto herum, öffnete die Tür und streckte ihr die Hand hin, um ihr beim Aussteigen zu helfen. Als sie ihre Handfläche in seine legte, senkte er die Augenlider. Beim Anblick ihrer Arme und Beine, die sich aus dem Autositz schälten, zuckten seine Muskeln, und ein leises Knurren stieg in seiner Kehle auf.

Er konnte einfach nicht anders. Anstatt einen Schritt beiseite zu machen, ließ er sie ganz nah an sich herankommen, bis ihre Körper sich beinahe berührten. Die Vibrationen unter seiner Haut wurden stärker, genau wie seine brennende Lust. Er wusste, er sollte den Blick abwenden, denn seine Iris leuchteten sicherlich schon leicht. Aber er schaffte es einfach nicht.

»Hal?«, hörte er sie zaghaft sagen. »Deine Augen …«

Er schloss die Lider. »Tut mir leid. Lass uns reingehen«

Sie entzog ihm ihre Hand. »Ich glaube, ich möchte nichts essen.«

Sein erster Impuls war zu widersprechen. Aber er wollte sie nicht bedrängen. Außerdem, je weniger Zeit sie miteinander verbrachten, desto weniger Erinnerungen musste er später auslöschen.

Verdammt, er hätte einfach ihr Gedächtnis von sich befreien sollen, als er auf das Haus zufuhr.

»Ich bringe dich nach Hause.«

»Nein, ich meinte eigentlich, ob du nicht eher Lust hast, mit mir spazieren zu gehen? In dem Park da drüben? Ich fühle mich nicht so danach, still an einem Tisch zu sitzen. Ich bin so … ruhelos.«

Rhage steckte sich den Autoschlüssel in die Hosentasche. »Liebend gern.«

Während sie über das Gras schlenderten und unter einem Dach aus buntem Laub herliefen, suchte er unmerklich die Umgebung ab. Er blickte nach oben. Ein Halbmond stand am Nachthimmel.

Sie lachte leise. »Normalerweise würde ich so was niemals machen. Du weißt schon, nachts im Park rumlaufen. Aber mit dir zusammen habe ich überhaupt keine Angst vor Bösewichtern.«

»Gut. Das brauchst du nämlich auch nicht.« Denn er würde alles aufschlitzen, was ihr wehtun wollte, Mensch oder Vampir oder *Lesser.*

»Es fühlt sich irgendwie falsch an«, murmelte sie. »Im Dunkeln draußen zu sein, meine ich. Verboten und ein bisschen unheimlich. Meine Mutter hat mich immer davor gewarnt, nachts irgendwohin zu gehen.«

Sie blieb stehen, legte den Kopf in den Nacken und sah nach oben. Langsam streckte sie den Arm mit der flachen Hand gen Himmel aus. Sie schloss ein Auge.

»Was machst du da?«, fragte er.

»Ich halte den Mond in meiner Hand.«

Er stellte sich hinter sie, beugte den Kopf herunter und sah an ihrem Arm hinauf. »Ja, stimmt.«

Als er sich wieder aufrichtete, legte er seine Hände um ihre Taille und zog sie rückwärts an seinen Körper. Sie erstarrte kurz, dann entspannte sie sich und ließ die Hand sinken.

Gott, er liebte ihren Duft. So rein und frisch, mit einem Hauch von Zitrone.

»Du warst heute beim Arzt, als ich angerufen habe.«

»Stimmt.«

»Was werden sie für dich tun?«

Sie löste sich von ihm und lief weiter. Er holte auf und lief neben ihr her.

»Was haben sie dir gesagt, Mary?«

»Darüber müssen wir jetzt nicht sprechen.«

»Warum nicht?«

»Du benimmst dich ganz untypisch«, sagte sie leichthin. »Playboys kümmern sich normalerweise nicht um die unschönen Dinge des Lebens.«

Er dachte an seine innere Bestie. »An unschöne Dinge bin ich gewöhnt, das kannst du mir glauben.«

Mary blieb wieder stehen und schüttelte den Kopf. »Weißt du, irgendetwas stimmt an der ganzen Sache nicht.«

»Da hast du völlig recht. Ich müsste eigentlich deine Hand halten, während wir spazieren gehen.«

Er streckte seine aus, doch sie zog den Arm weg. »Im Ernst, Hal. Warum machst du das? Warum triffst du dich mit mir?«

»Ich bekomme noch Komplexe. Was ist denn so falsch daran, ein bisschen Zeit mit dir verbringen zu wollen?«

»Muss ich es unbedingt laut aussprechen? Ich bin eine Durchschnittsfrau mit einer unterdurchschnittlichen Lebenserwartung. Du bist schön. Gesund. Stark –«

Sich innerlich als Volltrottel verfluchend, trat er vor sie hin und legte seine Hände auf ihren Hals. Er würde sie wieder küssen, auch wenn er das eigentlich nicht sollte. Und dieses Mal wäre es nicht die Art von Kuss wie vor ihrem Haus.

Als er den Kopf senkte, wurde das seltsame Vibrieren in seinem Körper noch stärker, doch er machte weiter. Heute Nacht würde er sich nicht von seinem Körper tyrannisieren lassen. Er zwang das Summen unter Kontrolle, rang das Gefühl durch schiere Willenskraft nieder. Als es ihm gelang, es etwas abzuschirmen, war er erleichtert.

Und entschlossen, in sie einzudringen, selbst wenn es nur seine Zunge war, die in ihren Mund eindrang.

Mary starrte in Rhages stahlblaue Augen. Sie hätte schwören können, dass sie in der Dunkelheit glühten, dass ihnen tatsächlich türkisfarbenes Licht entströmte. Auf dem Parkplatz schon hatte sie einen ähnlichen Eindruck gehabt.

Die Haare in ihrem Nacken stellten sich auf.

»Mach dir keine Gedanken über das Leuchten«, sagte er sanft, als hätte er ihre Gedanken gelesen. »Das ist nichts.«

»Ich verstehe dich nicht«, flüsterte sie.

»Versuch es gar nicht erst.«

Er senkte den Kopf. Seine Lippen waren weich wie Seide, warm, geschmeidig. Seine Zunge strich ihr über den Mund.

»Lass mich rein, Mary.«

Er leckte sie, bis sie die Lippen öffnete. Als seine Zunge in ihren Mund glitt, traf sie der samtige Stoß direkt zwischen den Beinen. Sie drängte sich an seinen Körper, die Hitze durchbohrte sie, als ihre Brüste auf seinen Brustkorb trafen. Hungrig umklammerte sie seine Schultern, versuchte, noch näher an all die Wärme zu kommen.

Doch das gelang ihr nur einen kurzen Augenblick. Unvermittelt brachte er wieder Abstand zwischen ihre Körper, während seine Lippen weiter auf ihren lagen. Sie fragte sich, ob er den Kuss nur fortsetzte, um seinen Rückzug zu bemänteln. Oder vielleicht versuchte er auch, sie etwas abzukühlen – war sie etwa zu aggressiv?

Sie wandte den Kopf zur Seite.

»Was ist denn?«, fragte er. »Es gefällt dir doch.«

»Schon, aber nicht genug für uns beide.«

Er hinderte sie daran, von ihm abzurücken, indem er sie weiter im Nacken festhielt.

»Ich will nicht aufhören, Mary.« Seine Daumen streichelten die Haut auf ihrem Hals, dann drückten sie auf ihren Kiefer und zwangen ihren Kopf in den Nacken. »Ich will dich heiß machen. So heiß, dass du nichts mehr außer mir fühlst. Dass du an nichts mehr denkst als an das, was ich mit dir mache. Ich will dich zum Zerfließen bringen.«

Er ließ den Kopf sinken und ergriff Besitz von ihren Lippen, drang tief ein, eroberte sie. Jeden Winkel ihres Mundes erforschte er, bis seine Zunge jeden Zentimeter kennengelernt hatte. Dann änderte er den Kuss, stieß vor und zog zurück, eine rhythmische Penetration, die sie noch feuchter und bereitwilliger für ihn machte.

»Genau so, Mary«, murmelte er an ihren Lippen. »Lass los. Gott, ich kann deine Leidenschaft riechen ... Du bist *überwältigend.*«

Seine Hände wanderten nach unten, schoben sich unter ihre Jacke zum Schlüsselbein. O Gott, sie war vollkommen verloren. Hätte er ihr befohlen, ihre Klamotten hier und jetzt loszuwerden, sie hätte sich ausgezogen. Hätte er ihr gesagt, sie solle sich auf den Boden legen und die Beine breit machen, sie hätte sich auf den Rasen geworfen. Egal. Alles, was er wollte, solange er nur nicht aufhörte, sie zu küssen.

»Ich werde dich anfassen«, sagte er. »Nicht genug, nicht mal annähernd genug. Aber ein bisschen ...«

Seine Finger strichen über den Rollkragenpulli, tiefer und tiefer und-

Ihr ganzer Körper zuckte, als er beide Nippel fand.

»Du bist schon so weit«, flüsterte er und knetete die fest aufgerichteten Brustwarzen. »Ich wünschte, ich könnte sie in den Mund nehmen. Ich will an ihnen saugen, Mary. Würdest du mich das tun lassen?«

Er legte seine Hände flach auf ihre Brüste und umfasste sie.

»Würdest du, Mary, wenn wir allein wären? In einem weichen Bett? Wenn du nackt für mich wärst? Würdest du mich kosten lassen, wie du schmeckst?« Als sie nickte, lächelte er grimmig. »Ja, das würdest du. Wo sonst willst du meinen Mund spüren?«

Er küsste sie fordernd, als sie nicht antwortete. »Sag es mir.«

Sie stieß den Atem aus, doch kein Wort kam. Sie konnte nicht denken, konnte nicht sprechen.

Er nahm ihre Hand und legte sie um seine.

»Dann zeig es mir, Mary«, wisperte er ihr ins Ohr. »Zeig mir, wo du mich haben willst. Führ mich. Mach schon, tu's.«

Sie konnte nicht anders, sie nahm seine Handfläche und legte sie sich auf den Hals. Mit einer langsamen Bewegung führte sie sie zurück auf ihre Brüste. Er schnurrte ermutigend und küsste sie seitlich auf den Kiefer.

»Ja, genau da. Wir wissen, dass ich dorthin soll. Und wo sonst noch?«

Besinnungslos, widerstandslos zog sie seine Hand hinab auf ihren Bauch. Dann auf die Hüfte.

»Gut. Das ist gut.« Als sie zögerte, flüsterte er: »Nicht aufhören, Mary. Mach weiter. Zeig mir, wo du mich haben willst.«

Bevor sie der Mut verließ, legte sie seine Hand zwischen ihre Beine. Ihr weiter Rock war kein Hindernis, er schob ihn einfach zur Seite. Ein Stöhnen entrang sich ihr, als sie seine Hand flach auf ihrer empfindlichsten Stelle spürte.

»O ja, Mary. So ist es gut.« Er rieb sie, und sie klammerte sich an seinen kräftigen Armen fest. Ihr Kopf fiel in den Nacken. »Mein Gott, du stehst in Flammen. Bist du feucht für mich, Mary? Ich glaube schon. Ich glaube, du bist bedeckt mit Honig ...«

Sie musste ihn berühren. Gierig schob sie ihre Hände unter seine Jacke und legte sie um seine Hüften, spürte die rohe, fast einschüchternde Kraft seines Körpers. Doch bevor sie weiter vordringen konnte, zog er ihre Hände heraus und hielt ihre Handgelenke mit einer Hand fest. Allerdings hieß das nicht, dass er aufhörte. Er schob sie mit dem Brustkorb rückwärts, bis sie einen festen Baumstamm an den Schulterblättern spürte.

»Mary, lass mich dir Lust bereiten.« Durch den Stoff fanden seine Finger den Lustpunkt. »Ich will, dass du kommst. Hier und jetzt.«

Als sie einen leisen Schrei ausstieß, wurde ihr bewusst, dass sie selbst kurz vor dem Orgasmus stand und er gleichzeitig gänzlich teilnahmslos wirkte. Ein Lenker ihrer eigenen Lust, der selbst nichts empfand: Sein Atem ging gleichmäßig, seine Stimme war fest, sein Körper unbewegt.

»Nein«, stöhnte sie.

Hals Hand hörte auf zu reiben. »Was?«

»Nein.«

»Bist du sicher?«

»Ja.«

Sofort zog er sich zurück. Und während er ruhig vor ihr stand, rang sie nach Atem.

Seine Bereitwilligkeit verletzte sie, doch sie fragte sich, warum er getan hatte, was er getan hatte. Vielleicht stand er drauf, die Kontrolle zu haben. Klar, eine Frau völlig willenlos zum Hecheln zu bringen, musste einem ein irrsinniges Gefühl von Macht geben. Das würde auch erklären, warum er lieber mit ihr zusammen war als mit diesen Sexbomben. Bei einer weniger attraktiven Frau konnte man vielleicht besser Abstand halten.

Scham schnürte ihr die Brust zusammen.

»Ich will zurück.« Tränen standen ihr in den Augen. »Ich will nach Hause.«

Er holte tief Luft. »Mary –«

»Wenn du es wagst, dich zu entschuldigen, dann kotze ich –«

Plötzlich runzelte Hal die Stirn und nieste.

Mannomann, aus irgendeinem Grund kitzelte seine Nase wie wahnsinnig. Etwas lag in der Luft. Süß. Wie Babypuder. Oder vielleicht Talkum?

Hals Hand schnitt in ihren Oberarm. »Auf den Boden. Sofort.«

»Warum? Was ist –«

»Auf den Boden.« Er drückte sie auf die Knie. »Leg die Arme über den Kopf.«

Er wirbelte herum und baute sich vor ihr auf, die Beine weit auseinander, die Hände vor der Brust. Durch seine Beine hindurch beobachtete sie, wie zwei Männer zwischen den Ahornbäumen hervortraten. Sie trugen schwarze Overalls, ihre blasse Haut und die weißen Haare glitzerten im Mondlicht. Die Bedrohlichkeit, die sie ausstrahlten, machte ihr bewusst, wie weit Hal und sie in den Park vorgedrungen waren. Sie fummelte in ihrer Handtasche nach dem Handy und versuchte sich einzureden, dass sie überreagierte.

Ja, klar.

Die Männer teilten sich und griffen Hal von beiden Seiten an. Sie bewegten sich schnell und flach über dem Boden. Erschrocken schrie sie auf, doch Hal … Himmel, Hal wusste, was er tat. Er machte einen Satz nach rechts, packte einen von ihnen am Arm und schleuderte den Kerl zu Boden. Bevor der Mann wieder aufstehen konnte, setzte Hal ihm den Fuß auf die Brust und hielt ihn unten. Der andere Angreifer fand sich in einem Würgegriff wieder, strampelnd und tretend, nach Atem ringend, doch völlig chancenlos.

Hal war düster, tödlich und völlig kontrolliert. Er fühlte sich wohl im Kampf. Und sein kalter, ruhiger Gesichtsausdruck verstörte sie maßlos, auch wenn sie ihm dankbar war, dass er sie gerettet hatte.

Sie fand endlich ihr Handy und wollte den Notruf wählen. Sicher konnte er die beiden in Schach halten, bis die Polizei kam.

Da vernahm sie ein ekelerregendes Knacken.

Mary sah auf. Der Mann im Würgegriff fiel auf den Boden, sein Kopf stand in einem völlig falschen Winkel vom Hals ab. Er bewegte sich nicht mehr.

Sie kam mühsam auf die Füße. »Was hast du getan!«

Hal zog ein langes Messer mit schwarzer Klinge hervor und beugte sich über den Mann, der unter seinem Stiefel eingeklemmt war. Der Kerl versuchte verzweifelt, sich in Sicherheit zu robben.

»Nein!« Sie sprang Hal vor die Nase.

»Geh zurück.« Seine Stimme war gespenstisch. Ausdruckslos und vollkommen unbeteiligt.

Sie hielt ihn am Arm fest. »Hör auf!«

»Ich muss das beenden –«

»Ich lasse dich nicht noch jemanden töten!«

Jemand packte sie grob an den Haaren und riss sie von den Füßen. Gerade als noch ein schwarz gekleideter Mann Hal angriff.

Schmerz durchzuckte ihren Kopf und ihren Hals, dann landete sie hart auf dem Rücken. Durch den Aufprall blieb ihr die Luft weg, und vor ihren Augen tanzten Sterne wie Feuerwerkskörper. Sie rang heftig nach Atem, als ihre Arme nach oben gezerrt wurden und sie weggeschleppt wurde. Schnell.

Ihr Körper stürzte so heftig zu Boden, dass ihre Zähne aufeinanderklapperten. Sie hob den Kopf, obwohl sich das anfühlte, als stäche ihr jemand mit spitzen Nadeln in die Wirbelsäule. Was sie sah, war grauenhaft, aber gleichzeitig eine Erleichterung. Hal schleuderte einen weiteren leblosen Körper auf die Wiese und rannte mit voller Geschwindigkeit hinter ihr her. Seine Oberschenkel hoben und senkten sich, die Rockschöße wehten hinter ihm her, den Dolch hielt er in der Hand. Seine Augen waren leuchtend blau in der Dunkelheit der Nacht, wie Xenonscheinwerfer, und sein starker Körper war eine einzige Todesdrohung.

Gott sei Dank.

Doch da warf sich noch ein Mann auf Hals Rücken.

Während er ihn abschüttelte, erinnerte Mary sich an ihren Selbstverteidigungskurs und drehte und wand sich, bis ihr Peiniger seinen Griff erneuern musste. Als sie spürte, wie seine Finger sich lockerten, riss sie, so fest sie konnte, an ihren Armen. Er drehte sich um und fing sie schnell wieder ein, doch dieses Mal war sein Griff nicht mehr so fest. Wieder zog sie und zwang ihn so, anzuhalten und herumzufahren.

Sie kauerte sich zusammen, in Erwartung eines Schlages. Hoffentlich hatte Hal dadurch wenigstens etwas Zeit gewonnen, um aufzuholen.

Aber der Hieb blieb aus. Stattdessen hörte sie ein Schmerzensgeheul, und ihr Entführer stürzte auf sie herab, eine schwere, erstickende Last. Panik und Schrecken verliehen ihr die Kraft, ihn von sich zu wuchten.

Sein Körper rollte leblos herum. Hals Dolch steckte in seinem linken Auge.

Mary war zu geschockt, um zu schreien. Sie sprang auf die Füße und rannte, so schnell sie konnte. Sie war sicher, dass man sie wieder eingefangen würde, überzeugt, dass sie sterben müsste.

Doch endlich kamen die Lichter des Restaurants in Sicht. Als sie unter ihren Füßen den Asphalt des Parkplatzes spürte, wollte sie vor Dankbarkeit weinen.

Bis sie Hal vor sich sah. Als wäre er aus dem Nichts aufgetaucht.

Abrupt blieb sie stehen, keuchend, benommen, unfähig zu begreifen, wie er vor ihr hier sein konnte. Als ihre Knie nachgaben, hielt sie sich am nächsten Auto fest, das sie erreichen konnte.

»Komm, wir gehen«, sagte er grob.

Sie erinnerte sich wieder an das Knacken des Genicks, und ihr lief ein kalter Schauer über den Rücken. Die schwarze Klinge durch das Auge des Angreifers. Und Hals ruhige, brutale Kontrolle.

Hal war ... der Tod. Der Tod in einer schönen Verpackung.

»Geh weg.« Sie stolperte über ihre Füße, und er streckte die Hand nach ihr aus. »Nein! Fass mich nicht an!«

»Mary –«

»Bleib weg von mir.« Rückwärts tastete sie sich Richtung Restaurant, die Hände abwehrend vor der Brust. Was auch immer das gegen ihn ausrichten konnte.

Hal folgte ihr, kraftvoll holten seine Arme und Beine aus. »Hör mir zu –«

»Ich muss ...« Sie räusperte sich. »Ich muss die Polizei rufen.«

»Nein, musst du nicht.«

»Wir wurden überfallen! Und du ... hast jemanden getötet. Menschen. Du hast Menschen getötet. Ich will die –«

»Das ist eine Privatangelegenheit. Die Polizei kann dich nicht beschützen. Ich schon.«

Sie blieb stehen. Plötzlich sah sie ihn so, wie er wirklich war. Alles ergab einen Sinn. Die Bedrohlichkeit, die sich hinter seinem Charme verbarg. Sein vollständiger Mangel an Furcht, als sie überfallen wurden. Seine Entschlossenheit, die Cops nicht zu rufen. Gott, allein die Tatsache, dass er jemandem mit solcher Leichtigkeit das Genick gebrochen hatte, als wäre es nicht das erste Mal.

Hal wollte nicht, dass sie Hilfe rief, weil er auf der anderen Seite des Gesetzes stand. Er war ebenso ein brutaler Verbrecher wie die Männer, die sie attackiert hatten.

Sie wollte unter ihrem Arm nach der Handtasche greifen und wieder wegrennen. Und stellte fest, dass die Tasche weg war.

Hal fluchte, kurz und heftig. »Du hast deine Tasche verloren, stimmt's?« Er sah sich um. »Hör zu, Mary, du musst mit mir kommen.«

»Ich bin doch nicht bescheuert.«

Sie wollte ins Restaurant flüchten, doch Hal machte einen Satz nach vorn und versperrte ihr den Weg. Er hielt ihre Arme fest.

»Ich schreie!« Sie warf einen Blick auf die Parkwächter. Sie mussten etwa 30 Meter entfernt sein. »Ich schreie, so laut ich kann.«

»Dein Leben ist in Gefahr, aber ich kann dich beschützen. Vertrau mir.«

»Ich kenne dich gar nicht.«

»Doch, das tust du.«

»Klar, du hast recht. Du siehst gut aus, also kannst du unmöglich böse sein.«

Er machte eine heftige Geste in Richtung des Parks. »Ich habe dich da draußen gerettet. Du wärst jetzt nicht mehr am Leben, wenn ich nicht da gewesen wäre.«

»Großartig. Vielen Dank auch. Und jetzt lass mich in Ruhe!«

»Ich will das nicht tun«, murmelte er. »Ehrlich nicht.«

»Was tun?«

Er fuhr ihr mit der Hand vor dem Gesicht hin und her.

Und plötzlich wusste sie nicht mehr, warum sie eigentlich so aus dem Häuschen war.

19

Rhage stand dicht vor Mary und sah ihr in die Augen. Er war der Herr über ihr Erinnerungsvermögen, und er ermahnte sich, die Sache zu Ende zu bringen. Sich einfach aus ihrem Gedächtnis zu wischen.

Und wie sollte das bitte schön funktionieren?

Er hatte mindestens einen, wenn nicht zwei *Lesser* im Park am Leben gelassen, als er ihr nachgerannt war. Wenn diese Dreckskerle sich ihre Tasche geschnappt hatten, wovon er ausgehen musste, würde sie von nun an im Fadenkreuz stehen. Die Gesellschaft entführte inzwischen schon Vampire, die absolut nichts über die Bruderschaft wussten; sie aber war mit ihm *gesehen* worden.

Doch was zum Teufel sollte er jetzt machen? Er konnte sie nicht allein in ihrem Haus lassen, weil ihre Adresse sicher auf dem Führerschein zu finden war. Das wäre also der erste Ort, den die *Lesser* aufsuchen würden. Sie in ein Hotel zu bringen, war auch keine Option, denn er konnte nicht sicher sein, dass sie dort bliebe: Sie würde nicht verstehen, warum sie nicht nach Hause durfte, denn sie erinnerte sich ja nicht an den Überfall.

Am liebsten hätte er sie mit zu sich genommen, zumindest bis er sich überlegt hatte, wie er mit dieser Scheißsituation umgehen sollte. Das Blöde war nur, dass früher oder später jemand bemerken würde, dass sie sich in seinem Zimmer aufhielt. Und das verhieß für alle Beteiligten Ärger. Selbst wenn Tohrs Befehl, ihre Erinnerung zu löschen, aufgehoben wurde – Menschen waren in ihrer Welt streng verboten: Ihre Anwesenheit war gewöhnlich zu gefährlich. Das Letzte, was die Bruderschaft gebrauchen konnte, war, dass der Homo sapiens sapiens von der Existenz der Vampire und ihrem geheimen Krieg gegen die *Lesser* Wind bekam.

Schön und gut, aber er war verantwortlich für Marys Leben. Und Regeln waren dazu da, gebrochen zu werden.

Vielleicht konnte er Wrath dazu bewegen, sie aufzunehmen. Wraths *Shellan* war selbst ein halber Mensch, und seit die beiden zusammengefunden hatten, war der Blinde König merklich weicher geworden, wenn es um das Thema Frauen ging. Und selbst Tohr konnte sich nicht über den König hinwegsetzen. Niemand konnte das.

Trotzdem musste Mary für die Zeit, in der Rhage versuchte, die Angelegenheit zu klären, in Sicherheit gebracht werden.

Er dachte an ihr Haus. Es lag abseits, was bedeutete, dass er sie dort ohne großes Aufsehen verteidigen konnte, falls es nötig wurde. Und er hatte genug Waffen im Auto. Er konnte sie dorthin bringen, sie notfalls beschützen und in der Zeit Wrath anrufen.

Rhage gab ihren Verstand wieder frei und schnitt den Faden ihrer Erinnerung an dem Punkt ab, als sie aus dem Auto gestiegen waren. Sie würde sich nicht einmal mehr an ihre Küsse erinnern.

Was alles in allem eine gute Sache war. Verdammt. Er

hatte es zu weit getrieben, war zu schnell vorgegangen, und hatte sich dabei selbst fast in den Abgrund gerissen. Als sein Mund und seine Hände sie gestreichelt hatten, war das innere Summen zu einem Kreischen angestiegen. Besonders stark war es, als sie seine Hand zwischen ihre Oberschenkel gelegt hatte.

»Hal?« Verwirrt sah Mary zu ihm auf. »Was ist los?«

Er fühlte sich furchtbar, als er in ihre aufgerissenen Augen blickte und die Bilder in ihrem Kopf endgültig begrub. Er hatte schon Erinnerungen aus dem Gedächtnis unzähliger Frauen gelöscht, und niemals auch nur einen zweiten Gedanken daran verschwendet. Aber bei Mary war es etwas anderes. Es fühlte sich an, als würde er sie betrügen.

Er fuhr sich mit der Hand durchs Haar. Am liebsten hätte er sich ein paar Strähnen ausgerissen. »Du möchtest also lieber das Essen ausfallen lassen und zu dir gehen? Von mir aus gern. Ich könnte auch ein bisschen Ruhe vertragen.«

»In Ordnung, aber … ich habe das Gefühl, wir müssten noch etwas anderes erledigen.« Sie sah an sich herab und wischte sich das Gras vom Rock. »Obwohl – so wie ich aussehe, und nach dem, was vor meinem Haus passiert ist, sollte ich mich wohl ohnehin nicht in der Öffentlichkeit blicken lassen. Ich dachte eigentlich, ich hätte das ganze Gras abgewischt – Moment mal, wo ist denn meine Handtasche?«

»Vielleicht hast du sie im Auto gelassen?«

»Nein, ich – o Gott.« Sie begann, unkontrolliert zu zittern, ihr Atem ging schnell und flach. Die Augen weiteten sich panisch. »Hal, es tut mir leid, ich muss … ich muss … verdammt.«

Es war das Adrenalin, das durch ihre Adern schoss. Ihr Kopf war ruhig, aber ihr Körper war immer noch voller Furcht.

»Komm her«, sagte er und zog sie an sich. »Ich halte dich, bis es vorbei ist.«

Während er sie leise vor sich hin murmelnd beruhigte, hielt er ihre Hände vor seiner Brust fest, damit sie nicht zufällig noch den verbleibenden Dolch unter seinem Arm oder die 9-Millimeter-Beretta in seinem Hosenbund ertastete. Seine Augen scannten ununterbrochen die Gegend, suchten die Schatten des Parks zur Rechten und das Restaurant zur Linken ab. Er wollte unbedingt endlich ins Auto steigen.

»Das ist mir so peinlich«, nuschelte sie an seiner Brust. »Ich hatte schon ewig keine Panikattacke mehr.«

»Mach dir darüber keine Sorgen.« Als sie aufhörte zu zittern, rückte er ab. »Lass uns fahren.«

Rasch schob er sie zu seinem Auto und war erst zufrieden, als er den Gang einlegte und aus dem Parkplatz herausfuhr.

Mary sah sich im Auto um.

»Mist. Hier ist meine Tasche auch nicht. Ich muss sie zu Hause gelassen haben. Ich bin heute so was von zerstreut.« Sie lehnte sich im Sitz zurück und durchwühlte ihre Taschen. »Wenigstens habe ich meine Schlüssel noch.«

Die Rückfahrt war kurz und ereignislos. Als er vor ihrem Haus anhielt, verbarg Mary ein Gähnen und wollte die Autotür aufmachen. Er legte seine Hand auf ihren Arm.

»Lass mich den Gentleman spielen und das für dich übernehmen.«

Sie lächelte und senkte den Blick, als wäre sie nicht daran gewöhnt, von Männern hofiert zu werden.

Rhage stieg aus. Er schnüffelte in die Luft und suchte die Dunkelheit rings um sie her mit den Augen ab. Nichts. Einfach nichts.

Auf seinem Weg um den Wagen herum nahm er schnell einen großen Seesack aus dem Kofferraum und blieb wieder stehen. Alles war still, keiner seiner hochempfindlichen Sinne meldete irgendeine Gefahr.

Als er die Beifahrertür öffnete, und Mary sah, was er über der Schulter trug, runzelte sie die Stirn.

Doch er schüttelte den Kopf. »Nicht, dass du denkst, ich wollte bei dir einziehen oder so was. Mir fiel nur gerade ein, dass mein Kofferraumschloss nicht funktioniert, und ich will das nicht draußen lassen.«

Er hasste es, sie anzulügen. Es drehte ihm buchstäblich den Magen um.

Mary zuckte die Achseln und ging zur Haustür. »Muss ja was Wichtiges drin sein.«

Könnte man sagen. Ungefähr genug Feuerkraft, um ein zehnstöckiges Gebäude dem Erdboden gleichzumachen. Und dennoch schien es ihm nicht genug, um sie zu beschützen.

Sie wirkte verlegen, als sie die Haustür aufschloss und eintrat. Er ließ sie erst einmal durch alle Zimmer gehen, alle Lichter anmachen und ihre Nervosität abbauen, doch er blieb immer in ihrer Nähe. Im Vorbeigehen überprüfte er sämtliche Türen und Fenster. Alles war verschlossen. Das Haus war sicher, zumindest das Erdgeschoss.

»Möchtest du etwas essen?«, fragte sie.

»Nein, danke.«

»Ich hab auch keinen Hunger.«

»Was ist oben?«

»Ähm … mein Schlafzimmer.«

»Zeigst du es mir?« Er musste unbedingt auch das obere Stockwerk in Augenschein nehmen.

»Vielleicht später. Ich meine, musst du das wirklich sehen? Also … ach, was soll's.« Sie blieb stehen und stützte die Hände in die Hüften. »Ich bin jetzt einfach mal ganz direkt. Ich hatte noch nie männlichen Besuch in diesem Haus. Und was meine Qualitäten als Gastgeberin betrifft, bin ich ein bisschen eingerostet.«

Er ließ den Seesack auf den Boden fallen. Auch wenn

er kampfbereit und aufs Äußerste angespannt war, gelang es ihr doch problemlos, ihn umzuhauen. Die Tatsache, dass noch kein Mann einen Fuß in ihr Haus gesetzt hatte, entzückte ihn so sehr, dass seine Brust schier zerspringen wollte.

»Ich finde, du machst das ganz gut.« Er streckte den Arm aus und strich ihr mit dem Daumen über die Wange. Gleichzeitig dachte er daran, was er gern mit ihr oben in diesem Schlafzimmer machen würde.

Sofort lief sein Körper auf Hochtouren, und dieses unheimliche innere Brennen verdichtete sich entlang seiner Wirbelsäule.

Er zwang sich, die Hand sinken zu lassen. »Ich muss mal schnell telefonieren. Darf ich nach oben gehen, damit ich ungestört bin?«

»Natürlich. Ich ... warte dann hier.«

»Dauert nicht lange.«

Auf dem Weg nach oben in ihr Schlafzimmer zog er sein Handy aus der Tasche. Die Hülle hatte einen Riss, wahrscheinlich durch einen der Tritte des *Lesser*, aber es funktionierte noch. Als Wraths Mailbox ansprang, hinterließ er eine kurze Nachricht und betete inständig, dass der König bald zurückrufen würde.

Dann sah er sich kurz in allen Zimmern um und kam wieder herunter. Mary saß auf der Couch, die Beine hochgezogen.

»Also, was sollen wir uns ansehen?«, fragte er und suchte gleichzeitig Türen und Fenster nach bleichen Gesichtern ab.

»Warum schaust du dich die ganze Zeit hier so um, als würden überall Gefahren lauern?«

»Tut mir leid. Alte Gewohnheit.«

»Du musst ja in einer heftigen Armeeeinheit gewesen sein.«

Er ging nicht darauf ein. Stattdessen ging er zu dem Regal, auf dem all ihre DVDs säuberlich aufgereiht standen. »Was willst du dir ansehen?«

»Such dir was aus. Ich ziehe mir schnell etwas Bequemeres an.« Sie errötete. »Ohne Grasflecken.«

Um kein Risiko einzugehen, wartete er am Fuße der Treppe, während sie sich im Schlafzimmer umzog. Als sie wieder auf dem Weg nach unten war, schlüpfte er eiligst wieder ins Wohnzimmer und baute sich vor dem Regal auf.

Der Blick auf die DVD-Sammlung verhieß nichts Gutes. Viele ausländische Filme standen da, auch einige sehr ernsthafte amerikanische. Ein paar Evergreens wie *Die große Liebe meines Lebens*. *Casa*-Scheiß-*Blanca*.

Absolut nichts von Sam Raimi oder George A. Romero. Und hatte sie denn noch nie was von *Tanz der Teufel* gehört? Moment mal, da war ein Hoffnungsschimmer. *Nosferatu. Eine Symphonie des Grauens*. Der Klassiker unter den Vampirfilmen in der deutschen Originalfassung von 1922.

»Hast du was gefunden?«, fragte sie.

»Ja.« Er blickte über die Schulter.

O … Mann. Sie sah zum Anbeißen aus. Zumindest in seinen Augen: Pyjamahose mit Sternchen und Monden. Kleines weißes T-Shirt. Bequeme Ledermokassins.

Sie zupfte am Saum des T-Shirts, versuchte, es weiter herunterzuziehen. »Ich wollte erst eine Jeans anziehen, aber ich bin so müde, und das trage ich immer im Bett … also ich meine, wenn ich es mir gemütlich mache. Du weißt schon, nichts Besonderes.«

»Mir gefällst du in den Sachen«, sagte er mit tiefer Stimme. »Sieht bequem aus.«

Was für ein Quatsch. Sie sah super *sexy* aus.

Sobald er den Film eingelegt hatte, schnappte er sich seinen Seesack, stellte ihn neben die Couchlehne und setzte sich soweit wie möglich weg von ihr ans andere Ende des

Sofas. Er streckte sich aus und versuchte, um ihretwillen so zu tun, als wäre nicht jeder Muskel in seinem Körper bis zum Zerreißen angespannt. In Wahrheit war er völlig fertig. Er fühlte sich wie ein lebendiges, atmendes Stahlseil: Jeden Moment konnte ein *Lesser* einbrechen, Wrath hatte noch nicht zurückgerufen, und gleichzeitig verspürte er das dringende Bedürfnis, die Innenseite ihrer Oberschenkel mit Küssen zu bedecken.

»Du kannst gern die Füße auf den Tisch legen, wenn du willst«, sagte sie.

»Ich sitze gut.« Er machte die Lampe neben sich aus und hoffte, sie würde einschlafen. Dann könnte er wenigstens herumlaufen und das Gelände ums Haus herum im Auge behalten, ohne sie total nervös zu machen.

Fünfzehn Minuten später hörte er sie sagen: »Entschuldige bitte, aber ich döse hier so langsam weg.«

Er warf ihr einen Seitenblick zu. Das Haar hing ihr lose auf die Schultern, und sie hatte sich ganz klein zusammengerollt. Ihre Haut schimmerte und wirkte durch das Flimmern des Fernsehers leicht gerötet. Die Augenlider waren schwer.

So würde sie aussehen, wenn sie morgens aufwachte, dachte er.

»Quäl dich nicht, Mary. Aber ich bleibe noch ein bisschen, wenn dir das recht ist, ja?«

Sie wickelte sich in eine weiche cremefarbene Decke. »Aber sicher. Nur, ähm, Hal –«

»Warte mal. Könntest du mich bitte mit meinem … anderen Namen ansprechen?«

»Von mir aus. Wie heißt du denn noch?«

»Rhage.«

Sie runzelte die Stirn. »Rhage?«

»Ja.«

»Klar. Ist das eine Art Spitzname oder so was?«

Er schloss die Augen. »Ja.«

»Gut, Rhage … Danke für heute Abend. Ich meine, dass du so flexibel warst.«

Er fluchte innerlich. Sie sollte ihm lieber eine knallen, statt dankbar zu sein. Er war schuld, dass sie beinahe umgebracht worden wäre. Und jetzt war sie eine Zielscheibe für die *Lesser*. Und wenn sie nur einen Bruchteil von dem ahnen würde, was er mit ihrem Körper anstellen wollte, würde sie sich vermutlich im Bad einschließen und die Tür nie mehr öffnen.

»Es ist okay, weißt du«, murmelte sie.

»Was denn?«

»Mir ist klar, dass du nur mit mir befreundet sein willst.«

Befreundet?

Sie lachte verkrampft. »Du sollst nur wissen, dass ich den Kuss hier vor dem Haus nicht falsch verstanden habe. Ich weiß, das war nicht … du weißt schon. Jedenfalls brauchst du dir keine Sorgen zu machen, dass ich das in den falschen Hals kriege.«

»Warum glaubst du, dass ich mir darüber Sorgen mache?«

»Du sitzt steif wie ein Brett am anderen Ende der Couch. Als hättest du Angst, dass ich dich bespringe.«

Er hörte draußen ein Geräusch, und sein Blick schoss zum Fenster auf der rechten Seite. Doch es war nur ein Blatt, das gegen die Scheibe geweht worden war.

»Ich wollte dich nicht verlegen machen«, platzte sie heraus. »Ich wollte dich nur … beruhigen.«

»Mary, ich weiß nicht, was ich sagen soll.« Denn die Wahrheit würde sie zu Tode erschrecken. Und er hatte ihr bereits genug Lügen aufgetischt.

»Du brauchst nichts zu sagen. Ich hätte gar nicht davon anfangen sollen. Eigentlich wollte ich nur sagen, ich bin froh, dass du hier bist. Als Freund. Und die Fahrt in deinem

Auto hat mir wirklich sehr gut gefallen. Und es macht Spaß, einfach mit dir zusammen zu sein. Mehr brauche ich nicht von dir, ehrlich. Du bist ein echt guter Kumpel.«

Rhage sog hörbar die Luft ein. In seinem gesamten Erwachsenenleben hatte ihn noch nie eine Frau als Freund bezeichnet. Oder seine Gesellschaft aus einem anderen Grund als Sex gesucht.

In der Alten Sprache flüsterte er: »Die Worte versagen mir den Dienst, meine Angebetete. Denn kein Laut aus meinem Mund kann deiner würdig sein.«

»Was für eine Sprache war denn das?«

»Die Sprache meiner Kindheit.«

Sie legte den Kopf schief und betrachtete ihn. »Es klingt fast wie Französisch, aber nicht ganz. Irgendwas Slawisches scheint auch mit drin zu sein. Ist das Ungarisch?«

Er nickte. »Im Prinzip ja.«

»Und was hast du gesagt?«

»Ich bin auch gern mit dir zusammen.«

Sie lächelte und legte den Kopf auf die Lehne.

Sobald er sicher war, dass sie tief und fest schlief, öffnete er den Seesack und vergewisserte sich, dass die Waffen alle geladen waren. Dann ging er durch das ganze Haus und machte alle Lichter aus. Als es stockdunkel war, gewöhnten seine Augen sich an die Finsternis, und seine Sinne wurden noch schärfer.

Er suchte den Wald hinter dem Haus ab. Und die Wiese auf der rechten Seite. Das große Bauernhaus dahinter. Die Straße vor der Tür.

Er lauschte, folgte den Schritten der Tiere im Gras und hörte den Wind, der an den Holzschindeln entlangstrich. Als die Außentemperatur absank, siebte er das Knarren und Quietschen des Hauses heraus und forschte nach Anzeichen für einen Einbruch. Er schlich herum, von Zimmer zu Zimmer, bis er glaubte, zerspringen zu müssen.

Wieder checkte er sein Handy. Es war an, der Klingelton eingeschaltet. Empfang hatte es auch.

Er fluchte und wanderte weiter.

Der Film war zu Ende. Er startete ihn neu, für den Fall, dass sie aufwachte und wissen wollte, warum er immer noch da war. Dann machte er noch einen Rundgang durch den ersten Stock.

Als er zurück ins Wohnzimmer kam, rieb er sich die Stirn und spürte Schweiß auf seiner Handfläche. Ihr Haus war wärmer, als er es gewohnt war. Oder vielleicht stand er auch zu sehr unter Strom. So oder so war ihm zu heiß, und er zog die Jacke aus und legte seine Waffen und das Handy oben auf den Seesack.

Während er sich die Ärmel hochkrempelte, stand er über sie gebeugt und betrachtete sie und ihr langsames, gleichmäßiges Atmen. Sie wirkte so klein auf diesem Sofa, noch kleiner als sonst, da ihre starken grauen Kriegeraugen hinter Lidern und Wimpern verborgen waren. Er setzte sich neben sie und bettete sanft ihren Kopf in seine Armbeuge.

Im Vergleich zu ihm wirkte sie winzig.

Sie regte sich, hob den Kopf. »Rhage?«

»Schlaf weiter«, flüsterte er und drückte sie an seine Brust. »Ich will dich nur festhalten. Mehr mache ich nicht.«

Er sog ihr Seufzen tief in sich ein und schloss die Augen, als ihr Arm sich um seine Taille legte.

Alles war so ruhig. Ruhe im Haus. Ruhe draußen.

Er hatte den albernen Impuls, sie zu wecken und umzubetten, nur, damit er noch einmal spüren konnte, wie sie sich an ihn kuschelte.

Doch er tat es nicht. Stattdessen konzentrierte er sich auf das Heben und Senken ihrer Brust und begann, im selben Rhythmus zu atmen.

So … friedlich.

So ruhig.

20

Als John Matthew *Moe's Diner* verließ, in dem er als Aushilfe arbeitete, machte er sich Sorgen um Mary. Sie war nicht zu ihrer Donnerstagsschicht bei der Hotline erschienen, was schon sehr ungewöhnlich war. Er hoffte, sie wäre heute da. Da es jetzt halb eins war, würde sie in einer halben Stunde Feierabend machen. Also konnte er sie auf jeden Fall noch erwischen. Vorausgesetzt, sie hatte gearbeitet.

Er ging, so schnell er konnte, und legte die sechs schmutzigen Straßenblocks bis zu seiner Wohnung in etwa zehn Minuten zurück. Der Heimweg verlief völlig ereignislos, und in seinem Haus war wie üblich die Hölle los. Als er vor der Tür ankam, hörte er einige Männer, die sich mit schwerer Zunge stritten. Ihre betrunkenen Beleidigungen waren anzüglich, farbenfroh und unlogisch. Eine Frau überbrüllte wummernde Musik. Die wütende, männliche Antwort klang für John nach jemandem, der Waffen zu Hause hatte.

Blitzschnell schoss er durch die Lobby und die ausgetretenen Stufen hinauf, dann schloss er mit einer raschen Handbewegung die Tür hinter sich zu.

Seine Wohnung war klein und würde vermutlich in spätestens fünf Jahren der Abrissbirne zum Opfer fallen. Die Böden waren halb mit Linoleum, halb mit Teppich ausgelegt, wobei die Übergänge eher fließend waren. Das Linoleum war so durchgescheuert, dass es von einer Art Pelz überzogen schien, und der Teppichboden war inzwischen fast so hart und glatt wie der Kunststoff.

Die Fenster waren vor Dreck praktisch blind, was eigentlich ganz gut war, denn so brauchte er keine Vorhänge. Immerhin funktionierte die Dusche und auch das Waschbecken im Badezimmer; wohingegen der Abfluss in der Küche seit dem Tag verstopft war, als er eingezogen war. Einmal hatte er versucht, das Ding mit Abflussfrei sauber zu kriegen, aber das war zwecklos gewesen. Sich die Rohre einmal näher anzusehen, hatte er unterlassen. Er wollte lieber gar nicht wissen, was in diesen Schlund gesteckt worden war.

Wie immer, wenn er freitagnachts nach Hause kam, riss er mühsam eines der verklemmten Fenster auf und sah über die Straße. Die Büroräume der Selbstmord-Hotline waren hell erleuchtet, aber Mary saß nicht an ihrem üblichen Schreibtisch.

John runzelte die Stirn. Vielleicht ging es ihr nicht gut. Sie hatte wirklich erschöpft gewirkt, als er bei ihr zu Hause gewesen war.

Morgen würde er mit dem Fahrrad zu ihr fahren und sehen, was mit ihr los war.

Gott, er war so froh, dass er sich endlich getraut hatte, ihr gegenüberzutreten. Sie war so nett, noch netter als am Telefon. Und dann konnte sie auch noch die Zeichensprache. Das war doch wohl Schicksal!

Er schloss das Fenster wieder, ging zum Kühlschrank und

machte den Expander ab, der die Tür zuhielt. Drinnen standen vier Sixpacks *Ensure*-Trinknahrung, Geschmacksrichtung Vanille. Er nahm zwei Dosen heraus und hakte den Expander wieder um die Tür. Seine Wohnung war vermutlich die einzige im ganzen Gebäude, in der es keine Kakerlaken gab. Und das lag nur daran, dass er keine echten Lebensmittel kaufte. Er konnte das Zeug einfach nicht vertragen.

Er setzte sich auf seine Matratze und lehnte sich mit dem Rücken an die Wand. Im Restaurant war heute viel los gewesen, und seine Schultern schmerzten furchtbar.

Vorsichtig nippte er an einer Dose und hoffte inständig, dass sein Magen ihm heute gnädig sein würde. Dazu nahm er die neueste Ausgabe von *Muskeln & Fitness* in die Hand. Die er bereits zweimal von vorne bis hinten durchgelesen hatte.

Er betrachtete das Cover. Der Kerl auf dem Foto hatte dicke Muskelpakete unter der gebräunten Haut, voll ausgeformte, aufgeblähte Bizeps, Trizeps, Brust- und Bauchmuskeln. Um den He-Man-Look noch zu betonen, hatte er ein wunderschönes Mädchen im grellgelben Bikini um sich gewickelt wie eine Schleife.

Seit Jahren las John alles über Gewichtheber, er hatte monatelang gespart, um sich ein kleines, eisernes Hantelset zu kaufen. Sechs Tage die Woche trainierte er damit, und es war absolut kein Fortschritt zu erkennen. Egal, wie eifrig er Gewichte stemmte oder wie verzweifelt er versuchte, Masse zuzulegen, er entwickelte überhaupt keine Muskeln.

Zum Teil lag das sicherlich an seiner Ernährung. Diese Trinknahrung war so ungefähr das Einzige, wovon ihm nicht schlecht wurde, und sie enthielt nicht gerade tonnenweise Proteine. Aber sein Problem hatte nicht nur mit dem Essen zu tun, seine körperliche Veranlagung war auch zum Kotzen. Mit dreiundzwanzig Jahren war er knapp einen Meter siebzig groß und wog keine fünfzig Kilo. Rasieren musste er sich nicht. Er hatte kein einziges Haar an seinem Körper. Und er hatte noch nie eine Erektion gehabt.

Unmännlich. Schwach. Das Schlimmste daran war, dass er sich überhaupt nicht veränderte. Seit zehn Jahren war er schon so.

Die Eintönigkeit seines Lebens machte ihn fertig, erschöpfte ihn, saugte ihn aus. Er hatte die Hoffnung aufgegeben, jemals zu einem richtigen Mann zu werden, und dieses Akzeptieren der Realität hatte ihn altern lassen. Er fühlte sich uralt in seinem kleinen Körper, als gehörte sein Kopf nicht zum Rest von ihm.

Aber es gab auch kleine Lichtblicke. Er liebte es, einzuschlafen. In seinen Träumen sah er sich kämpfen, und er war stark, er war sicher, er war … ein Mann. Nachts, mit geschlossenen Augen, war er furchterregend; er trug einen Dolch in der Hand und war ein Killer, der das, was er so perfekt beherrschte, aus edlen Motiven tat. Und er war nicht allein. Er war umgeben von anderen Männern wie ihm selbst, Kämpfern und Brüdern, treu bis in den Tod.

Und in seinen Visionen liebte er Frauen, wunderschöne Frauen, die lustvolle Schreie von sich gaben, wenn er in ihre Körper eindrang. Manchmal waren mehrere bei ihm, und er nahm sie hart, denn das wollten sie, und er wollte es auch. Seine Liebhaberinnen krallten sich in seinem Rücken fest, kratzten ihm die Haut auf, als sie unter seinen starken Hüften erschauerten und sich aufbäumten. Mit einem triumphalen Brüllen ließ er dann los, sein Körper zuckte und entlud sich in die feuchte Hitze, die sie ihm darboten. Und wenn er in einem schockierenden Akt des Lasters gekommen war, dann trank er ihr Blut, und sie tranken von ihm, und die wilde Raserei färbte die weißen Laken rot. Endlich, wenn alle Bedürfnisse gestillt und das Verlangen und die Entfesselung erloschen waren, hielt er sie sanft im

Arm, und sie blickten ihn mit leuchtenden und bewundernden Augen an. Frieden und Harmonie überkamen ihn und wurden als Segen willkommen geheißen.

Unglücklicherweise wachte er morgens immer auf.

Im wirklichen Leben konnte er nicht darauf hoffen, jemanden zu verteidigen, nicht bei seiner Statur. Und er hatte noch niemals eine Frau geküsst. Hatte nie die Gelegenheit bekommen. Das andere Geschlecht reagierte genau auf zwei Arten auf ihn: Die älteren wollten ihn wie ein Kind beschützen, und die jüngeren sahen einfach durch ihn hindurch. Beides verletzte ihn, Ersteres, weil es seine Schwäche noch unterstrich; Letzteres, weil es ihm jegliche Hoffnung nahm, einmal jemanden zu finden, für den er sorgen durfte.

Was der Grund für ihn war, eine Frau zu wollen. Er hatte ein ungeheures Bedürfnis zu beschützen, zu behüten, zu bewachen. Eine Berufung, deren Erfüllung aussichtslos schien.

Außerdem, welche Frau würde ihn schon wollen? Er war so verflucht dürr. Seine Jeans schlackerten um seine Beine, das T-Shirt klebte in der Höhlung zwischen seinen Rippen und seinen Hüften. Seine Füße waren so groß wie die eines Zehnjährigen.

John spürte, wie die Frustration in ihm wuchs, aber er wusste nicht, was ihn so aufbrachte. Gut, er mochte Frauen. Und er wollte sie berühren, weil ihre Haut so zart wirkte, und sie so gut rochen. Aber er war noch nie erregt gewesen, selbst wenn er mitten in seinen Träumen aufwachte. Er war ein totaler Freak. Gefangen irgendwo in der Mitte zwischen Mann und Frau, weder das eine noch das andere. Ein Hermaphrodit ohne die zusätzliche Ausstattung.

Eines stand allerdings fest: Für Männer hatte er nichts übrig. Es hatten ihm über die Jahre genug nachgestellt, ihn mit Geld oder Drogen oder Gewalt bedrängt, gewollt, dass er ihnen in Klos oder Autos einen blies. Irgendwie hatte er es immer geschafft, ihnen zu entkommen.

Immer hieß bis vergangenen Winter. Im Januar hatte ihm einer im Treppenhaus seiner vorherigen Wohnung eine Pistole ins Gesicht gehalten.

Danach war er umgezogen und hatte sich selbst eine Waffe zugelegt.

Und er hatte die Selbstmord-Hotline angerufen.

Das war vor zehn Monaten gewesen, und er konnte das Gefühl seiner Jeans auf der Haut immer noch nicht ertragen. Am liebsten hätte er alle vier weggeworfen, doch das konnte er sich nicht leisten. Also hatte er nur die eine verbrannt, die er in der Nacht getragen hatte, und sich angewöhnt, immer lange Unterhosen zu tragen, selbst im Sommer.

Also nein, er stand definitiv nicht auf Männer.

Vielleicht war das noch ein Grund, warum er so auf Frauen reagierte.

Nicht dass er etwa vorhatte, jemanden wegen seiner Erfahrung ins Vertrauen zu ziehen. Er hatte nicht die Absicht, darüber zu sprechen, was ihm in jenem Treppenhaus zugestoßen war. Er konnte sich einfach nicht vorstellen, diese Geschichte jemals zu erzählen.

Aber was sollte er sagen, falls ihn eine Frau fragen würde, ob er schon mal mit jemandem zusammen gewesen war? Er wüsste nicht, wie er darauf antworten sollte.

Ein lautes Klopfen ertönte an seiner Tür.

Erschrocken setzte er sich auf und tastete unter dem Kopfkissen nach der Pistole. Er entsicherte sie mit einem Finger.

Es klopfte wieder.

Er zielte mit der Waffe auf die Tür und wartete auf eine Schulter, die das Holz rammte und zersplitterte.

»John?« Es war eine männliche Stimme, tief und kraftvoll. »John, ich weiß, dass du da bist. Mein Name ist Tohr. Wir haben uns vorgestern kennengelernt.«

John zog die Stirn in Falten und zuckte zusammen, als er ein Stechen in den Schläfen verspürte. Unvermittelt, als hätte jemand eine Schleuse geöffnet, erinnerte er sich daran, in einem unterirdischen Raum gewesen zu sein. Und einen großen Mann in Leder getroffen zu haben. Er war mit Mary und Bella dort gewesen.

Als die Erinnerung mit Wucht zurückkehrte, regte sich etwas ganz tief in ihm. Auf der Ebene seiner Träume. Etwas Altes ...

»Ich bin hier, um mich mit dir zu unterhalten. Lässt du mich rein?«

Mit der Waffe in der Hand ging John zur Tür und öffnete sie, ließ aber die Kette vorgelegt. Er reckte den Kopf hoch, sehr hoch, um dem Mann in die blauen Augen zu sehen. Ein Wort kam ihm in den Sinn, eines, das er nicht verstand.

Bruder.

»Willst du nicht die Waffe wieder sichern, Sohn?«

John schüttelte den Kopf. Er schwankte zwischen der seltsamen Erinnerung in seinem Kopf und dem, was er vor sich sah: einem Mann des Todes, gekleidet in schwarzes Leder.

»Okay. Dann pass aber bitte auf, wohin du zielst. Du siehst nicht besonders geübt mit dem Ding aus, und ich hätte ungern ein Loch in meinem Bauch.« Der Mann sah die Kette an. »Lässt du mich jetzt rein?«

Zwei Türen weiter steigerte sich ein wüstes Geschrei in ein Crescendo und wurde durch zersplitterndes Glas abrupt beendet.

»Komm schon, mein Junge. Ein bisschen Privatsphäre kann doch nicht schaden.«

John horchte tief in sich hinein und forschte nach einer instinktiven Warnung. Er fand nichts, obwohl der Mann groß und zweifellos bewaffnet war. So jemand musste einfach eine Knarre dabeihaben.

John entsicherte die Kette, trat zurück und ließ die Waffe sinken.

Der Mann schloss die Tür hinter sich. »Du erinnerst dich doch daran, mich getroffen zu haben, oder?«

John nickte und fragte sich, warum die Erinnerung so ruckartig zurückgekehrt war. Und warum sie von rasenden Kopfschmerzen begleitet wurde.

»Und du weißt auch noch, worüber wir gesprochen haben. Über das Training, das wir anbieten.«

John sicherte die Pistole. Er konnte sich an alles erinnern, und die Neugier, die er damals verspürt hatte, kehrte zurück. Ebenso wie die heftige Sehnsucht.

»Also, was hältst du davon, dich uns anzuschließen und mit uns zu trainieren? Und ehe du jetzt sagst, du seiest nicht kräftig genug: Ich kenne jede Menge Kerle, die deine Statur haben. Wir haben sogar gerade eine neue Klasse von Jungs, die genau so sind wie du.«

Ohne den Blick von dem Fremden abzuwenden, steckte John sich die Pistole in die Gesäßtasche und ging zum Bett hinüber. Er nahm einen Block und einen Kuli und schrieb: *Ich habe kein $.*

Als er ihm den Block zeigte, antwortete der Mann: »Darüber musst du dir keine Sorgen machen.«

John kritzelte: *Mach ich aber,* und drehte das Blatt um.

»Ich leite die Einrichtung, und ich brauche ein bisschen Hilfe bei dem Bürokram. Du könntest den Unterricht abarbeiten. Kennst du dich mit Computern aus?«

John schüttelte den Kopf. Er fühlte sich wie ein Idiot. Er konnte nichts außer Teller und Gläser abräumen und spülen. Und dieser Typ hier brauchte bestimmt keine Küchenhilfe.

»Kein Problem, einer unserer Brüder kennt die Dinger

in- und auswendig. Er bringt es dir bei.« Der Mann lächelte. »Du wirst arbeiten. Du wirst trainieren. Alles ist in Butter. Und ich habe auch schon mit meiner *Shellan* gesprochen. Sie würde sich sehr freuen, wenn du bei uns wohnen würdest, solange du den Unterricht besuchst.«

John senkte die Augenlider, er war misstrauisch. Das alles klang nach einem wunderbaren Rettungsanker. Nur, warum wollte der Kerl ihm helfen?

»Willst du wissen, warum ich das alles mache?«

Als John nickte, zog der Mann seinen Mantel aus und knöpfte sein Hemd auf. Er zog es auseinander und entblößte seine linke Brust.

Johns Blick blieb an der kreisrunden Narbe hängen, die er dort sah.

Als er die Hand auf seine eigene Brust legte, brach ihm der Schweiß auf der Stirn aus. Er hatte das merkwürdige Gefühl, dass eben etwas von großer Tragweite geschehen war.

»Du bist einer von uns, mein Sohn. Es wird Zeit, dass du nach Hause zu deiner Familie kommst.«

John stockte der Atem, ein seltsamer Gedanke schoss ihm durch den Kopf: *Endlich bin ich gefunden worden.*

Doch dann brach die Realität wieder über ihn herein und saugte ihm die Freude aus der Brust.

Wunder geschahen ihm nicht einfach so. Seine Glückssträhne war versiegt, lange bevor ihm bewusst gewesen war, dass er eine hatte. Oder vielleicht war es eher so, dass das Schicksal ihn übergangen hatte. So oder so, dieser Mann in den Lederklamotten, der aus dem Nichts kam und ihm ein Entkommen aus der Hölle seines Lebens anbot, war zu gut, um wahr zu sein.

»Brauchst du noch etwas Zeit zum Nachdenken?«

John schüttelte den Kopf und schrieb: *Ich möchte lieber hier bleiben.*

Der Mann zog die Augenbrauen zusammen, als er die

Worte las. »Hör mal, mein Junge. Du stehst an einem gefährlichen Punkt deines Lebens.«

Ach nein. Er hatte diesen Kerl in seine Wohnung gelassen, wohl wissend, dass niemand ihm zu Hilfe käme, falls er schrie. Er tastete nach seiner Pistole.

»Gut, bleib ganz locker. Ich mach dir einen Vorschlag. Kannst du pfeifen?«

John nickte.

»Ich gebe dir eine Telefonnummer, unter der du mich erreichen kannst. Du pfeifst einfach ins Telefon, und ich weiß dann, dass du es bist.« Er gab ihm eine kleine Karte. »Ich gebe dir ein paar Tage Zeit. Ruf mich einfach an, wenn du es dir anders überlegst. Wenn nicht, mach dir keine Sorgen. Du wirst dich an nichts erinnern.«

John hatte keine Ahnung, was er von der letzten Bemerkung halten sollte, also starrte er einfach nur auf die schwarzen Zahlen und verlor sich in Möglichkeiten und Unwahrscheinlichkeiten. Als er wieder aufsah, war der Mann verschwunden.

Gott, er hatte noch nicht mal die Tür gehört.

21

Mary kam mit einem Ganzkörperkrampf zu sich.

Ein kehliger Schrei donnerte durch ihr Wohnzimmer und erschütterte die morgendliche Stille. Ruckartig setzte sie sich auf, wurde aber sofort wieder auf die Seite gedrückt. Dann schob sich das gesamte Sofa von der Wand ab.

Im grauen Morgenlicht sah sie Rhages Seesack. Seine Anzugjacke.

Und stellte fest, dass er hinter die Couch gesprungen war.

»Die Vorhänge!«, brüllte er. »Zieh die Vorhänge zu!«

Der Schmerz in seiner Stimme durchdrang den Nebel ihrer Verwirrung und jagte sie quer durch den Raum. Sie schloss alle Vorhänge, bis nur noch Tageslicht durch die offene Küchentür eindrang.

»Und die Tür da auch …« Seine Stimme brach. »Die in das andere Zimmer.«

Rasch zog sie sie zu. Es war jetzt vollkommen dunkel, bis auf das Flimmern des Fernsehers.

»Hat das Badezimmer ein Fenster?«, fragte er grob.

»Nein, hat es nicht. Rhage, was ist denn los?« Sie wollte sich über die Sofalehne beugen.

»Komm mir nicht zu nahe.« Die Worte klangen erstickt. Und wurden von einem saftigen Fluch gefolgt.

»Alles in Ordnung mit dir?«

»Lass mich nur ... zu Atem kommen. Du musst mich jetzt mal in Ruhe lassen.«

Sie kam trotzdem um das Sofa herum. Sie konnte seine große Gestalt nur schemenhaft in der Dunkelheit erkennen.

»Was ist denn los, Rhage?«

»Nichts.«

»Das sehe ich.« Verdammt, sie hasste diese Harter-Kerl-Nummer. »Es liegt am Sonnenlicht, oder? Du bist allergisch dagegen.«

Er lachte schroff. »Könnte man sagen. Mary. Stopp! Komm nicht näher.«

»Warum denn nicht?«

»Ich will nicht, dass du mich siehst.«

Sie tastete nach einer Lampe und machte das Licht an. Ein zischendes Geräusch ertönte.

Als ihre Augen sich an das Licht gewöhnt hatten, sah sie, dass Rhage flach auf dem Rücken lag, einen Arm vor die Brust gedrückt, die andere vor den Augen. Eine böse Brandverletzung hatte sich auf der Haut gebildet, wo er den Hemdsärmel hochgekrempelt hatte. Sein Gesicht war schmerzverzerrt, die Lippen entblößten –

Das Blut gefror ihr in den Adern.

Fänge.

Zwei lange Reißzähne befanden sich in der oberen Zahnreihe.

Er hatte Fänge.

Sie musste wohl aufgekeucht haben, denn er murmelte: »Ich hab doch gesagt, du sollst mich nicht ansehen.«

»Herr im Himmel«, flüsterte sie. »Sag, dass die nicht echt sind.«

»Ich fürchte, sie sind echt.«

Sie taumelte herum, bis sie gegen eine Wand stieß. *Heilige … du lieber Gott.*

»Was … bist du?«, stammelte sie.

»Kein Sonnenlicht. Komische Beißerchen.« Er keuchte. »Dreimal darfst du raten.«

»Das kann nicht …«

Er stöhnte auf, dann hörte sie ein Schlurfen, als bewegte er sich. »Könntest du bitte die Lampe ausmachen? Meine Netzhaut wurde gerade geröstet und muss sich kurz erholen.«

Mary drückte auf den Schalter und riss hektisch die Hand wieder zurück. Ängstlich schlang sie die Arme um sich und lauschte den heiseren Geräuschen, die er beim Atmen von sich gab.

Die Minuten verrannen. Er sagte nichts mehr. Setzte sich nicht hin, lachte und nahm die falschen Zähne heraus. Erzählte ihr nicht, dass er Napoleons bester Freund oder Johannes der Täufer oder Elvis war, wie ein durchgeknallter Irrer.

Er flog auch nicht durch die Luft und versuchte, sie zu beißen. Und er verwandelte sich auch nicht in eine Fledermaus.

Jetzt hör aber auf, dachte sie. Sie konnte ihn ja wohl unmöglich ernst nehmen?

Nur, dass er tatsächlich anders war. Grundlegend anders als jeder Mann, den sie je getroffen hatte. Was wenn …

Er stöhnte leise. Im Schein des Fernsehers sah sie seinen Stiefel hinter der Couch hervorlugen.

Sie begriff zwar nicht, für was er sich hielt, aber sie verstand, dass er litt. Und sie würde ihn nicht einfach so auf dem Boden liegen lassen, wenn er Schmerzen hatte.

»Wie kann ich dir helfen?«, fragte sie.

Pause. Als hätte sie ihn überrascht.

»Könntest du mir etwas Eiskrem bringen? Ohne Nüsse oder Schokostückchen, wenn's geht. Und ein Handtuch.«

Als sie mit einer Schüssel voll zurückkam, hörte sie, wie er sich mühsam aufsetzte.

»Lass mich zu dir kommen«, sagte sie.

Er hielt in der Bewegung inne. »Hast du denn keine Angst vor mir?«

In Anbetracht dessen, dass er entweder weggetreten oder ein Vampir war, hätte sie sich wohl eigentlich fürchten sollen. Was aber nicht der Fall war.

»Wäre eine Kerze zu hell?«, fragte sie, ohne auf die Frage zu reagieren. »Sonst kann ich da hinten überhaupt nichts sehen.

»Vermutlich nicht. Mary, ich werde dir nichts tun. Versprochen.«

Sie setzte die Schüssel ab, zündete eine ihrer größeren Votivkerzen an und stellte sie auf das Tischchen neben der Couch. Im flackernden Schein musterte sie seinen Körper. Und den Arm, der immer noch über den Augen lag. Und die Verbrennungen. Sein Gesicht war nicht mehr verzerrt, aber der Mund stand leicht offen.

Sie konnte gerade so die Spitzen seiner Fänge erkennen.

»Ich weiß, dass du mir nichts tun wirst«, murmelte sie und hob die Schüssel wieder auf. »Du hättest schon genug Gelegenheit dazu gehabt.«

Sie lehnte sich weit über die Sofalehne herunter und löffelte etwas Eiskrem heraus.

»Hier. Mund weit auf. Häagen-Dazs Vanille.«

»Das ist nicht zum Essen. Die Proteine in der Milch und die Kälte werden die Wundheilung beschleunigen.«

Es war unmöglich für sie, weit genug hinunterzureichen,

also zog sie die Couch weiter zurück und kauerte sich neben ihm auf den Boden. Sie rührte das Eis zu einem zähen Brei, dann strich sie es mit den Fingern sanft auf seine entzündete, mit Blasen überzogene Haut. Er zuckte zurück, fletschte kurz die Reißzähne, und sie wartete einen Moment ab.

Er *war* kein Vampir. Das konnte nicht sein.

»Doch, ich bin wirklich einer«, murmelte er.

Sie hielt die Luft an. »Kannst du Gedanken lesen?«

»Nein, aber ich weiß, dass du mich anstarrst, und ich kann mir ungefähr vorstellen, wie es mir an deiner Stelle ginge. Hör mal, wir gehören unterschiedlichen Spezies an, das ist alles. Nichts Abartiges, nur ... anders.«

Also gut, dachte sie und strich mehr Eiskrem auf die Verbrennungen. *Nur mal aus Spaß: angenommen, dass es stimmt.*

Sie saß hier bei einem Vampir. Einer Horrorikone. Einer zwei Meter großen, hundertdreißig Kilo schweren Horrorikone mit einem Gebiss wie ein Dobermann.

Konnte das denn wahr sein? Und warum hatte sie ihm geglaubt, als er sagte, er würde ihr nichts tun? Sie musste den Verstand verloren haben.

Rhage ächzte erleichtert. »Es funktioniert. Gott sei Dank.«

Zum einen, weil er viel zu sehr mit seinen Schmerzen beschäftig war, um eine Bedrohung darzustellen. Es würde Wochen dauern, bis er sich von diesen Verbrennungen wieder erholt hatte.

Sie tauchte die Finger in die Schüssel und trug mehr Eis auf seinen Arm auf. Beim dritten Durchgang musste sie schon ganz genau hinsehen, um die Wunde zu finden. Seine Haut schien das Eis zu absorbieren wie eine Salbe, und die Verbrennungen heilten mit unglaublicher Geschwindigkeit ab. Direkt vor ihren Augen.

»Das tut so gut«, sagte er leise. »Danke.«

Er nahm den Arm von der Stirn. Das halbe Gesicht und der Hals waren leuchtend rot.

»Soll ich da auch Eis draufpacken?« Sie deutete auf die verbrannten Partien.

Seine unheimlichen stahlblauen Augen öffneten sich. Etwas zweifelnd sah er zu ihr auf. »Bitte. Wenn es dir nichts ausmacht.«

Er sah ihr zu, wie sie die Finger in die Schüssel steckte und dann den Arm ausstreckte. Ihre Hand zitterte ein ganz kleines bisschen, als sie die Paste zunächst auf seine Wange auftrug.

Gott, seine Wimpern waren so dicht. Dicht und dunkelblond. Und seine Haut war weich, obwohl über Nacht die Bartstoppeln gewachsen waren. Er hatte eine tolle Nase. Kerzengerade. Und seine Lippen waren vollkommen. Genau die richtige Größe für sein Gesicht. Dunkelrosa. Und die untere war etwas größer.

Sie holte noch mehr Eis aus der Küche und bedeckte seinen Kiefer damit. Dann wandte sie sich dem Hals zu und bestrich die festen Muskelstränge, die von seinen Schultern bis hoch zur Schädelbasis führten.

Als sie etwas auf ihrer Schulter spürte, wandte sie den Kopf. Seine Finger streichelten ihre Haarspitzen.

Angst überfiel sie. Sie zuckte zurück.

Rhage ließ die Hand sinken, nicht erstaunt, dass sie ihn zurückwies.

»Tut mir leid«, murmelte er und schloss die Augen.

Im Dunkel hinter geschlossenen Lidern war er sich noch stärker ihrer sanften Finger bewusst, die über seine Haut fuhren. Und sie war so nahe bei ihm, dass ihr Duft das Einzige war, was er riechen konnte. Als der Schmerz allmählich nachließ, begann sein Körper auf andere Art zu brennen.

Er öffnete die Augen wieder, hielt die Lider aber gesenkt. Beobachtend. Begehrend.

Als sie fertig war, stellte sie die Schüssel weg und sah ihn direkt an. »Nehmen wir mal an, ich glaube dir, dass du ein … dass du anders bist. Warum hast du mich nicht gebissen, als du Gelegenheit dazu hattest? Ich meine, diese Zähne da sind ja sicher nicht nur zu Dekozwecken da, oder?«

Ihr Körper war angespannt, als wollte sie jeden Moment aufspringen und wegrennen. Doch sie gab ihrer Furcht nicht nach. Und sie hatte ihm geholfen, als er sie brauchte, obwohl sie Angst gehabt hatte.

Mein Gott, Mut war so was von sexy.

»Ich nähre mich bei Frauen meiner eigenen Spezies. Nicht bei Menschen.«

Ihre Augen weiteten sich. »Gibt es viele von deiner Sorte?«

»Genug. Nicht so viele wie früher. Man will uns ausrotten.«

Was ihn wieder daran erinnerte: Es trennten ihn etwa fünf Meter und eine Couch von seinen Waffen. Er versuchte aufzustehen, aber das Schwächegefühl machte ihn langsam und unkoordiniert.

Verfluchte Sonne, dachte er. *Saugt einem das Leben aus dem Körper.*

»Was brauchst du?«, fragte sie.

»Meinen Seesack. Stell ihn bitte einfach nur vor meine Füße.«

Sie stand auf und verschwand um die Couch. Er hörte einen dumpfen Schlag und dann ein Schleifgeräusch auf dem Fußboden.

»Meine Güte, was ist denn da drin?« Sie kam wieder in sein Blickfeld. Als sie die Henkel losließ, fielen sie zur Seite.

Er hoffte inständig, dass sie nicht hineinsah.

»Hör mal, Mary, wir haben ein kleines Problem.« Er zwang seinen Oberkörper vom Boden hoch und stützte sich mit den Armen ab.

Die Wahrscheinlichkeit, dass ein *Lesser* um diese Zeit angreifen würde, war gering. Zwar konnten die Vampirjäger im Tageslicht herumlaufen, doch sie arbeiteten normalerweise nachts und mussten tagsüber ihre Kräfte erneuern. Meistens verhielten sie sich im Sonnenlicht ruhig.

Doch er hatte noch nichts von Wrath gehört. Und irgendwann würde es zwangsläufig wieder Abend werden.

Mary sah mit ernster Miene auf ihn herab. »Musst du unter die Erde? Ich könnte dich nämlich in den alten Vorratskeller bringen. Die Tür dazu ist in der Küche, aber ich könnte Decken vor die Glastür hängen – Mist, da sind die Oberlichter. Vielleicht könnten wir dich in etwas einwickeln. Da unten wärest du vermutlich sicherer.«

Rhage ließ den Kopf zurückfallen und starrte die Decke an.

Hier saß er nun im Haus einer menschlichen Frau, die nicht halb so schwer war wie er, die krank war, die gerade erfahren hatte, dass er ein Vampir war – und sie machte sich Sorgen, wie sie ihn beschützen konnte.

»Rhage?« Sie kam zu ihm und kniete sich neben ihn. »Ich kann dir helfen, nach unten –«

Ohne nachzudenken, nahm er ihre Hand, presste seine Lippen in die Innenfläche und legte sie sich aufs Herz.

Ihre Furcht wirbelte durch die Luft, der beißende, rauchige Geruch mischte sich mit ihrem natürlichen Duft. Doch dieses Mal zog sie die Hand nicht weg, und der Fluchtinstinkt hielt nicht lange an.

»Du musst dir keine Sorgen machen«, sagte sie sanft. »Ich lasse heute keinen in deine Nähe. Du bist in Sicherheit.«

Zur Hölle. Sie brachte ihn einfach zum Schmelzen. Ohne wenn und aber.

Er räusperte sich. »Vielen Dank. Aber ich mache mir eher Sorgen um dich. Mary, gestern Abend wurden wir im Park überfallen. Dabei hast du deine Handtasche verloren, und ich muss davon ausgehen, dass unsere Feinde sie haben.«

Anspannung prickelte durch ihren Arm und schoss durch ihre Handfläche in seine Brust. Als er ihre Angst spürte, wünschte er, es gäbe einen Weg, ihre Furcht für sie zu ertragen, sie in sich aufzunehmen.

Sie schüttelte den Kopf. »Ich kann mich an keinen Überfall erinnern.«

»Ich habe deine Erinnerung verhüllt.«

»Was meinst du mit »verhüllt«?«

Er gab die Erinnerungen an die Ereignisse des vergangenen Abends in ihrem Bewusstsein wieder frei.

Mary keuchte und legte die Hände an die Schläfen, ihre Augenlider hoben und senkten sich in rascher Folge. Er wusste, er musste ihr jetzt schnell alles erklären. Es würde nicht lange dauern, alles zu verarbeiten und zu dem Schluss zu kommen, dass er ein skrupelloser Killer war, vor dem man sich in Sicherheit bringen musste.

»Mary, ich musste dich nach Hause bringen, um dich zu beschützen, während ich auf Nachrichten von meinen Brüdern wartete.« Die immer noch nicht eingetroffen waren, verflucht noch mal. »Diese Männer, die uns angegriffen haben, sind keine Menschen. Und sie sind sehr gut in dem, was sie tun.«

Sie ließ sich wenig graziös zu Boden plumpsen, als hätten ihre Knie nachgegeben. Ihre Augen waren weit aufgerissen und starrten ins Leere, während sie ungläubig den Kopf schüttelte.

»Du hast zwei von ihnen getötet«, sagte sie mit ausdrucksloser Stimme. »Dem einen hast du das Genick gebrochen. Und den anderen ...«

Rhage fluchte. »Es tut mir so leid, dass ich dich da hineingezogen habe. Und es tut mir leid, dass du jetzt in Gefahr bist. Und auch, dass ich deine Erinnerung manipuliert –«

Sie durchbohrte ihn mit den Augen. »Tu das nie wieder.«

Er wünschte, er könnte ihr dieses Versprechen geben. »Nur, wenn es unbedingt sein muss, um dich zu retten. Du weißt sehr viel über mich, und das ist gefährlich für dich.«

»Wir haben uns im Trainingszentrum kennengelernt. Du warst mit John und Bella da.«

»Wie lange ist das her?«

»Ein paar Tage. Die Erinnerung kann ich dir auch zurückgeben.«

»Moment mal.« Sie runzelte die Stirn. »Warum hast du mich nicht einfach alles vergessen lassen, was dich betrifft? Ich meine von Anfang an.«

Als wäre ihr das lieber gewesen.

»Ich wollte. Gestern Abend. Nach dem Essen.«

Sie sah zur Seite. »Und du hast es nicht, wegen dem, was im Park geschehen ist?«

»Und weil ...« Himmel, wie weit wollte er das noch treiben? Wollte er sie wirklich wissen lassen, wie stark seine Gefühle für sie waren? Nein, dachte er. Sie wirkte ohnehin schon völlig verstört. Es war jetzt wohl kaum der Zeitpunkt, ihr die gute Nachricht zu verkünden, dass sich ein männlicher Vampir zu ihr hingezogen fühlte. »Weil es einen Eingriff in deine Persönlichkeit bedeutet hätte.«

In dem darauf folgenden Schweigen konnte er ihr ansehen, wie sie die Ereignisse, die Bedeutung der Situation herumwälzte. Und dann sandte ihr Körper den süßen Duft ihrer Erregung aus. Sie erinnerte sich an den Kuss.

Unvermittelt zuckte sie zusammen und runzelte die Stirn. Und der Duft war fort.

»Äh, Mary, da im Park, als ich Abstand zwischen uns gebracht habe, während wir ...«

Sie hielt eine Hand hoch, um ihn zu unterbrechen. »Ich möchte nur darüber sprechen, was wir jetzt machen sollen.«

Ihre grauen Augen wichen seinem Blick nicht aus. Ihm wurde bewusst, dass sie zu allem bereit war.

»Mein Gott, du bist wirklich unglaublich, Mary.«

Ihre Augenbrauen hoben sich. »Warum?«

»Du nimmst das Ganze wirklich gut auf. Besonders den Teil über mich.«

Sie klemmte sich eine Strähne hinters Ohr und betrachtete eingehend sein Gesicht. »Weißt du was? So groß ist die Überraschung auch wieder nicht. Also irgendwie schon, aber ... ich wusste von Anfang an, dass du anders bist. Ich wusste zwar nicht, dass du ein ... nennt ihr euch Vampire?«

Er nickte.

»Vampir.« Es klang, als probiere sie das Wort aus. »Du hast mir nicht wehgetan oder mich erschreckt. Nicht besonders zumindest. Und ... du musst wissen, dass ich schon mindestens zweimal klinisch tot war. Einmal hatte ich einen Herzstillstand während einer Knochenmarkstransplantation. Und einmal füllten sich meine Lungen mit Flüssigkeit, als ich eine Lungenentzündung hatte. Ich bin mir nicht sicher, wo ich in der Zeit war, oder warum ich zurückkam, aber da war etwas auf der anderen Seite. Nicht der Himmel mit den Wolken und den Engeln und dem ganzen Zinnober. Nur ein weißes Licht. Ich wusste beim ersten Mal nicht, was es war. Beim zweiten Mal habe ich mich direkt hineingestürzt. Ich weiß nicht, warum ich zurückgekommen bin –«

Sie errötete und brach ab, als sei ihr peinlich, was sie da preisgegeben hatte.

»Du warst im Schleier«, murmelte er ehrfürchtig.

»Im Schleier?«

Er nickte. »Zumindest nennen wir es so.«

Sie schüttelte den Kopf, eindeutig nicht gewillt, weiter

auf das Thema einzugehen. »Jedenfalls gibt es viele Dinge, die wir an dieser Welt nicht begreifen. Und die Existenz von Vampiren ist wohl nur eins davon.«

Als er eine Weile nichts sagte, blickte sie ihn an. »Warum siehst du mich so an?«

»Du bist ein *Wanderer«,* gab er zurück. Er hatte das Gefühl, aufstehen und sich vor ihr verneigen zu müssen, wie es der Brauch war.

»Ein Wanderer?«

»Jemand, der auf der anderen Seite war und zurückgekehrt ist. Wo ich herkomme, ist das eine Ehrenbezeichnung.«

Das Klingeln eines Handys ließ ihre beiden Köpfe herumwirbeln. Das Geräusch kam aus dem Seesack.

»Könntest du mir die Tasche da geben?«, bat er.

Sie beugte sich vor und versuchte, sie anzuheben. Schaffte es nicht. »Warum kann ich dir nicht einfach das Telefon rausholen?«

»Nein.« Mühsam erhob er sich auf die Knie. »Lass mich einfach –«

»Rhage, ich mach das sch–«

»Nicht, Mary«, befahl er. »Ich will nicht, dass du deine Hand in den Sack steckst.«

Sie schauderte vor der Tasche zurück, als wäre sie voller Schlangen.

Er machte einen Satz nach vorn und steckte die Hand hinein. Sobald er das Telefon ertastet hatte, nahm er ab.

»Ja?«, bellte er, während er gleichzeitig versuchte, die Tasche zu schließen.

»Alles in Ordnung bei dir?«, hörte er Tohr sagen. »Und wo zum Henker bist du?«

»Mir geht's gut. Ich bin nur nicht zu Hause.«

»Ach was. Als du dich nicht mit Butch im Trainingsraum getroffen hast, und er dich auch im Haupthaus nicht finden konnte, hat er sich Sorgen gemacht und mich angerufen. Sollen wir dich abholen?«

»Nein. Mir geht es gut da, wo ich bin.«

»Und wo ist das?«

»Ich hab Wrath letzte Nacht angerufen, und er hat sich noch nicht gemeldet. Ist er in der Nähe?«

»Er und Beth sind in sein Haus in der Stadt gefahren, um ein bisschen Zeit für sich zu haben. Also, wo bist du?«

Als nicht sofort eine Antwort kam, wurde die Stimme des Bruders leiser. »Rhage, was zum Teufel geht da vor?«

»Sag einfach nur Wrath, dass ich ihn sprechen muss.«

Tohr fluchte. »Bist du sicher, dass du nicht abgeholt werden musst? Ich könnte ein paar Doggen mit einer bleigefütterten Decke vorbeischicken.«

»Lass mal, mir geht's gut.« Ohne Mary würde er nirgendwo hingehen. »Bis dann.«

»Rhage –«

Er legte auf, und sofort klingelte das Telefon erneut. Er sah auf dem Display, dass es wieder Tohr war, ließ ihn aber auf die Mailbox sprechen. Als er das Gerät neben sich auf den Fußboden legte, ließ sein Magen ein lautes Knurren vernehmen.

»Soll ich dir was zu essen machen?«, fragte Mary.

Er sah sie einen Moment perplex an. Und ermahnte sich dann selbst, dass sie nicht wissen konnte, welche Intimität dieses Angebot für ihn bedeutete. Dennoch, die Vorstellung, dass sie ihn mit von eigener Hand zubereitetem Essen beehren würde, ließ ihm den Atem stocken.

»Schließ die Augen«, bat er.

Sie erstarrte. Doch dann senkte sie die Lider.

Er beugte sich vor und drückte sanft seine Lippen auf ihre. Die grauen Augen wurden wieder aufgerissen, doch er zog sich wieder zurück, bevor sie es tun konnte.

»Essen wäre wunderbar. Danke.«

22

Als die Sonne aufging, blätterte O durch die Baupläne, die auf Us Küchentisch ausgebreitet lagen, und zupfte schließlich einen heraus.

»Das will ich. Wie schnell können wir das hochziehen?«

»Sehr schnell. Das Gelände liegt mitten in der Einöde und wird in näherer Zukunft an keine städtischen Versorgungsleitungen angeschlossen werden, weswegen wir keine Baugenehmigung brauchen. Die Stützwände einzuziehen und ein paar Balken außen anzunageln, dauert bei 140 Quadratmeter nicht lange. Die Aufbewahrungsvorrichtungen für die Gefangenen sollten auch kein Problem sein. Was die Dusche betrifft, können wir leicht den nahe gelegenen Fluss umleiten und eine Pumpe installieren, dann haben wir fließendes Wasser. Armaturen und Werkzeug sind alle Standardgröße, und die Balken habe ich alle auf Richtmaß gelassen, um uns die Sägerei weitgehend zu sparen. Ein Benzingenerator liefert Strom für die Sägen und Elektrotacker. Außerdem haben wir dann Licht, wenn wir wollen. Das bleibt auch langfristig so.«

»Wie viele Tage voraussichtlich?«

»Mit einer Truppe von fünf Jungs kann ich Ihnen in achtundvierzig Stunden ein Dach über dem Kopf schaffen. Vorausgesetzt, ich darf die Burschen richtig schinden, und das Material wird pünktlich geliefert.«

»Dann bleibt es dabei: Sie haben zwei Tage Zeit.«

»Ich fahre gleich heute Morgen zum Baumarkt und besorge das Nötige. Die Bestellungen teile ich zwischen zwei Geschäften auf. Und wir werden einen kleinen Bulldozer brauchen, eins von diesen Toro-Dingo-Geräten, mit denen man baggern und ausschachten kann. Ich weiß, wo man so was mieten kann.«

»Gut. Das klingt alles sehr gut.«

O lehnte sich zurück, um seine Arme zu recken, und teilte gedankenverloren den Vorhang. Us Haus war ein anonymer Bau mitten in einem spießigen Vorort. Das war der Teil von Caldwell, in dem die Straßen die Namen von Bäumen trugen, die Kinder mit dem Fahrrad auf dem Bürgersteig fuhren und um sechs das Essen auf dem Tisch stand.

Bei all diesem friedlichen Vorstadtidyll bekam O eine Gänsehaut. Er wollte das Haus anzünden. Salz auf die Rasenflächen schütten. Die Bäume abhacken. Alles dem Erdboden gleichmachen. Der Drang saß so tief bei ihm, dass es ihn selbst überraschte. Er hatte kein Problem damit, Eigentum zu zerstören, aber eigentlich war er ein Killer, kein Vandale. Er kapierte einfach nicht, warum ihm das alles nicht scheißegal war.

»Ich würde gerne Ihren Truck benutzen«, hörte er U sagen. »Ich möchte einen Anhänger mieten, dann kann ich die Balken und das Bedachungsmaterial jeweils selbst in einem Schwung mitnehmen. Die vom Baumarkt müssen ja nicht unbedingt wissen, wo wir sind.«

»Und das Zeug für die Aufbewahrungseinheiten?«

»Ich weiß genau, nach was Sie da suchen, und wo man es bekommt.«

Ein elektronisches Piepen ertönte.

»Was zum Teufel ist das?«, fragte O.

»Erinnerung an den 9-Uhr-Appell.« U nahm ein BlackBerry heraus, und seine plumpen Finger flogen über die kleine Tastatur. »Soll ich Ihren Status auch für Sie durchgeben?«

»Ja.« O musterte U. Der Lesser war seit 175 Jahren in der Gesellschaft. Er war so weiß wie Papier. Ruhig, und mit einem messerscharfen Verstand ausgestattet. Nicht so aggressiv wie einige andere, aber verlässlich.

»Sie sind Gold wert, U.«

U lächelte knapp und sah von seinem BlackBerry auf. »Ich weiß. Und ich stehe gern zur Verfügung. Apropos, wen werden Sie mir zuteilen?«

»Wir werden beide Elite-Eskadrons einsetzen.«

»Sie ziehen uns alle für zwei ganze Nächte aus dem Verkehr?«

»Und zwei Tage. Wir werden in Schichten auf der Baustelle schlafen.«

»Gut.« U blickte wieder auf das Gerät in seiner Hand und spielte an einem kleinen Rädchen an der Seite herum. »Ach du Scheiße. Das wird Mr X gar nicht gefallen.«

O verengte die Augen. »Was denn?«

»Ein Rundmail an alle Beta-Eskadrons. Ich stehe offenbar noch im Verteiler.«

»Und?«

»Ein Trupp Betas hat vergangene Nacht im Park gejagt und ist über einen der Brüder gestolpert. Von den fünfen sind drei verschwunden. Und jetzt passen Sie auf: Der Krieger hatte eine menschliche Frau dabei.«

»Manchmal haben sie Sex mit denen.«

»Mhm. Diese Glückspilze.«

Mary stand am Herd und dachte daran, wie Rhage sie gerade angesehen hatte. Sie begriff nicht, warum es so eine Riesensache für ihn war, ihm ein Frühstück zu servieren, aber er hatte so getan, als würde sie ihm ein unermessliches Geschenk machen.

Sie wendete das Omelett, ging zum Kühlschrank und nahm einen Plastikbehälter mit Obstsalat heraus. Umgefüllt in eine Schüssel sah es ziemlich wenig aus, also schnippelte sie noch eine Banane dazu.

Als sie das Messer hinlegte, berührte sie ihre Lippen mit den Fingern. An dem Kuss, den er ihr hinter der Couch gegeben hatte, war nichts Sexuelles gewesen; darin lag nichts als Dankbarkeit. Die Sache im Park war zwar viel tiefer gegangen, doch auch dort war er so distanziert gewesen. Die Leidenschaft war einseitig gewesen. Und zwar auf ihrer Seite.

Schliefen Vampire überhaupt mit Menschen? Vielleicht hielt er sich deswegen zurück, und es war gar kein merkwürdiges Machtspielchen.

Aber was war mit der Kellnerin in dem Restaurant neulich gewesen? Die hatte er definitiv taxiert, und nicht, weil er ihr ein Kleid kaufen wollte. Also hatte seine Spezies eindeutig kein Problem damit, mit menschlichen Frauen zusammen zu sein. Was ihn nicht interessierte, war sie.

Freunde. Nur Freunde.

Als das Omelett fertig war und der Toast gebuttert, rollte sie eine Gabel in eine Serviette ein, klemmte sie sich unter den Arm und trug den Teller und den Obstsalat ins Wohnzimmer. Rasch schloss sie die Tür hinter sich und wandte sich zur Couch.

Wow.

Rhage hatte das Hemd ausgezogen und lehnte sich rückwärts an die Wand, um seine Wunden zu inspizieren. Im Kerzenschein konnte sie seine massigen Schultern, die kräftigen Arme und den Brustkasten gut erkennen. Den Bauch. Seine Haut war golden und frei von Behaarung.

Sie riss sich mit Gewalt zusammen und stellte ihre Gaben neben ihm auf dem Boden ab, dann setzte sie sich einen Meter neben ihn. Um seinen Körper nicht die ganze Zeit anzustarren, sah sie ihm ins Gesicht. Er starrte nur auf das Essen, ohne sich zu rühren und ohne zu sprechen.

»Ich wusste nicht genau, was du magst«, sagte sie.

Sein Blick schnellte hoch, und er schob sein Gesicht frontal vor ihres. Von vorn sah er noch spektakulärer aus als im Profil. Seine Schultern waren so breit, dass sie vom Sofa bis zur Wand reichten. Und die sternförmige Narbe über der linken Brust war höllisch sexy, wie eine Art Brandzeichen.

Nachdem er sie ein, zwei Minuten lang nur angestarrt hatte, streckte sie die Hand nach dem Teller aus. »Ich hol dir was anderes –«

Blitzschnell packte er sie am Handgelenk. Er streichelte mit dem Daumen über ihre Haut. »Es ist wundervoll.«

»Aber du hast doch noch gar nicht probiert –«

»Du hast es gemacht. Das reicht.« Er nahm die Gabel aus der Serviette, und sie konnte das Spiel seiner Muskeln sehen. »Mary?«

»Ja?«

»Ich möchte dich jetzt füttern.« Als er sprach, heulte sein Magen erneut auf.

»Das ist schon in Ordnung. Ich hole mir selbst was … warum siehst du mich denn jetzt so an?«

Er rieb sich die Stirn, als wollte er den Gesichtsausdruck glatt bügeln. »Entschuldige, das kannst du nicht wissen.«

»Was wissen?«

»Wo ich herkomme, gilt es als Ausdruck von Respekt, wenn ein Mann einer Frau mit der eigenen Hand Essen reicht. Respekt und … Zuneigung.«

»Aber du hast doch Hunger.«

Er riss ein Stückchen Toast ab und legte ein quadratisches Stückchen Omelett darauf.

»Mary, lass mich dich füttern. Nimm es an.«

Er beugte sich vor und streckte den langen Arm aus. Seine stahlblauen Augen hatten etwas Hypnotisches, sie riefen sie, zogen sie wie unsichtbare Fäden zu sich und öffneten ihren Mund. Als sie die Lippen um das Essen legte, das sie für ihn zubereitet hatte, knurrte er befriedigt. Und als sie geschluckt hatte, hielt er ihr erneut ein Stück Toast mit den Fingerspitzen hin.

»Solltest du nicht auch etwas abbekommen?«, fragte sie.

»Nicht, bis du nicht satt bist.«

»Was, wenn ich alles aufesse?«

»Nichts würde mir mehr gefallen, als zu wissen, dass du gut gegessen hast.«

Freunde, sagte sie sich. *Nur Freunde.*

»Mary, iss, für mich.« Seine Beharrlichkeit ließ sie wieder den Mund öffnen. Sein Blick hing an ihren Lippen.

Himmel. Das fühlte sich nicht an wie Freundschaft.

Während sie kaute, fuhr Rhage suchend mit dem Finger über die Schüssel. Endlich entschied er sich für ein Stück Honigmelone und hielt es ihr hin. Sie nahm das Stück im Ganzen, und ein Tropfen Saft rann ihr den Mundwinkel hinab. Sie wollte ihn mit dem Handrücken abwischen, doch er hielt ihre Hand fest und strich ihr leicht mit der Serviette über die Haut.

»Ich bin satt.«

»Nein, bist du nicht. Ich kann deinen Hunger spüren.« Dieses Mal kam eine halbe Erdbeere auf sie zu.

Er fütterte ihr ausgewählte Stücke und sah ihr mit einer schlichten Zufriedenheit beim Essen zu, wie sie sie noch nie bei ihm erlebt hatte.

Als sie keinen Bissen mehr herunterbekam, vernichtete er in Windeseile die Reste. Sobald er fertig war, nahm sie den Teller und trug ihn in die Küche. Sie machte noch ein Omelett, schüttete Müsli in eine Schüssel und tat die restlichen Bananen dazu.

Sein Lächeln war strahlend, als sie alles vor ihm ausbreitete. »Wie du mich ehrst mit all dem hier.«

Während er auf diese ihm eigene methodische, gewissenhafte Art und Weise aß, schloss sie die Augen und ließ den Kopf an die Wand hinter sich sinken. Sie ermüdete immer leichter, und der Schrecken fuhr ihr in alle Glieder, weil sie den Grund dafür kannte. O Gott, sie wollte gar nicht wissen, was die Ärzte alles mit ihr anstellen würden, wenn die Testergebnisse da waren.

Als sie die Augen wieder öffnete, befand sich Rhages Gesicht unmittelbar vor ihrem.

Sie zuckte zurück und knallte mit dem Kopf an die Wand. »Ich, ähm, ich hab gar nicht gehört, dass du dich bewegt hast.«

Auf allen vieren, wie ein Tier kurz vor dem Sprung, hatte er seine Arme auf beiden Seiten ihrer Beine abgestützt; aus dieser Nähe wirkte er riesig. Er zeigte viel Haut. Und er roch wirklich gut, nach dunklen, schweren Gewürzen.

»Mary, ich würde dir gerne danken, wenn du mich lässt.«

»Wie denn?«, krächzte sie.

Er legte den Kopf zur Seite und legte seine Lippen auf ihre. Als sie keuchte, drang seine Zunge in ihren Mund ein und streichelte ihre eigene. Dann zog er den Kopf zurück, wie um ihre Reaktion zu begutachten, die Augen leuchtend vom Versprechen auf eine Lust, die ihr Innerstes zum Sieden bringen würde.

Sie räusperte sich. »Gern … geschehen.«

»Ich würde das gern wiederholen, Mary. Darf ich?«

»Ein schlichtes Dankeschön reicht völlig. Ehrlich, ich –«

Seine Lippen schnitten ihr das Wort ab, dann übernahm

seine Zunge wieder die Kontrolle, drängend, fordernd, liebkosend. Als die Hitze in ihrem Körper zu lodern begann, gab Mary den Widerstand auf und kostete das wilde Begehren aus, das Pochen in der Brust, die schmerzliche Sehnsucht zwischen ihren Beinen.

O Gott. Es war so lange her. Und so war es noch nie gewesen.

Rhage stieß ein tiefes Schnurren aus, als er ihre Erregung spürte. Sie fühlte, wie seine Zunge sich zurückzog, dann nahm er ihre Unterlippe zwischen seine –«

Fänge. Das waren Fänge, die da an ihr knabberten.

Furcht mischte sich mit ihrer Leidenschaft und steigerte sie noch, das Gefühl der Gefahr öffnete sie noch mehr für ihn. Sie legte die Hände auf seine Arme. Er war so stark. Wie würde sich sein Gewicht wohl auf ihr anfühlen?

»Lässt du mich bei dir liegen?«, fragte er.

Mary schloss die Augen und stellte sich vor, wie sie beide sich nicht nur küssten, sondern nackt beieinanderlagen. Sie war nicht mehr mit einem Mann zusammen gewesen, seitdem ihre Krankheit zum ersten Mal ausgebrochen war. Und an ihrem Körper hatte sich seither viel verändert.

Sie wusste auch nicht, woher Rhages Verlangen kam. Freunde hatten keinen Sex. Nicht in ihrem Verständnis jedenfalls.

Sie schüttelte den Kopf. »Ich weiß nicht so –«

Sein Mund legte sich kurz über ihren. »Ich will nur neben dir liegen, okay?«

Ach so, das war wörtlich gemeint … na gut. Doch als sie ihn anblickte, konnte sie über den Unterschied zwischen ihnen beiden nicht hinwegsehen. Sie war atemlos. Er war ruhig. Ihr war schwindlig. Er wirkte völlig klar.

Sie war heiß. Er … nicht.

Unvermittelt setzte Rhage sich auf und zog die Decke

von der Couch auf seinen Schoß. Sie überlegte den Bruchteil einer Sekunde, ob er eine Erektion verbarg.

Ja, klar. Eher war ihm wohl kalt, weil er halb nackt war.

»Ist dir plötzlich wieder eingefallen, was ich bin?«, fragte er.

»Wie bitte?«

»Hat dich das abgeturnt?«

Sie dachte an die Fänge auf ihren Lippen. Die Vorstellung, dass er ein Vampir war, machte sie an. »Nein.«

»Warum ziehst du dich dann zurück? Mary?« Sein Blick bohrte sich in ihre Augen. »Mary, sag mir doch, was los ist.«

Seine Verwirrung, als er sie ansah, war abstoßend. Dachte er wirklich, sie hätte nichts gegen einen Mitleidsfick?

»Rhage, ich weiß dein Engagement in Sachen Freundschaft wirklich zu schätzen, aber du musst mir keinen Gefallen tun, okay?«

»Dir gefällt, was ich mit dir mache. Das kann ich spüren. Ich kann es riechen.«

»Verdammter Mist, geht dir einer ab, wenn ich mich vor mir selbst schäme? Denn ich kann dir sagen, wenn mich ein Kerl total heiß macht, während er selber genauso gut Zeitung lesen könnte, fühlt sich das von meiner Seite aus nicht besonders toll an. Mein Gott … du bist echt krank, weißt du das?«

Der Neonblick verengte sich gekränkt. »Du glaubst, ich will dich nicht.«

»O, Verzeihung. Ich habe wohl die ungeheure Fleischeslust bei dir übersehen. Du bist ja wirklich total scharf auf mich.«

Sie konnte nicht fassen, wie schnell er sich bewegte. In einem Moment saß er noch an der Wand und sah sie an. Im nächsten hatte er sie unter sich auf dem Boden liegen. Sein Oberschenkel schob ihre Beine auseinander, dann drückte er sich machtvoll in ihre Mitte. Was sie da fühlte, war groß und hart.

Mit der Hand griff er in ihre Haare und zog daran, zog sie zu sich heran. Er senkte seinen Mund an ihr Ohr herab.

»Spürst du das, Mary?« Er rieb seine Erregung in engen Kreisbewegungen an ihr, liebkoste sie, ließ sie erblühen. »Fühlst du mich? Was bedeutet das wohl?«

Sie rang nach Atem. Sie war so feucht, mehr als bereit, ihn tief in sich aufzunehmen.

»Sag mir, was das bedeutet, Mary.« Als sie keine Antwort gab, sog er an ihrem Hals, bis es wehtat, und nahm dann ein Ohrläppchen zwischen seine Zähne. Kleine Bestrafungen. »Ich will, dass du es sagst. Damit ich weiß, dass du kapiert hast, was ich empfinde.«

Mit der freien Hand griff er ihr unter den Po und drückte sie näher an sich heran. Seine Erektion traf die richtige Stelle. Sie spürte, wie seine Spitze prüfend durch seine Hose und ihren Pyjama stieß.

»Sag es, Mary.«

Wieder stieß er zu, und sie stöhnte. »Du willst mich.«

»Dann wollen wir mal sichergehen, dass du es auch nicht vergisst.«

Er ließ ihr Haar los und küsste sie beinahe grob. Er war jetzt überall, in ihrem Mund, auf ihrem Körper. Seine Hitze, der männliche Geruch und seine ungeheure Erektion versprachen einen wilden, leidenschaftlichen Ritt.

Doch dann rollte er sich von ihr herunter und setzte sich wieder auf seinen Platz an der Wand. Einfach so hatte er sich wieder unter Kontrolle. Atmete gleichmäßig. Rührte sich nicht.

Sie setzte sich mühsam auf und versuchte krampfhaft, sich zu erinnern, wie man Arme und Beine benutzt.

»Ich bin kein normaler Mann, Mary, auch wenn ich oberflächlich betrachtet wie einer aussehe. Was du gerade erlebt hast, ist nichts gegen das, was ich mit dir machen will. Ich will meinen Kopf zwischen deine Beine stecken und dich lecken, bis du meinen Namen schreist. Dann will ich dich besteigen wie ein wildes Tier und dir in die Augen sehen, während ich in dir komme. Und danach? Ich will dich auf jede erdenkliche Art nehmen. Von hinten. Aufrecht stehend gegen die Wand gelehnt. Ich will, dass du auf meinen Hüften sitzt und mich reitest, bis ich keine Luft mehr bekomme.« Sein Blick war kühl, fast brutal in seiner Ehrlichkeit. »Aber leider wird nichts davon passieren. Wenn ich weniger stark für dich empfinden würde, wäre es anders, leichter. Aber du stellst etwas Merkwürdiges mit meinem Körper an, deshalb kann ich nur bei dir sein, wenn ich mich vollkommen kontrolliere. Sonst habe ich mich nicht mehr im Griff, und das Letzte, was ich will, ist dir Angst einjagen. Oder schlimmer noch, dir wehtun.«

Bilder schwirrten ihr im Kopf herum, Bilder von all dem, was er gerade beschrieben hatte, und ihr Körper sehnte sich nach ihm. Er holte tief Luft und knurrte leise, als hätte er den Duft ihres Geschlechts wahrgenommen und ausgekostet.

»Ach, Mary. Darf ich dich verwöhnen? Darf ich diese süße Erregung dahin forttragen, wohin sie strebt?«

Sie wollte Ja sagen, aber die Umsetzung seines Vorschlags traf sie wie ein Schlag: Sie müsste sich nackt ausziehen, vor ihm, im Kerzenschein. Niemand außer Ärzten und Krankenschwestern wussten, was für Spuren die Krankheit auf ihrem Körper hinterlassen hatte. Und sie musste ständig an die sexy Frauen denken, die so auf ihn abgefahren waren.

»Ich bin nicht das, woran du gewöhnt bist«, begann sie leise. »Ich bin nicht … schön.« Er runzelte die Stirn, doch sie schüttelte den Kopf. »Vertrau mir in diesem einen Punkt.«

Rhage kam zu ihr herüber, bewegte sich mit der Anmut

eines Löwen. »Lass mich dir zeigen, wie schön du bist. Vorsichtig. Langsam. Nichts Wildes. Ich werde ein perfekter Gentleman sein, versprochen.«

Seine Lippen teilten sich, und sie erhaschte einen flüchtigen Blick auf die Spitzen seiner Fänge. Mein Gott, er war einfach fantastisch, seine Lippen und Zunge ein einziger Rausch. Mit einem Aufstöhnen schlang sie die Arme um seinen Hals und vergrub die Finger in seiner Kopfhaut.

Als er sie vorsichtig auf den Rücken legte, wappnete sie sich innerlich für sein Gewicht. Doch er legte sich neben sie und strich ihr Haar zurück.

»Langsam«, murmelte er. »Sanft.«

Wieder küsste er sie, und es dauerte lang, bis seine Finger zum Saum ihres T-Shirts wanderten. Während er den Stoff hochschob, versuchte sie sich auf ihren Mund zu konzentrieren, damit sie nicht daran dachte, was er zum Vorschein brachte. Doch als er das Kleidungsstück über ihren Kopf zog, spürte sie kühle Luft auf ihren Brüsten. Sie hob ihre Hände, um sich zu bedecken, und schloss die Augen. Hoffentlich war es zu dunkel, und er konnte nicht so viel von ihr erkennen.

Eine Fingerspitze strich über ihren Hals, wo die Narbe von dem Luftröhrenschnitt lag. Denn blieb sie auf den wulstigen Punkten auf ihrer Brust liegen, wo die Katheter gelegen hatten. Er zog das Gummiband ihrer Pyjamahose herunter, bis all die Löcher zu sehen waren, in denen die Magensonden gesteckt hatten. Dann entdeckte er die Einstichnarbe der Knochenmarkstransplantation auf ihrer Hüfte.

Sie hielt es nicht länger aus. Sie setzte sich auf und schnappte sich ihr T-Shirt, um sich zu bedecken.

»O nein, Mary. Bitte nicht.« Er nahm ihre Hände und küsste sie. Dann zupfte er an dem T-Shirt. »Lass mich dich ansehen.«

Sie wandte den Kopf ab, als er ihr das Kleidungsstück abnahm. Ihre nackten Brüste hoben und senkten sich, als er sie betrachtete.

Dann küsste Rhage jede einzelne Narbe.

Sie bebte, sosehr sie sich auch bemühte, still zu halten. Ihr Körper war mit Gift vollgepumpt worden. War übersät von Löchern und Narben. Unfruchtbar. Und hier war ein wunderschöner Mann, der ihn andächtig verwöhnte, als sei alles, was sie ertragen musste, der Ehrfurcht würdig.

Als er aufsah und sie anlächelte, brach sie in Tränen aus. Die Schluchzer kamen tief und heftig, zerrissen ihr die Brust und den Hals, zerquetschten ihr die Rippen. Sie bedeckte das Gesicht mit den Händen und wünschte, sie wäre stark genug, aus dem Zimmer zu gehen.

Während sie weinte, hielt Rhage sie liebevoll an seine Brust gedrückt, wiegte sie vor und zurück. Sie wusste nicht, wie lange es dauerte, bis sie sich ausgeweint hatte. Doch irgendwann ließ das Weinen nach, und ihr wurde bewusst, dass er zu ihr sprach. Die Silben und die Satzmelodie waren ihr völlig unbekannt, die Worte nicht zu deuten. Doch der Klang … der Klang war wunderbar.

Und seine Güte war eine Versuchung, vor der sie zurückschreckte.

Sie konnte sich nicht gehen lassen und seinen Trost annehmen, nicht einmal in diesem Augenblick. Ihr Leben hing davon ab, sich zusammenzureißen. Wenn sie jetzt anfing zu weinen, würde sie die folgenden Tage und Wochen nicht mehr damit aufhören. Gott wusste, ihr harter innerer Kern war das Einzige gewesen, was sie während ihrer Krankheit am Leben erhalten hatte. Wenn sie diese Entschlossenheit einmal verlor, dann hatte sie der Krankheit nichts mehr entgegenzusetzen.

Mary wischte sich die Augen.

Nicht schon wieder, dachte sie. Sie wollte nicht noch einmal vor ihm in die Knie gehen.

Sie räusperte sich und versuchte zu lächeln. »Kein schlechter Stimmungskiller, was?«

Er sagte etwas in der fremden Sprache, dann schüttelte er den Kopf und wechselte ins Englische. »Du darfst so viel weinen, wie du möchtest.«

»Ich will aber nicht weinen.« Sie betrachtete seine nackte Brust.

Nein, was sie jetzt wollte, war Sex mit ihm haben. Jetzt, wo der Weinkrampf vorüber war, reagierte ihr Körper wieder auf seinen. Und da er jetzt ohnehin die schlimmsten ihrer Narben gesehen hatte, und sie ihn nicht abzuturnen schienen, fühlte sie sich etwas wohler.

»Besteht auch nur der Hauch einer Chance, dass du mich nach all dem noch küssen willst?«

»Ja.«

Ohne sich selbst Zeit zum Überlegen zu geben, packte sie ihn an den Schultern und zog ihn zu sich herunter. Er zögerte kurz, als wäre er überrascht von ihrer Kraft, doch dann küsste er sie tief und lang, als verstünde er, was sie von ihm brauchte. Innerhalb von Sekunden hatte er sie nackt ausgezogen, Pyjama, Socken, Slip – alles wurde achtlos zur Seite geworfen.

Er streichelte sie von Kopf bis Fuß mit den Händen, und sie folgte ihm mit ihren Bewegungen, gierig, sehnsüchtig. Sie spürte seine nackte Brust auf ihren Brüsten und ihrem Bauch. Der weiche Stoff seiner edlen Hose rieb wie Körperöl über ihre Beine. Sie war wie benommen, spürte eine schmerzliche Lust, als er ihren Hals liebkoste und an ihrem Schlüsselbein knabberte, auf dem Weg nach unten zu ihren Brüsten. Sie hob den Kopf und beobachtete, wie seine Zunge herauskam und einen Nippel umkreiste, bevor er ihn in den Mund nahm. Während er daran saugte, glitt seine Hand an der Innenseite ihres Oberschenkels herauf.

Und dann berührte er ihr Innerstes. Sie wand sich unter ihm, der Atem verließ stoßweise ihre Lungen.

Er stöhnte, sie fühlte seine Brust an ihrer vibrieren.

»Meine süße Mary, du bist genau, wie ich es mir ausgemalt habe. Weich … feucht.« Seine Stimme war rau, hart, sie bekam eine ungefähre Vorstellung davon, wie viel Kraft es ihn kosten musste, sich selbst unter Kontrolle zu halten. »Öffne deine Beine ganz weit für mich. Noch weiter. So ist es gut, Mary. Das ist so … o ja.«

Er tauchte einen Finger in sie hinein, dann noch einen zweiten.

Es war lange her, aber ihr Körper kannte das Spielchen noch. Keuchend, sich mit den Nägeln in seinen Schultern vergrabend, sah Mary zu, wie er ihre Brüste leckte, während er seine Hand in ihren Körper hinein- und wieder herausbewegte. Bei jeder Abwärtsbewegung traf sein Daumen genau die richtige Stelle. In einem hellen Blitz explodierte sie, die Wucht ihrer Ekstase katapultierte sie in eine Leere, in der es nur Pochen und weiße Hitze gab.

Als sie wieder auf die Erde kam, war Rhages Blick unter den schweren Augenlidern ernst, das Gesicht finster und angespannt. Er wirkte wie ein Fremder, weit entfernt von ihr.

Sie zog die Decke über sich, das T-Shirt würde sie nur halb bedecken. Die Bewegung machte ihr bewusst, dass seine Finger immer noch in ihr waren.

»Du bist so wunderschön«, sagte er schroff.

Jetzt fühlte sie sich noch unbehaglicher. »Lass mich aufstehen.«

»Mary –«

»Das ist so peinlich.« Sie zappelte, und durch die Windungen ihres Körpers spürte sie ihn noch stärker.

»Mary, sieh mich an.«

Frustriert funkelte sie ihn an.

Unendlich langsam zog er seine Hand zwischen ihren Beinen hervor und brachte die beiden glitzernden Finger an seinen Mund. Seine Lippen teilten sich, und genießerisch saugte er ihre feuchte Leidenschaft von seinen Fingerspitzen. Als er schluckte, schloss er die leuchtenden Augen.

»Du bist unglaublich schön.«

Ihr Atem stockte. Und überschlug sich dann, als er an ihrem Körper herabwanderte und die Hände auf die Innenseite ihrer Schenkel legte. Sie verspannte sich, als er versuchte, ihre Beine zu spreizen.

»Wehr dich nicht, Mary.« Er küsste ihren Nabel und ihre Hüfte, dann öffnete er sie weit. »Ich brauche mehr von dir in meinem Mund, in meiner Kehle.«

»Rhage, ich – o *Gott.*«

Seine Zunge war ein warmes Streicheln genau auf ihrem Zentrum, ihr Nervensystem spielte völlig verrückt. Er hob den Kopf und sah sie an. Und dann ließ er den Kopf wieder sinken und leckte sie weiter.

»Du bringst mich um«, sagte er, sein Atem strich über ihre empfindlichste Stelle. Er rieb sein Gesicht an ihr, seine Bartstoppeln schabten sanft an ihrer Haut.

Sie schloss die Augen, sie fühlte sich, als müsste sie gleich zerspringen.

Rhage schmiegte sich in sie hinein, dann nahm er ihr heißes Fleisch zwischen die Lippen, saugte, zog, leckte. Als sie sich vom Boden aufbäumte, legte er eine Hand unter ihr Kreuz, die andere auf ihren Unterleib. So hielt er sie fest, während er sie bearbeitete.

»Sieh mich an, Mary. Sieh, was ich tue.«

Als sie gehorchte, sah sie flüchtig seine rosa Zunge in ihrer Spalte, und das reichte. Ihr Höhepunkt erschütterte sie bis ins Mark, doch er machte einfach weiter. Seine Entschlossenheit und seine Technik schienen kein Ende zu haben.

Endlich streckte sie die Arme nach ihm aus, sie musste

seine riesige Erektion in sich aufnehmen. Mit Leichtigkeit widerstand er ihr und machte etwas Sündiges mit seinen Fängen. Als sie wieder kam, sah er ihrem Orgasmus zu, die stahlblauen Augen blickten zwischen ihren Beinen auf, so hell, dass sie Schatten warfen. Nachdem es vorbei war, sprach sie seinen Namen wie eine heisere Frage aus.

In einer einzigen fließenden Bewegung stand er auf und rückte von ihr ab. Als er sich wieder umdrehte, zischte sie überrascht.

Ein überwältigendes, vielfarbiges Tattoo bedeckte seinen gesamten Rücken. Ein Drache, eine furchterregende Kreatur mit klauenbewehrten Gliedmaßen und einem sich windenden, machtvollen Körper. Von ihrer Ruhestätte aus starrte die Bestie sie an, als könnte sie tatsächlich mit den weißen Augen sehen. Und während Rhage unruhig im Raum auf und ab schritt, bewegte sich das Wesen mit dem Auf und Ab seiner Muskeln und seiner Haut, schlängelte sich, krümmte sich.

Als ob es sich von ihm lösen wollte, dachte sie.

Sie spürte eine Brise und wickelte sich die Decke um den Körper. Als sie wieder aufsah, stand Rhage am anderen Ende des Raums.

Und immer noch starrte die Tätowierung sie an.

23

Rhage tigerte im Wohnzimmer umher und versuchte, das lodernde Feuer in seinem Inneren abzukühlen. Es war schon schwer genug gewesen, seinen Körper unter Kontrolle zu halten, bevor er seinen Mund auf sie gelegt hatte. Nun da seine Zunge ihren Geschmack kannte, stand er von Kopf bis Fuß in Flammen, das Knistern breitete sich auf jeden einzelnen Muskel aus. Seine Haut prickelte so heftig, dass er sich am liebsten mit Schmirgelpapier abgerieben hätte.

Als er sich die Arme abrubbelte, zitterten seine Hände völlig unkontrolliert.

Lieber Himmel, er musste weg von diesem Duft. Von ihrem Anblick. Von dem Wissen, dass er sie jetzt sofort nehmen könnte, weil sie es ihm gestatten würde.

»Mary, ich muss jetzt ein bisschen allein sein.« Er blinzelte in Richtung der Badezimmertür. »Ich gehe da rein. Wenn jemand zum Haus kommt, oder du irgendetwas Ungewöhnliches hörst, musst du mich sofort holen. Ich brauche nicht lange.«

Er sah sie nicht an, als er die Tür hinter sich schloss.

Im Spiegel über dem Waschbecken sah er seine Pupillen weiß in der Dunkelheit leuchten.

Bitte, lieber Gott, er durfte sich jetzt nicht verwandeln. Wenn die Bestie sich befreite …

Vor Angst um Marys Sicherheit bekam er Herzrasen, was die Lage nur noch verschlimmerte.

Scheiße. Was sollte er nur tun? Und warum passierte das? Warum – *Schluss jetzt. Hör einfach auf zu denken. Schluss mit der Panik. Schalt erst mal dein inneres Getriebe zurück in den Leerlauf. Dann kannst du dir so viele Sorgen machen, wie du willst.*

Er klappte den Toilettendeckel herunter und setzte sich, die Hände auf die Knie gestützt. Er zwang seine Muskeln, sich zu lockern, dann konzentrierte er sich auf seine Lungen. Atmete durch die Nase ein und durch den Mund aus, ganz ruhig, ganz langsam.

Einatmen, ausatmen. Einatmen, ausatmen.

Die Welt zog sich zurück, bis alle Geräusche und Gerüche aus seinem Bewusstsein verschwanden, und es nur noch seinen Atem gab.

Nur seinen Atem.

Nur seinen Atem.

Nur seinen …

Als er sich beruhigt hatte, öffnete er die Augen wieder und hob die Hände. Das Zittern war weg. Und ein rascher Blick in den Spiegel zeigte ihm, dass seine Pupillen wieder schwarz waren. Er legte die Hände auf das Waschbecken und ließ sich darauf fallen.

Seit ihn der Fluch getroffen hatte, war Sex immer ein verlässliches Werkzeug im Umgang mit der Bestie gewesen. Wenn er eine Frau nahm, stimulierte ihn das genug, um sich die nötige Erleichterung zu verschaffen, doch die Erregung steigerte sich niemals so weit, dass die Bestie hervorbrechen konnte. Bei Weitem nicht.

Bei Mary aber lag die Sache vollkommen anders. Er glaubte nicht, dass er sich so weit in der Gewalt hatte, um in sie einzudringen, geschweige denn, es bis zum Orgasmus zu schaffen. Dieses verdammte Vibrieren, das sie in ihm hervorrief, katapultierte seinen Sexualtrieb auf direktem Weg ins Land der Gefahr.

Er holte tief Luft. Die einzig gute Nachricht war, dass er sich offenbar schnell wieder in den Griff bekam. Wenn er nur räumlichen Abstand zwischen sie beide brachte, wenn er sein Nervenkostüm zur Ordnung rief, gelang es ihm rasch, seine Empfindungen wieder auf eine überschaubare Intensität zurückzuschrauben. *Gott sei Dank.*

Rhage ging auf die Toilette, dann wusch er sich das Gesicht und trocknete sich ab. Bevor er die Tür wieder öffnete, wappnete er sich innerlich. Er hatte das dumpfe Gefühl, dass das Vibrieren zurückkehren würde, wenn er Mary wieder sah.

Genau so war es auch.

Sie saß auf der Couch, in eine beige Stoffhose und einen Pulli gekleidet. Das Kerzenlicht betonte ihren ängstlichen Gesichtsausdruck.

»Hey«, sagte er.

»Alles in Ordnung bei dir?«

»Ja.« Er rieb sich den Kiefer. »Tut mir wirklich leid. Manchmal brauche ich einen Moment für mich.«

Ihre Augen weiteten sich.

»Was ist denn?«, fragte er.

»Es ist kurz vor sechs. Du warst fast acht Stunden da drin.«

Rhage fluchte. Von wegen *sich schnell wieder im Griff haben.* »Mir war nicht klar, dass ich so lange weg war.«

»Ich habe ein paar Mal nach dir gesehen, weil ich mir Sorgen gemacht habe ... Jedenfalls hat jemand für dich angerufen. Ein Roth oder so.«

»Wrath?«

»So hieß er. Dein Handy hat ewig geklingelt, deswegen bin ich irgendwann drangegangen.« Sie sah auf ihre Hände. »Bist du sicher, dass alles in Ordnung ist?«

»Jetzt schon.« Sie holte tief Luft und stieß sie geräuschvoll wieder aus. Das Ausatmen half nicht dabei, die Anspannung in ihren Schultern zu lockern.

»Mary, ich ...« Verflucht, was konnte er ihr schon sagen, das die Sache nicht noch schwieriger für sie machen würde?

»Ist schon okay. Was auch immer passiert ist, es ist okay.«

Er kam zum Sofa und setzte sich neben sie.

»Hör mal, Mary, ich möchte, dass du mich heute Abend zu einem sicheren Ort begleitest. Die *Lesser*, diese Wesen, die du im Park gesehen hast, machen vermutlich Jagd auf dich, und hier werden sie zuallererst suchen. Sie haben dich im Visier, weil du mit mir zusammen warst.«

»Wohin sollen wir denn gehen?«

»Ich will, dass du bei mir bleibst.« Vorausgesetzt, Wrath würde sie zur Tür hereinlassen. »Es ist viel zu gefährlich für dich hierzubleiben, und wenn die Jäger nach dir suchen, dann werden sie es bald tun. Vermutlich schon heute Nacht. Komm für ein paar Tage mit zu mir, bis wir überlegt haben, was wir tun.«

Eine langfristigere Lösung überstieg im Augenblick seinen Horizont, aber er würde schon eine finden. Er hatte jetzt die Verantwortung für sie, weil sie durch ihn mit seiner Welt in Berührung gekommen war. Und er würde sie nicht schutzlos zurücklassen.

»Vertrau mir bitte. Nur für ein paar Tage.«

Während Mary eine Tasche packte, zweifelte sie ernsthaft an ihrem Verstand. *Ich muss vollkommen verrückt sein. Mich weiß der Geier wohin bringen zu lassen. Von einem Vampir.*

Doch es ließ sich nicht leugnen, dass sie Vertrauen zu Rhage hatte. Er war zu ehrlich, um zu lügen, und zu klug, um die Bedrohung zu unterschätzen. Außerdem hatte sie den ersten Arzttermin erst am Mittwochnachmittag. Und sie hatte die ganze Woche frei, und von der Hotline hatte man sie auch bis auf Weiteres beurlaubt. Sie würde also nichts verpassen, wenn sie für ein paar Tage verschwand.

Als sie wieder ins Wohnzimmer kam, drehte Rhage sich zu ihr um und schwang sich den Seesack über die Schulter. Unter seiner schwarzen Anzugjacke entdeckte sie einige neue Wölbungen.

»Bist du bewaffnet?«

Er nickte.

»Womit?« Als er sie einfach nur wortlos ansah, schüttelte Mary den Kopf. »Du hast recht. Wahrscheinlich ist es besser, wenn ich es nicht weiß. Machen wir uns auf den Weg.«

Sie fuhren schweigend über die Route 22 bis in den Speckgürtel zwischen Caldwells ländlichen Ausläufern und der nächsten größeren Stadt. Es war ein hügeliges, weithin unbewohntes Waldgebiet, in dem nur gelegentlich ein halb vergammelter Wohnwagen am Straßenrand stand. Es gab keine Straßenlaternen, nur wenige Autos, dafür aber viele Rehe.

Nach etwa zwanzig Minuten bog Rhage in eine schmale Landstraße ab, die sachte bergauf führte. Im Scheinwerferlicht versuchte sie erfolglos zu erkennen, wo sie waren. Seltsamerweise schien es keinerlei charakteristische Merkmale im Wald oder auf der Straße zu geben. Die Landschaft hatte etwas Verschwommenes, wie eine Art Pufferzone, die sie sich nicht erklären und auch nicht durchdringen konnte, egal wie oft sie blinzelte.

Aus dem Nichts tauchte urplötzlich ein schwarzes Eisentor auf.

Mary schrak in ihrem Sitz zusammen, doch Rhage drückte

nur auf einen Knopf, und das schwere Tor öffnete sich genau so weit, dass sie hindurchfahren konnten. Sofort standen sie vor einem weiteren Tor. Er ließ das Fenster hinunter und tippte einen Code in eine Gegensprechanlage. Eine angenehme Stimme hieß ihn willkommen, und er hob den Kopf und nickte einer Überwachungskamera zu.

Das zweite Tor ging auf, und Rhage beschleunigte auf einer langen, ansteigenden Auffahrt. Als sie um eine Kurve bogen, materialisierte sich eine sechs Meter hohe Steinmauer auf dieselbe beinahe magische Weise wie zuvor die Tore. Sie fuhren unter einem Torbogen hindurch und passierten noch ein weiteres Hindernis, bis sie endlich in einen Hof gelangten, in dessen Mitte ein Springbrunnen stand.

Zur Rechten befand sich ein vierstöckiges Herrenhaus aus grauem Stein, von der Art, wie man sie üblicherweise in Horrorfilmen sieht: düster, unheimlich, bedrückend, von mehr Schatten erfüllt, als die Nerven eines normalen Menschen ertragen können. Gegenüber stand ein kleines einstöckiges Haus mit demselben Wes-Craven-Ambiente.

Sechs Autos, alles teure Marken, standen ordentlich aufgereiht davor. Rhage steuerte seinen GTO in eine Lücke zwischen einem Escalade und einem Mercedes.

Mary stieg aus und reckte den Hals. Sie hatte das Gefühl, aus dem Herrenhaus heraus beobachtet zu werden, und so war es auch. Vom Dach starrte alte Gargoyles und neue Überwachungskameras auf sie herab.

Rhage kam um den Wagen herum, ihre Reisetasche in der Hand. Seine Lippen waren zusammengepresst, der Blick durchdringend.

»Ich werde mich um dich kümmern. Das weißt du doch, oder?« Als sie nickte, lächelte er leicht. »Alles wird gut, aber ich möchte, dass du in meiner Nähe bleibst. Ich will nicht, dass wir getrennt werden. Ist das klar? Du bleibst bei mir, egal, was passiert.«

Beschwichtigung, gekoppelt mit einem Befehl, dachte sie. *Das fängt ja gut an.*

Sie traten auf eine verwitterte Flügeltür aus Bronze zu, und Rhage öffnete einen Seitenflügel. Sobald sie in eine fensterlose Vorhalle getreten waren, schloss sich das schwere Tor hinter ihnen mit einem Donnern, das den Boden erzittern ließ. Unmittelbar vor ihnen befand sich eine weitere massive Tür, diesmal aus Holz und mit geschnitzten Symbolen verziert. Wieder tippte Rhage einen Code ein, woraufhin ein Schloss zurückschnappte. Er nahm sie fest am Arm und zog sie durch die zweite Tür in eine Halle.

Mary stockte der Atem. Wie … märchenhaft.

Die Eingangshalle war ein Feuerwerk aus Farben, so unerwartet wie ein blühender Garten in einer Höhle. Grüne Malachitsäulen erhoben sich abwechselnd mit Pfeilern aus weinrotem Marmor von einem farbenfrohen Mosaikfußboden. Die Wände waren hellgelb gestrichen und mit goldgerahmten Spiegeln und Kristallwandleuchtern dekoriert. Die drei Stockwerke darüber liegende Decke war mit einem Meisterwerk der Malerei und Blattgoldverzierung geschmückt und stellte Helden, Pferde und Engel dar. Direkt gegenüber der Eingangstür, inmitten all dieser Pracht, erhob sich eine Freitreppe, die auf eine Galerie im ersten Stock führte.

Es war so schön wie ein russisches Zarenschloss … doch die Geräuschkulisse war nicht ganz so formell und elegant. Aus einem Zimmer auf der linken Seite wummerte harter Rap, und tiefe männliche Stimmen drangen heraus. Billardkugeln knallten gegeneinander. Jemand brüllte: »Gib Gas, Bulle.«

Ein Football segelte in die Eingangshalle, und ein muskulöser Mann jagte dem Ball hinterher. Er sprang hoch und hatte schon die Hände am Ball, als ein noch größerer Kerl mit einer Löwenmähne ihn rammte. Die beiden gingen in einem Gewirr aus Armen und Beinen zu Boden und schlitterten ungebremst gegen eine Wand.

»Ich hab dich, Bulle.«

»Aber du hast denn Ball noch nicht, Vampir.«

Schnauben, Gelächter und saftige Fluche erhoben sich zur prunkvollen Decke, während die Männer um den Football rangen, sich gegenseitig schubsten und zu Boden drückten. Zwei weitere riesige Burschen in schwarzem Leder kamen angelaufen, um sich die Balgerei anzusehen. Und dann kam ein kleiner alter, distinguiert wirkender Mann im Frack von rechts, einen frischen Blumenstrauß in einer Kristallvase vor sich hertragend. Der Butler lief mit nachsichtigem Lächeln um den Ringkampf herum.

Plötzlich trat totale Stille ein, als alle gleichzeitig die Neuankömmlinge bemerkten.

Rhage schob sie hinter sich.

»Verflucht noch mal«, sagte jemand.

Einer der Männer kam auf Rhage zu, bedrohlich wie ein Panzer. Sein dunkles Haar war militärisch kurz geschnitten, und Mary hatte das merkwürdige Gefühl, ihn schon einmal gesehen zu haben.

»Was *zum Teufel* machst du da?«

Rhage stellte sich breitbeinig hin, ließ Marys Reisetasche fallen und brachte seine Hände auf Brusthöhe. »Wo ist Wrath?«

»Ich habe dich was gefragt«, bellte der andere. »Was denkst du dir dabei, sie hierher zu bringen?«

»Ich brauche Wrath.«

»Habe ich dir nicht gesagt, du sollst sie loswerden? Oder erwartest du etwa, dass einer von uns das erledigt?«

Rhage baute sich Nase an Nase vor dem Kerl auf. »Vorsichtig, Tohr. Zwing mich nicht, dir wehzutun.«

Mary blickte sich um. Die Tür zur Vorhalle stand immer noch offen. Vielleicht wäre es besser, im Auto zu warten, bis Rhage das hier geregelt hatte? Egal, was er ihr befohlen hatte.

Während sie sich vorsichtig rückwärts gehend entfernte, behielt sie die beiden Streitenden im Auge. Bis sie gegen etwas Hartes stieß.

Sie wirbelte herum, sah hoch und bekam keinen Ton heraus.

Was ihr den Fluchtweg versperrte, hatte ein vernarbtes Gesicht, schwarze Augen und die Aura eiskalter Wut.

Bevor sie noch weglaufen konnte, nahm er ihren Arm und riss sie in einem Satz von der Tür weg.

»Denk nicht mal an Flucht.« Er entblößte lange Fänge und begutachtete ihren Körper. »Komisch, du bist gar nicht sein Typ. Aber du bist am Leben und machst dir in die Hosen vor Angst. Also bist du gut genug für mich.«

Mary schrie auf.

Alle Köpfe im Raum wandten sich um. Rhage machte einen Satz zu ihr, zog sie weg und presste sie dicht an sich. Er sagte in scharfem Tonfall etwas in der Sprache, die sie nicht verstand.

Der Narbige verengte die Augen. »Immer locker bleiben, Hollywood. Ich hab nur dafür gesorgt, dass dein kleines Spielzeug nicht wegläuft. Willst du sie teilen, oder bist du so selbstsüchtig wie üblich?«

Rhage stand ganz offensichtlich kurz davor, auszurasten, als eine Frauenstimme ertönte.

»Du meine Güte, Jungs! Ihr macht ihr Angst.«

Mary blickte um Rhages Brust herum und sah eine Frau die Treppe hinunterkommen. Sie sah völlig normal aus: langes schwarzes Haar, Jeans, weißer Rolli. Eine schwarze Katze schnurrte auf ihrem Arm wie eine Nähmaschine. Als sie durch die Gruppe von Männern marschierte, machten ihr alle Platz.

»Rhage, wir sind froh, dass du unversehrt nach Hause gekommen bist. Und Wrath ist in einer Minute unten.« Sie deutete auf den Raum, aus dem die Männer gekommen waren. »Und die anderen verziehen sich wieder da rein. Hopp, hopp. Wenn ihr euch abreagieren müsst, tut das beim Billard. In einer halben Stunde gibt es Essen. Butch, nimm den Football mit.«

Sie scheuchte sie aus der Halle, und sie fügten sich wie halbwüchsige Jungs. Der Einzige, der blieb, war der Mann mit dem militärischen Haarschnitt.

Er war jetzt ruhiger, als er Rhage ansah. »Das wird Folgen haben, mein Bruder.«

Rhages Gesichtsausdruck verhärtete sich, und sie wechselten in die geheime Sprache.

Die schwarzhaarige Frau kam auf Mary zu, ohne das Streicheln der Katze zu unterbrechen. »Mach dir keine Sorgen, alles wird gut. Ich bin übrigens Beth. Und das ist Boo.«

Mary holte tief Luft und fasste instinktiv Vertrauen zu diesem einsamen weiblichen Vorposten in einem Dschungel aus Testosteron.

»Mary. Mary Luce.«

Beth bot ihr die Hand, mit der sie die Katze gestreichelt hatte, und lächelte.

Noch mehr Fänge.

Der Boden unter Marys Füßen schwankte.

»Ich glaube, sie kippt um«, rief Beth und streckte die Hand aus. »Rhage!«

Starke Arme legten sich um ihre Hüfte, als ihre Knie nachgaben.

Das Letzte, was sie hörte, bevor sie in Ohnmacht fiel, war Rhages Stimme: »Ich bringe sie in mein Zimmer.«

Als Rhage Mary auf sein Bett legte, ließ er ein gedämpftes Licht angehen. O Gott, was hatte er nur getan? Er hätte sie niemals auf das Anwesen bringen dürfen.

Als sie sich regte und die Augen aufschlug, sagte er: »Hier bist du in Sicherheit.«

»Ja, klar.«

»Ich mache es sicher für dich, wie wäre das?«

»Jetzt glaube ich dir.« Sie lächelte schwach. »Sorry, dass ich umgekippt bin. Ich falle normalerweise nicht so leicht in Ohnmacht.«

»Das ist nur zu verständlich. Pass mal auf, ich muss jetzt mit meinen Brüdern sprechen. Siehst du dieses Stahlschloss an der Tür? Ich bin der Einzige, der einen Schlüssel dazu hat. Dir kann hier also nichts passieren.«

»Diese Kerle waren nicht gerade begeistert, mich zu sehen.«

»Das ist ihr Problem.« Er strich ihr das Haar zurück und klemmte es ihr hinter die Ohren. Er wollte sie küssen, doch dann besann er sich und stand stattdessen auf.

Sie sah aus, als gehöre sie in sein Bett, eingekuschelt in den Kissenberg, den er immer unbedingt zum Schlafen brauchte. Er wollte sie hier haben, morgen und übermorgen und … *Das war kein Fehler,* dachte er. Sie gehörte genau hierher.

»Rhage, warum tust du das alles für mich? Ich meine, du schuldest mir ja eigentlich gar nichts, und du kennst mich kaum.«

Weil du zu mir gehörst, dachte er.

Diese kleine Weisheit behielt er allerdings für sich, beugte sich herunter und strich ihr mit dem Zeigefinger über die Wange. »Es wird nicht lange dauern.«

»Rhage –«

»Lass mich einfach für dich sorgen. Und mach dir um nichts Gedanken.«

Er verschloss die Tür hinter sich und ging den Flur hinunter. Die Brüder warteten schon oben an der Treppe, Wrath an der Spitze. Der König wirkte grimmig, die Augen hinter einer Sonnenbrille verborgen.

»Wo soll das stattfinden?«, fragte Rhage.

»In meinem Arbeitszimmer.«

Als alle nacheinander in den Raum geschritten waren, ging Wrath zu seinem Schreibtisch und setzte sich dahinter. Tohr folgte ihm und stellte sich rechts hinter ihn. Phury und Z lehnten sich an eine mit Seide bezogene Wand, Vishous saß auf einem der Ohrensessel neben dem Kamin und zündete sich eine Selbstgedrehte an.

Wrath schüttelte den Kopf. »Rhage, Mann, wir haben hier ein ernsthaftes Problem. Du hast einen direkten Befehl missachtet. Zweimal. Und dann schleppst du diese Frau in unser Haus, obwohl du weißt, dass das verboten ist –«

»Sie ist in Gefahr –«

Wrath donnerte die Faust auf den Tisch, sodass das ganze Möbel einen Satz machte. »Du solltest mich jetzt *wirklich* nicht unterbrechen.«

Rhage mahlte angestrengt mit den Zähnen. Er musste sich zwingen, die Worte des Respekts zu äußern, die ihm normalerweise bereitwillig über die Lippen kamen. »Ich wollte dich nicht beleidigen, Herr.«

»Wie ich schon sagte, du hast Tohr den Gehorsam verweigert und die Sache noch weiter verschlimmert, indem du mit einem Menschen hier aufgetaucht bist. Was zum Teufel denkst du dir dabei? Ich meine, Scheiße, du bist doch kein Idiot. Auch wenn du dich gerade so benimmst. Sie kommt aus der anderen Welt, also stellte sie eine echte Gefahr für unsere Tarnung dar. Und du musst doch wissen, dass ihre Erinnerungen inzwischen im Langzeitgedächtnis sind. Sie ist jetzt gefährdet.«

Rhage spürte ein Knurren in seiner Brust aufsteigen und konnte es einfach nicht herunterschlucken. Das Geräusch durchdrang den ganzen Raum. »Sie wird nicht getötet werden.«

»Genau das meine ich, das liegt nicht in deiner Hand. Du

hast es zu meiner Angelegenheit gemacht, als du sie auf unseren Grund und Boden gebracht hast.«

Rhage fletschte die Fänge. »Dann gehe ich eben. Und zwar mit ihr.«

Wraths Augenbrauen erschienen über der Sonnenbrille. »Das ist jetzt nicht der Zeitpunkt für Drohungen, Bruder.«

»Drohungen? Ich meine es verdammt ernst!« Er beruhigte sich etwas, indem er sich das Gesicht rieb und versuchte, gleichmäßig zu atmen. »Vergangene Nacht wurden wir von einem Haufen *Lesser* angegriffen. Sie wurde verschleppt, und ich habe mindestens einen der Kerle leben lassen, als ich sie gerettet habe. Dabei hat sie ihre Handtasche verloren, und die übrigen *Lesser* haben sich das Ding mit Sicherheit geschnappt, das wisst ihr so gut wie ich. Selbst wenn ich jetzt ihre Erinnerung lösche, ihr Haus ist nicht mehr sicher, und ich werde nicht zulassen, dass die Gesellschaft sie in die Finger bekommt. Wenn wir nicht gemeinsam hierbleiben können, und ich sie nur beschützen kann, indem wir zusammen verschwinden, dann werde ich genau das tun.«

Wrath runzelte die Stirn. »Ist dir klar, dass du einer Frau den Vorzug vor der Bruderschaft gibst?«

Rhage stieß hörbar die Luft aus. *Scheiße.* Er hatte nicht erwartet, dass die Situation sich derart verschärfen würde. Aber so war es wohl.

Nicht in der Lage, weiter stillzustehen, ging er zu einem der Fenster, die vom Boden bis zur Decke reichten. Er sah hinaus auf die Terrassengärten, den Swimmingpool, die hügeligen Rasenflächen. Doch er bewunderte nicht die gepflegten Anlagen. Was er wahrnahm, war der Schutz, den das Anwesen bot.

Flutlicht erleuchtete den Ausblick. Kameras in den Bäumen zeichneten jeden Sekundenbruchteil auf. Bewegungsmelder überwachten jedes bunte Blatt, das zu Boden segelte.

Und sollte jemand versuchen, die Mauer zu übersteigen, würde er von 220 Volt freundlich begrüßt. Und tschüss.

Das war die sicherste Umgebung für Mary. Besser ging es nicht.

»Sie ist nicht nur einfach irgendeine Frau für mich«, murmelte er. »Ich würde sie zur *Shellan* nehmen, wenn ich könnte.«

Jemand fluchte, während einige andere sich vernehmlich räusperten.

»Du kennst sie noch nicht mal«, ließ sich Tohr vernehmen. »Und sie ist ein *Mensch.*«

»Na und?«

Wraths Stimme war leise und eindringlich. »Rhage, Mann, zieh dich nicht wegen dieser Sache aus der Bruderschaft zurück. Wir brauchen dich. Deine Leute brauchen dich.«

»Dann sieht es wohl so aus, als dürfte sie bleiben, oder?« Als Wrath einen düsteren Fluch murmelte, wandte sich Rhage direkt an ihn. »Wenn Beth in Gefahr wäre, würdest du dann zulassen, dass sich dir irgendetwas in den Weg stellt? Und wenn es die Bruderschaft wäre?«

Wrath stand auf und kam mit festen Schritten um den Schreibtisch herum. Er blieb stehen, als ihre Brustkörbe sich fast berührten.

»Meine Beth hat nichts mit deinen Entscheidungen und der Situation zu tun, in die du uns alle gebrachst hast. Der Kontakt zu Menschen muss begrenzt bleiben und darf ausschließlich auf ihrem Territorium stattfinden, das weißt du genau. Und niemand lebt in diesem Haus, außer den Brüdern und ihren *Shellans,* so sie denn eine haben.«

»Was ist mit Butch?«

»Er ist die einzige Ausnahme. Und ihm ist das nur gestattet, weil V von ihm träumt.«

»Aber Mary wird nicht für immer hier im Haus bleiben.«

»Wie kommst du darauf? Glaubst du etwa, die Gesellschaft wird aufgeben? Glaubst du, die Menschheit wird von einem Tag auf den anderen toleranter? Komm zu dir.«

Rhage senkte die Stimme, aber nicht seinen Blick. »Sie ist krank, Wrath. Sie hat Krebs. Ich will mich um sie kümmern, und nicht nur wegen dieses *Lesser*-Albtraums.«

Ein langes Schweigen entstand.

»Scheiße, du hast dich an sie gebunden.« Wrath fuhr sich mit der Hand durch das lange Haar. »Um Himmels willen ... du hast sie doch gerade erst kennengelernt, mein Bruder.«

»Und wie lange hast du noch mal gebraucht, um Beth zu kennzeichnen? Vierundzwanzig Stunden? Nein, stimmt ja, du hast zwei Tage gewartet. Gut Ding will Weile haben.«

Wrath stieß ein kurzes Lachen aus. »Du kannst es nicht lassen, was? Du musst immer meine *Shellan* ins Spiel bringen.«

»Sieh doch, mein Herr, Mary ist für mich ... anders. Ich will gar nicht so tun, als würde ich das alles begreifen. Ich weiß nur, dass sie ein Pochen in meiner Brust ist, das ich nicht überhören kann ... das ich auch gar nicht überhören *will.* Und deshalb kommt es einfach nicht infrage, sie auf Gedeih und Verderb der Gesellschaft auszuliefern. Bei ihr springt sofort jeder Beschützerinstinkt in mir an, und ich kann das nicht unterdrücken. Nicht mal für die Bruderschaft.«

Rhage verstummte, und es vergingen einige Minuten. Oder auch nur ein paar Herzschläge.

»Wenn ich ihr gestatte, zu bleiben«, begann Wrath. »Dann nur, weil du sie als deine Partnerin betrachtest, und nur, wenn sie ihre Klappe halten kann. Und dann müssen wir uns trotzdem noch damit befassen, dass du Tohrs Befehle missachtet hast. Das kann ich nicht durchgehen lassen. Ich muss es der Jungfrau der Schrift mitteilen.«

Vor Erleichterung sackte Rhage in sich zusammen. »Ich bin bereit, jegliche Konsequenzen zu tragen.«

»So sei es.« Wrath ging zurück zum Schreibtisch und setzte sich. »Wir müssen noch über einige andere Dinge sprechen, meine Brüder. Tohr, du bist dran.«

Tohrment trat vor.

»Es gibt schlechte Neuigkeiten. Eine Familie hat sich bei uns gemeldet. Ein männlicher Vampir, zehn Jahre nach seiner Transition, verschwand vergangene Nacht in der Innenstadt. Ich hab sofort die ganze Gemeinde per E-Mail informiert, dass besondere Vorsicht geboten ist, wenn jemand das Haus verlässt. Und dass uns jeder Vermisste umgehend zu melden ist. Außerdem habe ich mich mit Butch unterhalten. Der Bulle ist alles andere als blöd. Hat jemand was dagegen, wenn ich ihn ein bisschen in unsere Angelegenheiten einweihe?« Als einige Köpfe geschüttelte wurden, wandte sich Tohr an Rhage. »Und jetzt erzähl uns mal, was gestern Abend im Park passiert ist.«

Als Rhage gegangen war und sie glaubte, sich einigermaßen auf den Beinen halten zu können, rutschte Mary vom Bett und überprüfte die Tür. Sie war fest verschlossen, also fühlte sie sich einigermaßen sicher. Als sie links von der Tür einen Lichtschalter erkannte, drückte sie darauf, und das Zimmer wurde hell erleuchtet.

Heilige Mutter Gottes.

Seidene, üppige Vorhänge in Rot und Gold waren vor die Fenster gezogen. Satin und Samt schmückten ein riesiges, antikes Bett aus der Zeit Jakobs I., dessen Pfosten aus ganzen Eichenstämmen bestehen mussten. Auf dem Boden lag ein Aubusson-Teppich, an den Wänden hingen Ölgemälde-

Du lieber Himmel, war diese *Madonna mit Kind* etwa ein echter Rubens?

Doch nicht alle Teile der Einrichtung stammte von

Sotheby's. Es gab einen Plasmafernseher, eine Stereoanlage, mit der man ein ganzes Fußballstadium hätte beschallen können, und einen Computer, auf den die NASA neidisch gewesen wäre. Und auf dem Fußboden befand sich eine Xbox.

Sie wanderte zu den Bücherregalen, wo ledergebundene Werke in unterschiedlichen Sprachen nebeneinanderstanden. Anerkennend überflog sie die Titel, bis sie auf eine DVD-Sammlung stieß.

Lieber Himmel.

Die Bonusausgabe der kompletten Austin-Powers-Reihe. *Alien* und *Aliens – Die Rückkehr. Der weiße Hai.* Alle drei Folgen der *Nackten Kanone. Godzilla. Mecha-Godzilla. Godzilla versus Megaguirus. Godzilla* ... Moment mal, das ganze restliche Regal war *Godzilla.* Sie ging eins tiefer. *Freitag der Dreizehnte, Halloween, Nightmare on Elm Street.* Wenigstens hatte er nicht alle Teile der Freddy-Kruger-Saga. *Caddyshack – Wahnsinn ohne Handicap.* Und *Tanz der Teufel* mit allen Sequels.

Ein Wunder, dass Rhage bei all diesen wunderbaren Blüten der Popkultur nicht blind geworden war.

Mary ging ins Badzimmer und machte das Licht an. Ein Whirlpool in der Größe eines Wohnzimmers war in den Marmorfußboden eingelassen.

Na, das ist ja mal was wirklich Schönes, dachte sie.

Sie hörte die Tür aufgehen und war erleichtert, als Rhage ihren Namen rief.

»Ich bin hier drin und sehe mir deine Wanne an.« Sie ging zurück ins Schlafzimmer. »Was ist passiert?«

»Alles im Lot.«

Bist du dir da ganz sicher?, wollte sie fragen. Denn er wirkte angespannt und abwesend, als er einen der begehbaren Kleiderschränke betrat.

»Keine Sorge, du kannst hierbleiben.«

»Aber ...«

»Kein aber.«

»Rhage, was ist denn los?«

»Ich muss heute Nacht mit meinen Brüdern losziehen.« Er kam ohne seine Anzugjacke auf sie zu und führte sie zum Bett. Dann setzte er sich aufs Bett und zog sie zu sich herunter. »Die *Doggen,* unsere Bediensteten, wissen, dass du hier bist. Sie sind unglaublich loyal und freundlich, also kein Grund zur Beunruhigung. Fritz ist der, der hier den Haushalt schmeißt. Er wird dir etwas zu essen bringen. Wenn du irgendwas brauchst, frag ihn einfach. Ich bin im Morgengrauen zurück.«

»Werde ich hier so lange eingesperrt bleiben?«

Er schüttelte den Kopf und stand auf.

»Du kannst dich im Haus frei bewegen. Niemand wird dir etwas tun.« Er nahm ein Stück Papier aus einer Lederschachtel und notierte etwas darauf. »Hier ist meine Handynummer. Ruf mich an, wenn du mich brauchst, ich kann sofort hier sein.«

»Hast du hier irgendwo einen Transporter versteckt?«

Rhage sah sie an und verschwand.

Nicht im Sinne von *richtig schnell aus dem Zimmer verschwinden.* Sondern *puff!* Weg.

Mary sprang vom Bett auf, die Hand vor den Mund gehalten, um einen Schrei zu unterdrücken.

Von hinten spürte sie Rhages Arme um sich. »Sofort.«

Sie umfasste seine Handgelenke und quetschte sie bis auf die Knochen, um sicherzugehen, dass sie nicht halluzinierte.

»Das ist ja mal ein irrer Trick.« Ihre Stimme klang dünn. »Was kannst du denn noch so aus dem Hut zaubern?«

»Ich kann Dinge an- und abstellen.« Der Raum wurde stockdunkel. »Ich kann Kerzen anzünden.« Zwei Kerzenflammen flackerten auf seiner Kommode auf. »Und ich bin ganz geschickt mit Schlössern und solchen Dingen.«

Sie hörte den Riegel an der Tür klicken, dann ging die Schranktür auf und wieder zu.

»Ach ja, und ich kann etwas ganz Tolles mit meiner Zunge und einem Kirschstängel.«

Er hauchte ihr einen Kuss seitlich auf den Hals und ging ins Badezimmer. Die Tür schloss sich, und nach kurzer Zeit hörte sie die Dusche laufen.

Regungslos blieb Mary stehen, ihr Verstand hüpfte wie die Nadel eines Plattenspielers. Mit einem Seitenblick auf die DVD-Sammlung befand sie, dass Realitätsflucht durchaus etwas für sich hatte. Vor allem, wenn ein Mensch zu viel Seltsames erlebt hatte, zu viele neue Wahrheiten erfahren, zu viel … von allem.

Als Rhage kurze Zeit später rasiert, nach Seife duftend und mit einem Handtuch um die Hüften aus dem Bad kam, hatte sie es sich auf dem Bett bequem gemacht und schaute *Austin Powers in Goldständer.*

»Hey, das ist ein Klassiker.« Er lächelte und schaute auf den Bildschirm.

Mary allerdings vergaß den Film, als sie seine breiten Schultern ansah, die Muskeln an den Armen, das eng an seinen Hintern geschmiegte Handtuch. Und das Tattoo. Diese sich windende, wilde Kreatur mit den weißen Augen.

»Zwillinge, Basil, Zwillinge«, sprach Rhage in perfektem Timing und Tonlage den Dialog mit.

Er zwinkerte ihr zu und ging in den Schrank.

Wider besseres Wissen folgte sie ihm und lehnte sich bemüht unbeteiligt an einen den Türpfosten. Rhage stand mit dem Rücken zu ihr und zog sich eine schwarze Lederhose an, ohne Unterhose. Die Tätowierung bewegte sich mit ihm, als er den Reißverschluss zuzog.

Ihrem Mund entschlüpfte ein leises Seufzen. *Was für ein Mann. Vampir. Was auch immer.*

Er blickte über die Schulter. »Alles in Ordnung?«

Um ehrlich zu sein, war ihr überall heiß.

»Mary?«

»Alles bestens.« Sie ließ die Augen sinken und interessierte sich plötzlich brennend für die Schuhsammlung auf dem Fußboden. »Ich werde mir einfach eine Überdosis von deinen DVDs reinziehen, bis ich in ein Kulturkoma falle.«

Als er sich bückte, um Socken anzuziehen, schnellte ihr Blick wieder auf seine Haut. All diese nackte, glatte, goldene –

»Was die Schlafsituation betrifft«, sagte er. »Ich hau mich nachher einfach auf den Boden.«

Aber ich will doch mit dir in diesem großen Bett liegen, dachte sie.

»Sei nicht albern, Rhage. Wir sind doch beide erwachsen. Und das Ding ist nun wirklich breit genug für eine halbe Fußballmannschaft.«

Er zögerte. »Also gut. Ich verspreche dir auch, nicht zu schnarchen.«

Und wie wär's, wenn du auch versprichst, deine Hände nicht bei dir zu behalten?

Er zog sich ein kurzärmeliges schwarzes Hemd an und versenkte die Füße in schwere Stiefel. Dann hielt er inne und betrachtete einen Metallschrank, der vom Boden bis zur Decke reichte und in die Seitenwand des Schranks eingelassen war.

»Mary, könntest du noch mal kurz rausgehen? Ich müsste mal einen Moment allein sein. Okay?«

Sie errötete und wandte sich ab. »Entschuldige. Ich wollte dir nicht zu nahe treten –«

Er nahm ihre Hand. »Das ist es nicht. Es könnte nur sein, dass dir nicht gefällt, was du jetzt siehst.«

Als könnte man sie nach dem heutigen Tag überhaupt noch etwas schocken.

»Mach nur«, murmelte sie. »Mach … was du willst.«

Rhage streichelte ihr über das Handgelenk, dann öffnete er den Metallschrank. Er nahm ein leeres schwarzes Lederhalfter heraus, legte es sich quer über die Schultern an und befestigte es unterhalb der Brust. Als Nächstes kam ein breiter Gürtel, wie ihn Polizisten trugen; aber genau wie das Halfter war er leer.

Er sah sie an. Und dann brachte er die Waffen zum Vorschein.

Zwei lange Dolche mit schwarzer Klinge, die er in das Halfter steckte. Eine glänzende Pistole, deren Munition er mit schnellen, sicheren Bewegungen überprüfte, bevor er sie an der Hüfte verankerte. Blitzende Wurfsterne und mattschwarze Ladestreifen, die er sich in den Gürtel steckte. Noch ein kleineres Messer, das er irgendwo versteckte.

Dann nahm er seinen schwarzen Ledertrenchcoat vom Bügel und schlüpfte hinein. Er klopfte sich auf die Taschen. Dann zog er eine weitere Handfeuerwaffe aus dem Schrank, überprüfte sie und verbarg sie zwischen den Falten des Leders. Noch ein paar Wurfsterne wanderten in die Manteltaschen. Und noch ein Dolch.

Als er sie wieder ansah, wich sie zurück.

»Mary, sieh mich nicht an wie einen Fremden. Unter all dem Zeug stecke immer noch ich.«

Sie blieb erst stehen, als sie ans Bett stieß. »Du bist aber ein Fremder.«

Sein Gesicht verfinsterte sich, und die Stimme wurde tonlos. »Ich bin vor Morgengrauen zurück.«

Ohne weiteres Zögern verließ er den Raum.

Mary wusste nicht, wie lange sie so dasaß und den Schrank ansah. Aber als sie endlich wieder zu sich kam, ging sie zum Tisch und schnappte sich das Telefon.

24

Der Benzingestank war ekelhaft, dachte O, während er den Toro-Dingo-Bagger in der Dunkelheit manövrierte.

»Gut so. Das reicht«, rief U.

O stellte den Motor ab und sah sich um. Er hatte eine 12 Quadratmeter große Schneise in den Wald geschlagen. Auf diesem Grundstück würden sie das Überzeugungszentrum samt ihren Arbeitsräumen bauen.

U trat auf die neu entstandene Lichtung und richtete das Wort an die versammelten *Lesser.* »Fangen wir mit den Außenwänden an. Ich möchte drei Seiten hochgezogen haben, und eine Seite bleibt offen.« Er machte eine ungeduldige Geste. »Hopp, hopp. Bewegt euch.«

Die Männer hoben die aus 2,5 Meter langen Kanthölzern gezimmerten Gerüste auf und trugen sie herum.

Das Geräusch eines sich nähernden Fahrzeugs ließ alle innehalten, obwohl das Fehlen von Scheinwerferlicht darauf hindeutete, dass es ein weiterer *Lesser* war. Die Mitglieder der Gesellschaft konnten in der Dunkelheit so gut sehen, dass sie mitten in der Nacht herumlaufen konnten wie am helllichten Tag; wer auch immer da am Steuer saß und geschickt den Bäumen auswich, hatte die gleichen scharfen Augen.

Als Mr X aus dem Minivan ausstieg, ging O zu ihm.

»Sensei.« Er verbeugte sich. Dieser Bastard liebte solche Respektsbezeugungen, das wusste er, und dem Typen auf den Geist zu gehen, machte irgendwie nicht mehr so viel Spaß wie früher.

»Mr O, es sieht aus, als würden Sie Fortschritte machen.«

»Kommen Sie, ich zeige Ihnen alles.«

Sie mussten brüllen, um sich bei dem Lärm zu verständigen, doch um die Ohren der Nachbarn brauchten sie sich keine Sorgen zu machen. Sie befanden sich mitten auf einem über 30 Hektar großen Stück Land etwa dreißig Minuten von Caldwells Innenstadt entfernt. Westlich des Grundstücks lag ein Sumpf, der als eines der Überschwemmungsgebiete des Hudson River diente. Im Norden und Osten lag das Big-Notch-Gebirge, ein Haufen Felsen in Staatsbesitz, der bei Kletterern wegen der dort heimischen Klapperschlangen nicht besonders beliebt war, und den Touristen generell nicht ansprechend fanden. Die einzig ungeschützte Seite lag im Süden, doch die Rednecks, die dort verstreut in ihren vergammelten Hütten lebten, wirkten nicht gerade wie begeisterte Wanderer.

»Das sieht gut aus«, meinte Mr X. »Und wo wollen Sie jetzt die Vorratseinheiten unterbringen?«

»Hier.« O zeigte auf das Stück Erde, auf dem er stand. »Morgen früh bekommen wir das Baumaterial. In einem Tag sollten wir alles so weit für unsere Gäste vorbereitet haben.«

»Das haben Sie ziemlich gut hinbekommen, mein Sohn.«

Verflucht noch mal. O hasste diesen *mein Sohn*-Mist. Wirklich.

»Danke, Sensei«, sagte er.

»Und jetzt bringen Sie mich zu meinem Auto.« Als sie etwas Abstand zu der Baustelle hatten, raunte Mr X: »Sagen Sie mal, haben Sie viel mit den Betas zu tun?«

O achtete darauf, ihren Blickkontakt nicht zu unterbrechen. »Eigentlich nicht.«

»Haben Sie in letzter Zeit welche von ihnen getroffen?«

Verdammt, worauf wollte der Haupt-*Lesser* hinaus? »Nein.«

»Nicht zufällig vergangene Nacht?«

»Nein, wie ich schon sagte, ich habe keinen Kontakt zu den Betas.« O runzelte die Stirn. Wenn er jetzt nachfragte, würde er defensiv wirken. Scheiß drauf. »Worum geht es?«

»Diese Betas, die wir vergangene Nacht im Park verloren haben, waren vielversprechend. Ich wäre untröstlich, wenn Sie Ihre eigene Konkurrenz abschlachten würden.«

»Ein Bruder –«

»Ganz recht, ein Mitglied der Bruderschaft griff sie an. Nur komisch, dass die Brüder immer darauf achten, ihren Opfern den Dolch in die Brust zu rammen, damit der Körper sich auflöst. Letzte Nacht aber wurden die Betas halbtot liegen gelassen. Und als die Unterstützungseskadron eintraf, waren sie so übel mitgenommen, dass sie nicht mehr auf Fragen antworten konnten. Daher weiß niemand, was wirklich passiert ist.«

»Ich war nicht in diesem Park, und das wissen Sie auch.«

»Weiß ich das?«

»Verflucht noch –«

»Passen Sie auf, was Sie sagen. Und passen Sie auf sich selbst auf.« Mr Xs helle Augen verengten sich zu Schlitzen. »Sie wissen, wen ich rufe, um ihr Würgehalsband enger zu ziehen. Und jetzt zurück an die Arbeit. Ich sehe Sie und die anderen von der Eskadron beim ersten Morgengrauen zum Appell.«

»Ich dachte, dafür hätten wir E-Mail«, presste O durch zusammengebissene Zähne.

»Für Sie und Ihr Team gilt ab sofort persönliches Erscheinen.«

Als der Minivan wegfuhr, starrte O in die Nacht und lauschte den Geräuschen der Bauarbeiten. Eigentlich müsste er vor Wut kochen. Stattdessen war er einfach nur … müde. Ihm war die Begeisterung für seinen Job abhandengekommen. Und er konnte sich noch nicht mal mehr über Mr Xs Schwachsinn aufregen.

Der Reiz der Rebellion war verschwunden.

Bella klappte die Ofentür auf, warf einen Blick auf das Abendessen und gab sich geschlagen.

Igitt.

Sie schnappte sich zwei Topflappen und zog den Hackbraten heraus. Das arme Ding hatte sich furchtsam vom Rand der Auflaufform zurückgezogen, war oben pechschwarz und hatte schon Risse von der Trockenheit, die jedem Savannenboden zur Ehre gereicht hätten. Völlig ungenießbar. Wenn überhaupt, war das noch als Baumaterial zu gebrauchen, aber bestimmt nicht als Nahrung. Noch ein paar Dutzend von der Sorte und ein bisschen Mörtel, dann könnte sie endlich die Mauer um die Terrasse hochziehen.

Als sie die Ofentür mit der Hüfte zustieß, hätte sie schwören können, dass der edle Profiherd sie wütend anfunkelte. Die Feindseligkeit beruhte auf Gegenseitigkeit. Ihr Bruder hatte das alte Bauernhaus für sie renoviert und von allem nur das Beste für sie ausgesucht, denn etwas anderes kam für Rehvenge einfach nicht infrage. Dass Bella die altmodische Küche und die quietschenden Dielen und die leichte Patina, die über allem lag, eigentlich mochte, hatte keine Rolle gespielt. Und um Himmels willen durfte sie kein Wort über die Sicherheitsvorkehrungen verlieren. Rehvenge hatte darauf bestanden, ihr neues Zuhause feuersicher, kugelsicher und uneinnehmbar wie eine Festung zu machen.

Hach, es ging doch nichts über einen despotischen Bruder mit einem ausgeprägten Kontrollfetischismus.

Sie war gerade auf dem Weg zur Terrassentür, um die kläglichen Überreste des Essens zu entsorgen, als das Telefon klingelte.

Hoffentlich war das nicht Rehvenge. »Hallo?«

Pause. »Bella?«

»Mary! Ich hab heute schon versucht, dich anzurufen. Warte mal kurz, ich muss schnell die Waschbären füttern.« Sie legte das Telefon auf den Tisch, rannte in den Garten, leerte die Auflaufform aus und kam zurück. Dann nahm sie den Hörer wieder auf. »Wie geht's dir?«

»Bella, du musst mir was sagen.« Ihre Stimme klang angestrengt.

»Aber klar doch, Mary. Was willst du denn wissen?«

»Bist du … auch eine von denen?«

Bella ließ sich auf einen Küchenstuhl sinken. »Du meinst, ähm, ob ich *anders* bin als du?«

»M-hm.«

Abwesend blickte Bella in ihr Aquarium. Da drin sah alles immer so friedlich aus.

»Ja, Mary. Ja, ich bin anders.«

Am anderen Ende der Leitung ertönte ein Seufzen. »Gott sei Dank.«

»Komisch, ich hatte eher damit gerechnet, dass dich das nicht gerade erleichtern würde.«

»Tut es aber. Ich … ich muss unbedingt mit jemandem reden. Ich bin so verwirrt.«

»Verwirrt wovon?« *Moment mal.* Warum führten sie dieses Gespräch überhaupt? »Mary, woher weißt du von uns?«

»Rhage hat es mir erzählt. Also, ich meine, er hat mit mir darüber gesprochen, und es mir auch gezeigt.«

»Soll das heißen, er hat dein Gedächtnis nicht ... Du kannst dich an ihn erinnern?«

»Ich bin gerade bei ihm zu Hause.«

»Wie bitte?«

»Ich bin in dem Haus, in dem er lebt. Mit einem Haufen Männer, die Vampire sind ... liebe Güte, dieses Wort ...« Sie räusperte sich. »Ich bin hier mit ungefähr fünf anderen Kerlen, die genauso sind wie er.«

Bella schlug sich die Hand vor den Mund. Niemand durfte auch nur wissen, wo sie wohnten. Und diese Frau war auch noch ein *Mensch.*

»Mary, wie bist du ... wie ist das alles passiert?«

Bella war sprachlos, als sie die Geschichte schließlich gehört hatte.

»Hallo? Bella?«

»Entschuldige ... alles in Ordnung bei dir?«

»Ja. Im Moment zumindest. Hör mal, ich muss das jetzt wissen. Warum hast du Rhage und mich zusammengebracht?«

»Er hat dich gesehen und er ... mochte dich. Er hat mir versprochen, dir nichts zu tun. Sonst hätte ich niemals diese Verabredung arrangiert.«

»Wann hat er mich denn gesehen?«

»An dem Abend, als wir John in dieses Schulungszentrum gebracht haben. Oder erinnerst du dich daran nicht?«

»Nein, aber Rhage hat mir davon erzählt. Ist John ... auch ein Vampir?«

»Ja. Seine Wandlung steht kurz bevor, weshalb ich mich eingemischt habe, als ich ihn bei dir traf. Er stirbt, wenn bei seiner Transition keiner von uns bei ihm ist. Er braucht einen weiblichen Vampir, von dem er trinken kann.«

»Du wusstest es also an dem Abend, als du ihn getroffen hast.«

»Ja.« Bella wählte ihre Worte sorgfältig. »Mary, behandelt der Krieger dich gut? Ist er … sanft zu dir?«

»Er passt auf mich auf und beschützt mich. Obwohl ich keine Ahnung habe, warum.«

Bella seufzte. Sie glaubte es zu wissen. So fixiert, wie er auf die Frau war, hatte er sich vermutlich an sie gebunden.

»Aber ich komme bald nach Hause«, hörte sie Mary sagen. »In ein paar Tagen.«

Da war Bella sich nicht so sicher. Mary war viel tiefer in ihre Welt eingedrungen, als ihr selbst bewusst war.

Vielleicht ist dein Zuhause jetzt bei Rhage.

J. R. Wards
BLACK DAGGER
wird fortgesetzt in:

Bruderkrieg

Leseprobe

»Mary? Mary, wach auf. Sie ist da.«

Mary spürte ein Rütteln an der Schulter, und als sie die Augen öffnete, sah sie Rhage, der sich über sie beugte. Er hatte sich umgezogen und trug jetzt ein langärmeliges Oberteil und eine weite Hose, beides in Weiß.

Sie setzt sich auf, noch immer etwas benommen. »Hab ich noch eine Minute Zeit?«

»Aber sicher.«

Sie ging ins Badezimmer und wusch sich das Gesicht. Das kalte Wasser tropfte ihr von den Wangen, und sie sah in den Spiegel. Ihr Liebhaber würde jetzt gleich Blut trinken. Vor ihren Augen. Und das war noch nicht einmal das Merkwürdigste an der Sache. Sie fühlte sich unzulänglich, weil es nicht ihr Blut war, das ihn nährte.

Doch in dieses gefährliche Fahrwasser wollte sie sich

nicht begeben. Also nahm sie ein Handtuch und rubbelte sich kräftig ab. Zeit, sich umzuziehen, blieb nicht mehr, also behielt sie Jeans und Pullover an. Eigentlich wollte sie auch gar nichts anderes tragen.

Als sie wieder herauskam, nahm Rhage seine Armbanduhr ab.

»Soll ich die für dich aufbewahren?« Sie dachte an das erste Mal, als sie auf seine Rolex aufgepasst hatte.

Er kam zu ihr und legte die schwere Uhr in ihre Handfläche. »Küss mich.«

Sie stellte sich auf die Zehenspitzen, und er beugte sich zu ihr herunter. Ihre Lippen trafen sich für einen kurzen Moment.

»Komm.« An der Hand führte er sie in den Flur. Als sie ihn verwirrt ansah, meinte er: »Ich möchte das nicht in unserem Schlafzimmer tun. Das ist unser Reich.«

Dann brachte er sie zu einem weiteren Gästezimmer, öffnete die Tür und ließ sie eintreten.

Als Erstes roch Mary Rosen, dann bemerkte sie die Frau in der Ecke. Ihr sinnlicher Körper steckte in einem weißen Wickelkleid, das rötlichblond Haar war hochgesteckt. Durch den tiefen Ausschnitt und ihre Frisur war ihr Hals so entblößt wie nur möglich. Sie lächelte und verneigte sich, dann sagte sie etwas in der fremden Sprache.

»Nein«, sagte Rhage. »Auf Englisch. Wir werden Englisch reden.«

»Selbstverständlich, Krieger.« Die Stimme der Frau war hoch und rein, schön wie die eines Singvogels. Ihre blassgrünen, wunderschönen Augen ruhten auf Rhages Gesicht. »Ich bin entzückt, Euch dienen zu dürfen.«

Mary trat von einem Fuß auf den anderen und versuchte krampfhaft, sich davon abzuhalten, ihr Revier zu verteidigen. *Sie ist erfreut, ihm zu dienen?*

»Wie ist dein Name, Auserwählte?«, fragte Rhage.

»Ich bin Layla.« Wieder verneigte sie sich. In der Aufwärtsbewegung wanderte ihr Blick an Rhages Körper empor.

»Und das hier ist Mary.« Er legte den Arm um ihre Schultern. »Sie ist meine …«

»Freundin«, fiel Mary ihm scharf ins Wort.

Rhages Mund zuckte. »Sie ist meine Partnerin.«

»Selbstverständlich, Krieger.« Noch einmal verneigte sich die Frau, dieses Mal vor Mary. Als sie den Kopf wieder hob, lächelte sie warm. »Herrin, ich bin entzückt, auch Euch dienen zu dürfen.«

Von mir aus, dachte Mary. *Wie wär's dann, wenn du deinen dürren Hintern hier herausbewegst und stattdessen einen hässlichen Drachen in einem Kartoffelsack vorbeischickst.*

»Wie möchtet Ihr mich?«, fragte Layla.

Rhage blickte sich im Zimmer um, dann zeigte er auf das luxuriöse Himmelbett. »Dort.«

Mary ließ sich ihren Schrecken nicht anmerken. Das fand sie jetzt überhaupt nicht verlockend.

Gehorsam schritt Layla zum Bett. Das seidene Kleid wirbelte um ihre Beine. Sie setzte sich auf die Satindecke, doch als sie die Beine darauflegen wollte, schüttelte Rhage den Kopf.

»Nein, bleib sitzen.«

Layla runzelte die Stirn, widersprach aber nicht. Sie lächelte wieder, als er einen Schritt auf sie zumachte.

»Komm mit.« Er zog an Marys Hand.

»Das ist nah genug.«

Er küsste sie, ging zu der Frau und sank vor ihr auf die Knie. Als ihre Hände an das Kleid wanderten, als wollte sie es aufschnüren, unterbrach Rhage sie. »Ich trinke aus dem Handgelenk. Und du sollst mich nicht berühren.«

Ihre Miene drückte Bestürzung aus, die Augen weiteten sich. Dieses Mal schien sie den Kopf aus Scham zu senken, nicht aus Ehrerbietung. »Ich wurde für Euch gebührend gereinigt, Herr. Solltet Ihr das wünschen, dürft Ihr mich selbstverständlich untersuchen, bevor Ihr mich benutzt.«

Mary schlug sich die Hand auf den Mund. Dass diese Frau sich selbst lediglich als Objekt sah, war vollkommen abscheulich.

Rhage schüttelte den Kopf, auch er fühlte sich sichtlich unbehaglich bei dieser Antwort.

»Möchtet Ihr eine andere von uns?«, fragte Layla leise.

»Ich möchte das überhaupt nicht.«

»Aber warum habt Ihr dann die Auserwählten angerufen, wenn Ihr nicht die Absicht hattet, von uns Gebrauch zu machen?«

»Ich hatte nicht damit gerechnet, dass es so schwer sein würde.«

»Schwer?« Laylas Stimme wurde lauter. »Ich bitte um Vergebung, aber wie bereitete ich Euch Ungemach?«

»Das meine ich nicht, und ich möchte dich nicht kränken. Meine Mary … sie ist ein Mensch, und ich kann nicht von ihr trinken.«

»Dann wird sie also nur die Verzückungen des Bettes mit uns teilen. Es wird mir eine Ehre sein, mich ihrer ebenfalls anzunehmen.«

»Äh, also, das ist nicht so … Sie ist nicht hier, um … äh, ich meine, wir drei werden nicht –« Du meine Güte, Rhage wurde ja rot. »Mary ist hier, weil ich bei keiner anderen Frau liegen will; aber ich muss mich nähren, verstehst du?« Rhage fluchte und stand auf. »Das hier funktioniert einfach nicht. Ich kann das nicht.“

Laylas Augen blitzten auf. »Ihr sagt, Ihr müsst Euch nähren, aber Ihr könnt ihre Vene nicht nutzen. Ich bin hier. Ich bin bereit. Es wäre mir eine Freude, Euch zu geben, was Ihr braucht. Warum solltet Ihr Euch dabei unbehaglich fühlen?

Rhage schob sich die Hand ins Haar. Packte eine Strähne und zog kräftig daran.

Layla schlug die Beine übereinander, ihr Kleid fiel dabei bis zum Oberschenkel auseinander. Sie sah wunderschön aus, wie sie da auf dem prächtigen Bett saß, so züchtig und gleichzeitig so unglaublich sexy.

»Ist denn Eure Erinnerung an unsere Traditionen bereits so verblasst, Krieger? Ich weiß, es ist lange her, doch wie könnt Ihr unzufrieden damit sein, dass ich Euch diene? Es ist eine meiner Pflichten, und ich empfinde es als große Ehre.« Layla schüttelte den Kopf. »Oder sollte ich sagen: Früher empfand ich so. Wir empfanden so. Die Auserwählten haben in den vergangenen Jahrhunderten gelitten. Niemand aus der Bruderschaft wendet sich mehr an uns, wir sind nicht mehr gewünscht, werden nicht mehr gebraucht. Als Ihr schließlich auf uns zugekommen seid, waren wir glücklich.«

»Es tut mir leid.« Rhage warf einen Blick auf Mary. »Aber ich kann nicht –«

»Ihretwegen sorgt Ihr Euch, ist es so?«, murmelte Layla. »Ihr sorgt Euch, was sie empfinden wird, wenn sie Euch an meinem Handgelenk sieht.«

»Sie ist an unsere Sitten nicht gewöhnt.«

Die Frau streckte ihre Hand aus. »Herrin, setzt Euch zu mir. So kann er Euch anblicken, während er trinkt. So kann er Euch spüren, so werdet Ihr ein Teil davon sein. Sonst wird er mich zurückweisen, und wo wird Euch beide das hinführen?« Als niemand ein Wort sagte, und Mary sich nicht vom Fleck rührte, machte die Frau eine ungeduldige Geste. »Euch ist doch bewusst, dass er sonst nicht trinken wird? Ihr *müsst* das für ihn tun.«

<u>Lesen Sie weiter in:</u>
J. R. Ward: BRUDERKRIEG